U0679148

诗集

幸福的女人自带光芒

陈雨虹 / 著

中华工商联合出版社

图书在版编目（CIP）数据

幸福的女人自带光芒：陈雨虹诗文摄影书画集 / 陈雨虹著 . -- 北京：中华工商联合出版社，2018.9

ISBN 978-7-5158-2414-7

Ⅰ . ①幸… Ⅱ . ①陈… Ⅲ . ①文艺 - 作品综合集 - 中国 - 当代 Ⅳ . ① I217.2

中国版本图书馆 CIP 数据核字 (2018) 第 195758 号

幸福的女人自带光芒：陈雨虹诗文摄影书画集

作　　者： 陈雨虹
责任编辑： 吕　莺　董　婧
封面设计： 天下书装
责任审读： 李　征
责任印制： 迈致红
出版发行： 中华工商联合出版社有限责任公司
印　　刷： 河北飞鸿印刷有限公司
版　　次： 2019 年 3 月第 1 版
印　　次： 2019 年 3 月第 1 次印制
开　　本： 880mm × 1230mm　1/32
字　　数： 120 千字　　**图：** 287 幅
印　　张： 22.25
书　　号： ISBN 978-7-5158-2414-7
定　　价： 128.00 元（全三册）

服务热线： 010 - 58301130
销售热线： 010 - 58302813
地址邮编： 北京市西城区西环广场A座
19-20 层，100044

http: // www.chgslcbs.cn
E-mail：cicap1202@sina.com（营销中心）
E-mail：gslzbs@sina.com（总编室）

写在前面

我来到这个世界，就是要看一看日出的模样，看一看月亮挂在枝头，和友善的人们擦肩而过，再看一看樱花的巧丽，看一看落叶的浪漫，和亲朋好友消磨时间。我很幸运，按自己的意愿活成了最真实的自己，辉煌过，舍弃过，内心却足够丰盈 ，毫无可惧，因为爱无处不在，让我去珍惜每一分钟，去与你们消磨时光。

飞到东又飞到西，你总要飞回家里，只要一个温暖的窝，一颗平和的心。我好像一路都在努力向外飞，向外寻，用了十年光阴走遍了中国的大江南北，又用了十年光阴穿越欧美大陆，忙于学习、工作和生活。当那个放飞过的自己飞回家，变得愈加充盈和自在，丰富而自足，或许这就是飞的意义。你才会在寂静的夜晚，柔和的灯下，感恩这一切的温暖和宁静。

幸福是清晨小鸟的呢喃，几滴露水落在翠绿的叶子上，折射着好看的光影，充满着爱，你对这世界充满了无限的爱。

幸福是天亮后扫院子的声音，听那树叶被扫在一起，间或人与人打招呼的寒暄和问候，那是一种市井的迷人气息，伴随你的生活，无怨无悔。

幸福到处都在，在一碗清粥里，在一杯茶水中，在一首熟悉的老歌响起，你留恋的身影一个个靠近你。

原来，时光是用来消磨的，静静的。

原来，幸福就是你看见了幸福。

幸福从寂静的夜河之上而来，当我看见它时，它已覆盖漫山遍野。深陷幸福的领地，我充满感激。

多么奢侈，可以肆无忌惮地奔跑了。

目录

辑一　不仅仅在这一世

辑二　燃烧的季节

辑三　梦中行

辑四　致故乡

辑五　美人迟暮——旅美旅英记

辑六　深陷幸福的领地

辑一　不仅仅在这一世

轮回

我擦去了天上的云
擦去了你一生的爱与恨
再把世界打碎，装进眼睛
光着脚丫，在田野上弹奏星空

向死而生

荒原上，我的荒原上，开满了荆棘鸟
他们姿态各异，被定格在空中、湖边或树枝上
我的你，你那迷人的身影
正在渐渐消失在远方，那缕明媚的朝霞里
我的心从冰块开始融化，沸腾成河，追着你的脚印
你会回头吗？回头看一眼
那一瞬，所有的荆棘鸟都会再次飞翔

彼岸花

这个夏天是林黛玉转世吗
从初夏的欢乐诵读，到仲夏的寂寞月吟

那案牍上的墨迹未干，日记里的名字早已迷糊了视线
天空长出了好多眼睛，倒映着高楼大厦的冷漠

是谁在树下等待，顾盼，伴着
玻璃窗上的雨滴唱着“后来”，时光一刻不停

伞花开了一路，飘落在人海
吉他声传来你的思念，还有我们的青春

再喝一杯清茶吧！花香鸟语都被你带走
你向左，我向右，默默地走
不要再回头

注：《后来》，歌名。

不仅仅在这一世

如稍纵即逝的季节
季节里的清风
和清风里吹拂的那些隐秘的
不易察觉的，却又湿润的情愫

落在一个孩子的笑脸上
落在一位老人的白发上
落在爱情的一次转身回眸
不仅仅在这一世

那些呐喊的生命，生命的谜底
那片自由的海在你的心室潮涨潮落
古城墙无处不在，满目疮痍
远古的烽火从未曾熄灭

心语

心里种了花草树木的人，笑容是纯真的
心里住了人的人，青春是不会老的
心里有梦的人，生命是美丽的
即使心里空空的，只要有一湾碧水
也映得出云的媚影、月的澄明和星的永恒

寻找

他找到了他自己吗？
——还是没有找到
可以确定的是
——他已不再寻找

逝

花季总是短如白驹过隙，而岁月绵长
很庆幸看见你灿烂的思想随时间沉浮，然后长大
所有的人和事都即将过去
那是一种好看的光芒
不会为谁停留脚步

选择

在冰与火之间，我选择自由的歌唱
在自由与枷锁之间，我选择爱的沼泽
在遥远与永远之间，我宁可选择你
在白昼与暗夜之间，体会你送来的光
在黑与白之间，做出选择和舍弃

搬不动

我搬不动记忆
记忆好似一直在草原上沉睡
睡得久了，梦就变得越来越沉
像石头沉入了水底

我搬不动未名湖的水
月上枝头的时候，又听见了
鲤鱼跳出水面的声音
和我们二十岁时听到的一模一样

我搬不动长廊里的风
更搬不动荷塘里的月
风里依然有你的笑声

月光吻了博雅塔
像我们的初吻，在那盏路灯下

影子

你在哪片雨里走着，想着
我写字时，你是那唐宋的风
我画画时，你是那布达拉宫的雪
我笑时，你就是那快乐
你快乐的心就是天空的辽阔
你浑厚的声音就是梦里的康桥

你不在的时候，在我的呼吸里
我走动，我伸手
我推门出去，你就在我的影子里
有时，那影子很长
一生都写不完的诗句
咖啡里飘出的黑色幽默
有时，那影子很短
一道闪电，光总是比声音早到
我甩掉影子，白天就来了

生命转个弯

晚来寂静，夏日彼岸暗灯风语
熏衣茶和酸浆果背后升起爱情新月

雪地上那最后一排脚印戛然而断
静静看你一眼，然后默默老去

如花美眷镜花缘，半生背道而驰
人生在世十面埋伏，金钱与正义毁灭者的江湖

一千零一夜之后冬至，后青春期的西苑风月
爱情欠了我们一次相遇，失忆与自由

第五只手是天使的断翅，烽火丽人舞云端
伦敦桥的温柔夜暗遣悲怀，门里门外落英芳菲
诗里诗外都是爱，生命转个弯

梦醒时分

是谁的声音叫醒我，将我的夜割成两半
一半弯月遮住了脸，一半流星撞散了云
是谁的影子叫醒我，将我的心掰成两半
一半酣睡在天堂，一半梦醒在人间

冬天，多么甜美的睡床
唱着多么动听的歌谣
没有悲伤，只有欢畅
雪花，这世上最美的诗句
怎么可能会为谁停留
停留的，只有校门前的绿色木椅
空空荡荡，和天堂打下的一束光

木窗上的铁栓开开合合，却看不见手
一只红蜻蜓落在纱窗上
我记得，是我放飞了它

成熟的秘密

爱情是什么
让你沐浴在阳光下
像蜜蜂侍奉花朵
花朵变成熟了
蜜蜂并不知道
——成熟的秘密

最后一吻

秋天的最后一吻
送给了一片空中飞旋的落叶
亲吻孩子的欢笑，亲吻老人的皱纹
亲吻乞丐的寒冷，亲吻子弹的风声
亲吻大地的泪水，亲吻墓碑上
你的青春年华

假如回到往日时光

如果没有遇见你，离别成殇鼓楼街
爱人等同陌生人，哭泣的玫瑰天堂鸟
所有的深爱无限的蓝，花开永不败
启蒙时代长恨歌，冷土岗上世纪繁华

故国乡土无城有爱，遍地枭雄
斜阳温柔，爱你到时光尽头
一千年以后天气晴，窗内沙漏窗外雪
魔鬼诗篇午夜之子，白色城堡彩虹泡影
青苹果树嘶叫无声，遗失的古典向左遇见花开
故人西辞渴望激情肆爱，情人在前魔鬼在后

围城浮岛，醒世远歌大时代
盛夏来袭，地下地上落蕊重芳
云开月明，旷园老屋曼哈顿夜
赖上你的暖，来生我们还要一起走

女人花

出租了的前世，女人花
不要繁杂的葬礼和白菊花

那不是我而是雨中的纸风筝
只要留下一双灰舞鞋

跳一曲午夜最后的桑巴
我的灵魂嫁给你，复活的来生
孤岛上的今生，距离有多近
通往爱的出口，寂寞的入口

水太阳孽海花，一杯咖啡的易经
我等你，重返紫禁城

甜蜜的第十七夜留下一块草莓巧克力

披头士的黄色潜水艇纽约靠岸
若爱，爱情不设防，情迷欲望城

揭开裸露的真相，鬼魅循环
甜蜜的第十七夜留下一块草莓巧克力
看上去像幸福写在了你的脸上

钢琴黑白魔咒，歌唱死亡
千年以后风呢喃

不是因为珍惜你，才不停说下去
不是因为忘记，才能微笑

只因为今天天气不好
一半的天堂，一半的雨

与你同在

你的出现是青春的开始
你的离去是青春的落幕
它让我相信一切美好的事物
如同雨滴轻敲着花瓣儿

我没有遗憾，尽管我们彼此错过
因为你活在我的字里行间，始终敢爱敢恨

诗歌的本质

诗歌到底是从爱里自然萌生，肆意成长
它虽小，却有巨大的能量
带你冲破灵与肉的禁地
它在生离死别的地方，轻轻抚慰你的悲伤
你在它的故事中，穿过茫茫人海
走向那永恒的爱

彼岸

当你走进阳光，发现尘埃包围了你
多少女人含辛茹苦
一辈子驻守那些迂腐的传统
你选择了远离人群，走向彼岸
那里，未来的人在书里翻阅
你生命的自由和激情

真情无价

我终于梦见你了
你看上去有些疲倦
在天上看云，像炊烟一样，很朴素
那不仅仅是把日子从月台上抹掉，那么轻描淡写
不说，也感觉得到
真情无价

选择

他选择了一个人走，毅然丢弃了现在
向后走，还能看见
——打开他青春，他努力逃出的她
比他想象的要坚强

心里的那个她就在前方
伸手就能触到
却不会再回头

他选择了一个人走
去了另一个世界

飓风一样的力量

有时候，有一种寂静的，自然的力量
穿梭在我的指尖儿之间
它是晨曦笼罩的海浪，卷上岸的
一颗鹅卵石的叹息
它像旋转的飓风，裹挟着一只眼睛里的愤怒
在那个永远回不来的夏日
一场破碎的爱里

读

鹅卵石经过海水的雕刻，形成美丽的形状
沙滩上写满了它们的传说
我拣到了一个有大树图案的故事
在树下写下了“如来”

注：如来，印度梵语，佛的十大名号之一。

童年

童年是幻影，是模糊晦涩的故事
是玻璃窖下的秘密
是那些秘密从彩色蜕变为黑白的一段歌谣

你在

夜，已被相思撞成海滩上晾晒的渔网
网不住你伟岸的身影，却网住了露水上凝聚的星辰
我想不出你的样子，有时有瞬间的清晰
然后就模糊了
你的话语所荡起的波痕
一阵阵地追逐着我的心跳

我再也说不出，最想说的那句话

陪我走过世界末日的人
循着巴赫的奏鸣曲，旋转到了河的右岸

他身后的风卷起了弦歌
留下了一部无字天书

我曾经抵达世界的尽头
一位白胡子老者从街头走过
周围车流穿梭不息，仿佛一次次碾过了我的心
碾过记忆里的茫茫絮语

直到大路上走来一队人马
“治国平天下”的大旗迎风招展

回到唐朝，回到长安城
我装作若无其事的，把宝剑塞进剑鞘

假如身与万物走不出暗夜
你会不会在人间攘夷尊王

假如灵魂的羽翼还能婆娑起舞
你会不会在荒原鼓噪呐喊
赶走我心底仅存的一丝爱恋

那一天，你的诗句云中漫步
犹如梵唱闯进我哀恸的生与死

那一天，你的情意闲庭信步
所有的轻薄炽盛不值一提
我再也说不出，最想说的那句话

想念

夜空想念东方,我想念你
静夜里的歌声,卷走
我身体里的另一个我

灵魂的家

我坐在城市之巅遥望着你
在大地上记录那些不安的灵魂
一刻不停地赶往宿营地
人们总是从出发的地方出发
又回到出发的地方
你的文字温暖如春
收留了冰冷的我

沦陷

你的笑语晏晏
总是一闪一闪跳进我的梦床
有时你风姿熠熠，走下讲台
与周围人说说笑笑
有时你举起荧光棒，冲我晃动
说了句俏皮话逗笑了我
又有时火车隆隆前行，你一眨不眨地盯着熟睡的我
更多的时候，我们走在夏日流火的岸边
你的眼神比那未名湖还要幽暗
你的姿态比博雅塔还要高傲
你不敢拉我的手，仿佛我们之间横亘着万壑争流
你不敢吻我的唇，仿佛我们之间阿波罗在弹奏金琴
你更不敢说你爱我，仿佛你一说了我就会消失
陌上草莱流丽，桃李竞妍
我挣脱了你的怀抱

夏风

他看见她
——清冷的雨，白浪花上的爱
正在书写忧伤和纯真，涌来又退去
没有人读得懂她，除了夏日的风
挤进她的身体，卷走了她

山谷里的思念

二十年后，请你告诉我，你叫什么
我身后的那株绿草依然幼小
你不是一缕从小河，流向大海的云霞
因为我那些无所寄的思念，已长出了苔藓

吊兰意象

是谁在浇花
吊兰悬着密集的，长长的枝叶
一直钻进地下去了

水滴敲打着脸盆
“扑通”，“扑通”，“扑通通”
像一条条鲤鱼争先恐后地跃出水面

博雅塔下，未名湖畔
冰面裂开的一瞬间
站在冰面上亲吻的那对人儿
还紧紧抱在一起
不分开吗？

迁徙

我知道这场狂欢
会在一片叶子的
疯狂的破碎中
结束

雨后的旷野上
那曾令我心疼的村庄
河流和山谷
那些被蹉跎的
辛劳的
平凡的生命
正在马不停蹄地
向着远方的城市聚集

我们与其追寻光亮，不如守护那一丝温暖

你的笔行云流水，走过之时花开四季
你的诗句拔剑如虹，划过之处生生不息

你的心是嫦娥憩息的宫阙，凭栏远眺幸福的秘密
你的笑容是西施浣纱的河床，依风梦帷沉思的森林
你的静默是岁月留恋的前世，驻足传说相遇的廊桥

天空不敢吟咏爱情，生怕惊起鸟鸣，打扰你的悲伤
大地不敢挥舞云袖，生怕从你的梦中醒来
看着你的背影走远，我的灵魂将碎成沙砾
一半碎成轮回，另一半碎成寓言
在海浪里游荡
还要多少年，才能在天堂的门口遇见你

你还会认出我吗？
当皱纹爬满了额头，面颊
你还会递给我一个荧光棒吗？
你看，你教会了我舍弃
——舍弃那些无谓的挣扎和海市蜃楼
选择了生与活

生命里有光亮，有温暖的思念，还有宁静的体会
日升日落，晨钟暮鼓，歌声悠扬又伤怀

亲爱的，我想对你说
——其实生，远比死去，更有意义

你的心上了大锁头，我没有权利去触碰
可是，至少，时间的手翻云覆雨
有力量吹走那间卧室，连带那面巨大的镜子

当圣诞夜的唱诗响起，神父的脸闪现慈爱的光芒
你会听到管风琴的深情，会听到我的祝福

穿过那些锈迹斑斑的岁月，流淌的河水渐渐远去
河床上，留下我的青春和诗稿

亲爱的，你要细细读，那丝丝缕缕的，不曾熄灭的爱
到那时，你一定要抬头看一看远方

我不知道那时是皓月星辰
还是蓝天祥云，抑或是阴霾迷雾

但你要相信，一定要相信
——宇宙原本只是间无边的盒子，就是个黑暗的盒子
太阳系不过只是一丝闪动的光亮
我们与其追寻光亮，不如守护那一丝温暖

蝴蝶效应

轻轻的，从身边漂游
像蝴蝶在夏日的夜晚扇动翅膀的声音
那么不易察觉
一只穿皮鞋的脚从梦里划过
那鞋的颜色淡淡的，仿佛暗夜里的星
沉落在苹果的心
苹果在我的手上
那就是幸福来时的轨迹

我在书里爱你

你比青春离我远，你比故乡离我近
一座座山峰从水中坐了起来
苍茫大地疯长另一种伤

见与不见又怎样

栈桥站在那里，一站就是百年，还不是静美如初
沙滩躺在那里，一躺就是千年，还不是梦醒枉然
海水流到这里，流过了万年，还不是奔涌不息
见与不见又怎样？
当云彩堆积，遮挡了日出
太阳还是那颗太阳，五十亿年来从未曾缺席
见与不见又怎样？
草木丛生，人海漂浮
生命何其短暂，我们都不曾缺席

“世界那么大，我想去看看”之困境论

好不容易爬到墙头
想不到，周围汪洋深不可测
而他离水面，竟有自由女神那么高
可惜他，仍未长出翅膀

春夏羽衣曲

太阳围着我的影子转
转着转着，就被它黑色的火焰撵走

风儿把这个春夏，一层层地涂抹成
纯真的粉绿，热烈的黄红

我把我的生命放进了他冰冷的手心儿
毫不犹豫
一边沉浸在月光的情话里
一边听夜的震颤

写诗的快乐

你快乐了就不会写这些诗了
你和我在一起就不会写这些诗了
可是现在
我把再深的悲伤都写成了快乐
也就离你越来越近了

只有风知道

如同花离开树
树离开大地
人们看的是风景
生离死别
只有风知道

旅行

灵魂沉睡的时候
触角还支在星巴克窗外
是谁，深一脚浅一脚地
闯进思想的禁区
从我的脑海出发，经过心
坠入我的血液之河
就开始自由自在漫游
再不肯出去了

你要把开关换成爱来读

我相信，身体是有一个开关
用来控制默契的
它不是大街上的超市，随便什么人穿梭，进出
它更像隐居山林深处的茶社
玉兰树下曲水流觞
你可不要以为
开关还在我的手心儿里

离开不是不爱

花朵离开树
不是花不爱树
也不是树不爱花
是因为春天过去了

今夜是最美好的时光

最易逝去的不是灿烂的美貌，花前月下的青春
你不知道，今夜的相聚是
最美好的时光
待到婉转的鸟鸣敲开小木屋的门
我已不在你的世界里，惊呼那雪山的美

人要禁得住至少一次精神上的涅槃

世界上只有两种人
——活着的死人，和死了的活人

人总要再生一次，才能体会真正的活过
然而，他们是极少数

真正的诗人

他说
——真正的诗人都躲到壳里睡觉去了
我发现他睡在用狼皮做成的壳里
从那壳的缝隙，关注着陌生的我
而且早已说出，令虚情假意
恨之入骨的真话

乌鸦围着星星打转儿

不久，他们就会原形毕露
只瞄着财富和美貌的
为了一口嗟来之食，立马翻脸
乌鸦围着星星打转儿
就以为自己变成了星星

人性里的“地沟油”不会有真正的忏悔

“地沟油”都自称纯粹，香甜，无人可比
它们呈现给公众的表演，天衣无缝
不过很容易的，你只要把它们放进冷藏室
就能看到它们的本来面目
——丑陋和肮脏
就是清明时节，它们赶到祖先的坟墓前
也不会有真正的忏悔

人生平衡定律

世界本来是方的
被你们打磨成圆的
你们围着房子，票子，转个不停
得到多少，就会失去多少

生命本色

人们喜欢说
——事物都有两面性

你看夜与昼
乐与悲
爱与恨

人们常常忘了那些丰富的中间色
那些偶然经过这个世界的
每个生命的本色

辑二　燃烧的季节

撤离

图书馆窗外，滑冰场上转圈的人越来越少
因为雪越下越大，遮蔽了天空，树影
和书中的欢笑，离殇
恍惚间，我又回到了万里之外的校园
四合院的宿舍楼下
你流着泪，从楼梯上跑下来
再次撞上我

月光下的吻

你把月光塞进我的耳朵
我用满满一篮子的夏天，吻你
消失了的苹果树，又出现在校园里
你拉着我的手，穿过暴雨后的田野

十八岁的夏天

十八岁的那个夏天
她的白衬衫最上面的三个扣子挣开了
水蓝色的百褶裙在腰间跑来跑去
笑着飞到他面前
未名湖南面的小山坡上，绿草茵茵

他的眼睛里全是爱
认真地替她
一个扣子一个扣子地扣好

春天有你

没有你，我看不见一朵花的曼舞
甚至怀疑，青春是否来过
在落满泡桐花的草地上，又有一对儿恋人
对着月光亲吻
而你，就是所有的欢乐和悲伤
淹没了我

“糖人”

我从小被禁止跑步
直到大三，晚自习后
常顶着星月跑操场十圈
脆弱的小心脏从未再来找我麻烦
我并不是他们说的
——吹糖人吹出来的

雨中漫步

《泰晤士报》说
——雨像孩子的脸，说变就变
我们穿过王后街，数着雨滴从白色牡丹花瓣落下
仿佛看见白发母亲打着花伞
站在丁香树下，向我们这边遥望

把你安放在我的诗集里

你一次又一次，固执地走向我
我恨不得逃离，你比引力更强的魔力
直到有一天，把你安放在我的诗集扉页
我就变成一朵云，缠绕着你一起回故乡

两个默默喜欢彼此的人连手都没拉过

十七岁的他在台上独唱
十九岁的我在台上独舞
演出后，他约我坐在落满粉色泡桐花的草地上看月亮
毕业前，他当着全班同学面唱《祈祷》给我听

一个梦瞬间变成了真实

我梦见他伤了脚
早上告诉同宿舍的女生，她们只是笑
下午足球比赛，他突然一瘸一拐下了场
场外的她们，惊讶地看看我，又看看他

迟到的明信片

那个暑假，妈妈递给我一张明信片
它从南方一条叫石头街的小巷出发
跨过长江，越过黄河，走了一年多才到
小巷里的少年，已长成北师大园子里
最帅的歌手

雪花是世界上最美的诗句

收到第一封情书，是在初中二年级的冬天
我躲到房子外面，把它撕碎
天上飘着雪花
匆匆的，我写了一首小诗拒绝他
那是我第一次写诗，就浇灭了一个少年的爱慕

青春单行线

在北师大的园子里，成长的那四年
我常跑去图书馆找诗歌读
由我执笔组织的第一版系报登载了几首小诗
其中一首，我写了他身后的梧桐树

爱情是场意外

在我十八九岁的青葱年代
我在北师大园子里尽情跳舞滑冰
盲目地翻遍图书馆
踏进各种讲座
我拒绝恋爱，却不小心喜欢上
一个会唱歌的南方少年

花季

花季总是短如白驹过隙，而岁月绵长
很庆幸看见你灿烂的思想，随时间沉浮
然后长大
所有的人和事都即将变成过去
没有一个字是有价值的
那是一种好看的光芒，以后已不会再有

带我飞

高大帅气的他，总能找到我
无论我躲到哪个教室上自习

他不容分说，坐下来唱歌给我听
到了校园骑自行车带我飞

团支书找我恳谈说
——你们不合适
他是师大子弟，你是才女淑女

他还是总能找到我
我也喜欢上了他

直到有一天，我回宿舍撞见他
泪流满面地跑下楼

青春的你消失在人海

你以为你不存在了，我就会永远记得你
青春不是夜色下的人海
不是我手举的荧光棒
这日子汹涌澎湃着，无人可挡
滚滚而去

依恋

我的身体藏不住对你的依恋
你的唇抹去了我的悲伤
回廊尽头隐约传来木吉他声
似你的手轻抚我的长发，轻拨我的心

睡在你的歌声里

激流般，台阶上的一次转身回眸
四月的思念，喜欢睡在你的歌声里
火车像野兽一样，从旷野奔向城市
每一行诗句，都是我的情不自禁

春祭

白栅栏上落了一只红蜻蜓
泡桐花覆盖了石板路
你沉默的身影，穿过我的爱情
自由的灵魂，不需要生存的理由

门里门外

轻轻的，把世界关在门外

寂静里倾听

——那雨滴一下下

敲打着花瓣儿

幸福的模样

我短短的一生

你没有缺席

幸福依然青春的模样

永恒的距离

我伸出手，近的都飘远了

你伸出手，我就飘远了

一切正以光速远离

回到我们最初的来处

望

你在望什么呢?
一望就是亿万年
亿万年的海风，吹黄了你的脸
那些思念沿着层层沟壑，汇入大海
远处停泊着星星点点的小船

缠

撑着花伞，站在船头
生锈的记忆缠住了往昔
望着你的背影，与雨一起沉默
转眼过了一个世纪

传说

我睡了那么久
你吵醒我就跑开了
坐在大石头上晒太阳
晒成了一块小石头

寂静之声

望着路对面走来的你
沉默地望着我
默默地走过你，我没有回头
那是我第一次尝到，分离的滋味
从此以后，你一直都在沉默地望着我

最后的舞会

我们宿舍女生甩开了所有男生
手搭肩，跳起集体舞
快乐的浪花很快卷进了，在场的所有人
一起驻足聆听
——那新年的钟声

重返青春

有心有情的人
无牵无挂的树
我抵挡不住那种异样的温暖感觉
原来你一直在我身边
时光带不走青春年少时的情怀
尽管我们把它埋葬得很深
却在这一刻，像火山一样喷发而出

我们只有这短暂的今生

你去我的前世唱了首歌，弹着你的旧吉他
我的来生为你消磨，分不清云和雨
而我，只有这短暂的今生
可以用来爱你
我宁可不要前世的你，和来生的我

离别

在法兰克福机场
我急匆匆地奔向登机口
快餐店门前，一个娇小的女人满脸的泪
仰脸看着高个子男人
那男人紧紧抱着她的双肩，说着安慰的话
想起我和你的分别，也是这般悲伤和无奈
却不敢回头

晨思

你们带起的风，从天上温暖地来
我曾用心扑捉，每一次心灵的歌唱

啊，冬日里灿烂的阳光
犹如你们的眼眸，穿过岁月的藩篱，来到我的窗前

请坐下来吧！静静地，喝一杯清茶
想起辅仁的花，静静地开，静静地落

想起你们年轻的欢颜
停留在书的扉页上

这一生漂泊流浪，终于与你们同栖
爱的土地，生长出无限生机
那就是春天，已悄悄降临在你的怀中

注：辅仁，指北平辅仁大学，现在的北京师范大学。

完整的世界

你谈到了本我

我说起了超我

不约而同的，我们都看到了无我

手心里攥着破碎后，依然完整的世界

时光机

你抛弃了，每一个

你以为曾深爱的城市，爱人和传说

其实时光它一点儿都不吝啬

像沉默的夜光照在书架旁，那把孤独的旧吉他

相信在未来的某个地方

我们一定会重逢

无果树

在城里很少能看见自然的野性
偶尔看见的也只是摇滚着的夜色
是文明的造化
还是愚昧的自以为是
路边的果树只炫耀，不结果

历史纪念馆

有人为信仰而去杀戮
和平拖着疲惫的双腿
走向未来纪念馆
历史置身其中
发出神圣的光

答案

你看见自己伸出手，打开了一扇门
其实不过是又关上了一扇门
你看见死亡和新生命交替不息
留下你的爱是唯一答案

匆匆

我们在人潮匆匆的站台口默默拥抱
分手
爱悄悄地浮上来
又沉下去
有的越走越远，不再回返
有的正在回来的路上
马不停蹄

时代进步

民国时期，外婆逃婚离开家
教会学校的老师说媒
她就蒙起盖头嫁了他

转眼到了“文革”年代
父母相知相爱，却遭遇组织反对

而我们多么幸运
跑遍世界，自由恋爱

猜谜

一个被夏娃偷吃后，萌生了人类
一个砸中牛顿，砸出了伟大的力学公理
一个被白雪公主咬了一口，等待王子吻醒她
还有一个，握在我的手里

致南方

粉色的泡桐花，飘落你我身边
一闪一闪
那些被困住的青春，徘徊在辅仁的后花园里
南方是从一条叫石头街的小巷
寄来的明信片
南方是从离别的石拱桥上
飞出的那只燃烧的火鸟

拥有的别名叫束缚

你躺在草地上，一边数星星，一边感叹
——你很富有，拥有了这夜的温存和甜蜜
可我忍不住告诉你残酷的真相
——你被蜘蛛网控制住了
你听了哈哈笑说
——那就当弹床跳几下呗

婚姻准则

解放了的中国妇女
无不想掌控婚姻的财政大权
以为就能像放风筝那样，拴住男人的方向
母亲一辈的人都这样告诫我
可我偏偏不

生命如此短暂
何不给他自由

你来，我在

春天，我的身体重新长出了花朵
任由你流连忘返

我们之间不需要任何语言
每一处神经，都在狂喜中悸动

我愿意变成一条鱼

我愿意变成一条鱼
消失在茫茫大海里
只为看不见你们人间制造的纷争，罪恶和战火
听不见那永不停息，走向万劫不复的脚步声

一个重生的世界

我和你们在拥挤的站台上拥抱，分手
被激情的日子发酵的时光，义无反顾的滚滚而去
灿烂的思想穿过青春胴胴体，再一次点亮了星夜
温情的河流卷走了所有隔阂，冷酷和战争

墓碑

我想我是风
你始终听不懂我的话

我想我是风里的失落
你根本什么都不知道

我想我是围着你的墓碑
一直旋转着的风

命运

你先爱上了被现实传统束缚的淑女
后爱上了挣脱婚姻世俗的才女
后一个才是真爱你的人
你却为了前一个化成了烟火

燃烧的季节

历史挣脱束缚，伸出充满力量的手
将邪恶，谎言，荒淫附体的名利鬼
一个接一个地丢进熊熊的火
一千个稻草人在田野上随风起舞

女人婚姻观

女人要嫁给自己喜欢的人
不要屈服家庭的逼迫和世俗的操控
女人一定要坚持自己的选择
不要因为外界的干扰，改变初衷

生命的秘密

只要有光和水，就有生命的蓬勃
它们百分之二十来自天空
另百分之八十来自你自己的小宇宙

听春

这么多的思念藏在哪里好呢
先别急着走，在长椅上坐一坐
再听一听，这个早春，樱花绽开的声音
听一听，那远去的爱情
最后的告白

转瞬间

他火辣辣的眼神
一直盯着她看
她坐在他对面，和她的平静一起
看着他
——从健硕的少年
转瞬间，变成安详的老人

穿越三月

白天，我忘记了给你回信
三月，抢掠了整个春天

第一束樱花翩翩地涌上河岸
告诉我
——睡在诗句里的所有秘密

黑白世界

莫扎特的玫瑰握在我手里
一半漆黑，一半苍白
时间等着每个人
只有你听见
——花开半夏

雨虹艺术论

艺术是峻刻在时间石上的灵魂轨迹
是风云创造的最持久的爱

艺术是世界大同的独特语言符号
是人类存在的最好佐证

觉悟

最好的相机是我们的眼睛

最美的风景驻在我们心底

走的最远的地方叫快乐

离你最近的人叫爱

无价之宝

这世上最珍贵的都是看不见，却感觉得到的

比如严寒里的一丝温暖

比如你青春的笑脸

还有你留下的永恒

烟火组诗

（一）

花朵是春天送给大地的烟火
星辰是夜空歌唱永恒的烟火
都不如你灿烂的笑容
真挚而热烈

（二）

火红的太阳跳出了海
像一场盛大的烟火表演
那也比不过故乡的紫丁香
令我心动的美

（三）

最美的烟火不在天上
它在你的身体里
像风一样掠过

（四）

诗人像烟火一样
燃尽了自己

照亮了世界

（五）

你的目光是最热烈的烟火

轻易点燃了我

（六）

在想你的心里

立一块警示牌

写上

——禁止烟火

（七）

春天的树上挂满了诗

像你我之间

烟火一般的爱情

挣脱了生命的束缚

（八）

你来了

你活着

你走了

都是灿烂的烟火

悖论

他说
世上最好的感情或许是
——你喜欢他，他喜欢你
你们却不在一起

一个价值连城的好点子

有那么一天
手机会自由地飞
任我们遥控拍摄

蓝调小夜曲

我把翻滚的海倒进夜色
静静品它的遥远，丰盈和神奇
或者干脆把自己抛进蓝
星空就变成了蓝

国画

采集天上的云，铺展长卷
泼下一缕阳光，几滴露水和自由的夏风
等待笔墨一层层点亮了星空
只见你从红墙碧瓦的校门口走出来

辑三　梦中行

下辈子再遇见你

窗外灯火阑珊，海上汽笛声声
电话铃响了
——你居然又找到了我！
你说
——没有下辈子
我还是期盼，下辈子再遇见你
在我还是个小女孩时，早早地遇见你

十个世纪后的月夜

窗外又开满了紫丁香
你站在月下，呼唤我的小名
从你火热的眼神中
我看清楚了我自己

苦难的花朵

他高大的身影，彪悍的雄性
从不与生活妥协
他的眼睛里长着，从石头缝里钻出的
苦难的花朵
他是扎根在我的青春故事里的，完美的你
你唯有的一次妥协
——只是为了给我，最需要的自由

存在即幸福

我留在了这座有你的城
但是我并没有告诉你
——你的存在，就是我的幸福

山火越过了岸

天空与田野隔了一个世纪的纠结，痴望
我和你之间的山火，丧失了理智，越过了岸
飞翔在草丛中的萤火虫啊，不要逃
告诉你，快替我告诉你
——我已爱上了沉默着离去的你

爱的历程

你从大树后，突然闪出来
递给我一块儿小石头
怎么转瞬间，就变成了雪花

感谢你

云朵扑向大地，是对河流的向往
它只看见自己的影子，在那水波上破碎
我们的爱情，生存，生命
都逃不出这种命运
我还是要感谢，在春天的时候
遇见你

礼物

我送给你沉默的四季
你还给我不必言说的爱情
所有的春花都落了
它还固执地开着

那是别人的故事

我和你，一直活在别人的故事里
在别人的故事里相遇，分离，重逢
现在少了你的叮嘱
往日的樱花园子显得有些落寞
我一直都在笑，藏起了那轻浮的
不值得一提的心伤
好像就可以做到
忘记了别人故事里的你和我

风语

我跑不过风，却带起了风
请你把自己保存好
留给未来的我

毒药

栖居在我身体里的你
暴风骤雨般的决绝
把庞大的世界，变成了一颗小小的毒药
把我念你的心，变成了一朵自由自在的云

星夜

想起大海，我的身体变成帆船
踏波逐浪
想起星夜，我的思念引来萤火虫
亲吻着芳草地
而想起你，我成了世界上最快乐的人
大地是我们的床

眼睛触摸你

亲爱的，我不要你的甜言蜜语
山盟海誓
我要你做我头顶上的那片天
一抬头随时都能看见
白天，我忙碌的时候，我顾不得你
你也不在意
夜晚，静下来的时候
尽管任我用眼睛，触摸你

谜底

走在洒满精灵的森林里
我给十年后的自己写封信
有一句诗落在你打开的书页上
——逃离你，只是因为爱上了你

你的自尊高于一切

我登上过已倒塌的世贸双子座的楼顶
登上过埃菲尔铁塔的空中回廊
甚至登上了自由女神的王冠
却始终高不过
——你的自尊

天堂

我总是像个小女生那样幻想
你突然出现在，你曾等我的那个楼门口
我总是不切实际地想
在你的身体里铺张床，拥着满天星光
从此一睡不起

我想我是风

我想我是风
你始终听不懂我的话
我想我是风里的失落
你根本什么都不知道
我想我是
——围着你的墓碑
一直旋转着的风

从来没有过的快乐

在春风中摇曳的快乐，是从来没有过的
你要仔细听
那“沙沙”的树叶声里
我对你的依恋
那些来不及跟你说的话
都化成了诗句奔向你

等我们老了

你突然开始，夸张的一瘸一拐地走
周围的人全都投过来
怜悯的，好奇的目光
我忍住笑
认真地环住你的胳膊，搀扶你
嗯，亲爱的
等我们老了，一定是这个样儿

属性

贝壳是大海的
种子是大地的
鸟儿是天空的
流浪的我，是你的

红月亮

你站在长城上放哨，站岗
随时准备用魁梧的身躯，击退豺狼虎豹
我在帐篷里，看见一轮红月亮
甜蜜而宁静，并不知道
这个世界的另一面

决定

要起飞了吗？
如果飞机掉下来怎么办？
不要再矜持了，我要告诉你
——我爱你

木质的爱

我对你的爱是木质的
它没有金子的不朽
更没有石头的坚强
但它愿意做一条小船
送你去寻找自由

一座城和一支笔

一座城用来忘掉一个人
在人群中，我肆意挥霍无情的笑容
只有在想你的深夜，我才会不觉得孤独
我用你送我的钢笔，向命运倾诉
我的真诚

无言等待

她提着一篮子的夏天，远走高飞
思念却无法遏止地抽芽，疯长
那么多故事，被一层层打开了锁
而他还站在公园的台阶上，等她
一如从前

树与鸟

第一次，你来
你二次，你来
第N次，还是你来
为什么，今生我是树，你是鸟

碎片

午夜躺在一张画纸上
遥望星空
多么灿烂，就有多么荒凉
多么寂静，就有多么喧哗
在你睡着了的脸庞上才有美
多么奢侈
可以闯入你的禁地，肆意奔跑

十诫之外

你戒烟吧，就像戒掉我
其实并不难
爱，有时是毒药

神秘园

我更愿意思念你，多过依偎你
那些神秘的花朵翩翩起舞
送给我美丽的月光
我站在尘世里，望着彼岸的他
风吹起了他的衣角，他的头发

真爱是开不得玩笑的

我觉得《金盏花》里的那个女教师
像我一样傻气而可笑
故意说些气他的反话，吸引他，又躲开他
可惜你不是他，会为嫉妒发狂
你比我更傻气，更可笑

你的目光

我只是一次路过
本来下了这样的决心
你心疼我的第一束目光
轻易击碎了我的伪装

帷有现在

洪水决堤，或和风细雨
分明是坐在我身边的你
一个前世的你，和一个来生的你
我还是喜欢，现在的你

存在

只要你存在就可以了
即使我不存在了
你依然拥有幸福的力量

唱晚

绿叶总是比花朵晚到一步
雷声总是比闪电晚到一步
月亮总是比落日晚到一步
我对你的爱，也比你给我的爱，晚到一步

诀别

他的身边换了一个又一个女人
他还是记得她的生日，在飘雪的腊月
记得那年春天，匆匆穿过樱花林
记得在飞机起飞前
终于听见她说
——我爱你

你的笑容逐渐浮现

有时我穿过熙攘的人群和你说话
有时我在喧哗的瀑布之上拥抱你
你的笑容逐渐从云朵中浮现，笑我的任性
早春的麦浪，追逐着远方

剑与风

站在妖魔鬼怪面前
我必是那最锋利的剑
而站在诙谐风趣的你面前
我变成了自由温暖的风

放下

选一片开满野花的草地
放下流浪的爱情，如同放下你
再扯一片祥云，轻轻覆盖它
我将继续赶路，去追寻自由

爱的边界

他不记得了
——他曾深爱过的那个女孩，有着如花的欢颜
寂寥的“嘀嗒”声，从古老的书架角落传来
一丝微弱的光，照见了她回来的路

花朵上的星光

明月躲进了流水的温存
摇曳的星光从花朵上跳下来
那里有一个野性的你
拉着我的手，涉过忧伤的河

我们活在两个世界里

樱花正盛开
你沉思的样子令我着迷
走近你，你却看不见我
伸出手，我却触碰不到你

属于我们的季节

你的呼吸沉浸着，这个世界里所有的爱
这是属于我们的季节
不是说，我有多么想你，念你
不是说，真实的情感还剩下多少真诚
而是，确实不敢辜负
这一路上美丽的风景

雨季来临

如今，我像个局外人一样
静静地望着你的生活
只有雨，绵绵不停地诉说着
这是雨季，蘑菇疯长的季节
在高高的悬崖上
开满黄色的野菊花

快要起飞了

说不定会有雨?
已然下了!

天上有九个太阳
还有二十七个月亮
夜会比白天亮

思念怎么能生长?
疯长!

聆听

这是一个聆听的季节
我忘记了回首

你奔跑带起的风
弥漫了我身后的草场森林

阳光里写满了相思
是早注定了的事

我只是在愉快地呼吸
深呼吸

乡梦

异乡的狂欢
与我们无关

红墙绿瓦的故乡
又是一年樱花灿烂

青涩的想念徘徊在夜空
久久地
不肯离去

儿时穿旧的那双白色小舞鞋
穿过梦境
忽隐忽现

辑四　致故乡

蓝色乡愁

好似笙歌行云流水
宛若夕照啸歌霄霞
思悠悠，绸缪封琴
梦寐锁离殇

我看见月下池荷婉丽
葱茏如烟，烟海风涛
我听见山上故垒殊泽
列强环伺，百忧千哀

你是紫禁城的凝望
你是金陵门的观照
你是蓝色乡愁
今夜，映在我的轩窗

落花流水

花落了
装进那封寄不出的信
我的心似浮萍，你看见了吗？
你的话都藏在水底
我怎么能听得见？

岔路

我搬不动故乡的一片雪花
那是奶奶留给我的一句话
我却违背了她的意愿
走上了另一条路

路上再没有一片那样洁白的雪花
能让我刻骨铭心

梦乡有一个并不遥远的故乡

梦乡有一个并不遥远的故乡
大河是野的，没有栅栏
田野是野的，无边无际
摘了果子吃了满嘴的黑，我们就是野的了
举着蜘蛛网粘蜻蜓
——红蜻蜓，花翅膀
我们就是飞的了

梦乡有一个并不遥远的故乡
河床松软如棉，洪荒草昧
爷爷坐在河边，长长的钓鱼竿晃啊晃
水波摇啊摇，芦苇也摇啊摇
摇过了田畴宫阙，摇过了叶嫩花香
摇到了异乡的清晨，迷乱的眼神

梦乡有一个并不遥远的故乡
石板路高低起伏，桂枝明迷
踮起脚尖打开木门上的大锁头

黑板上的粉笔灰落啊落
小舞鞋跳啊跳啊，心也跳啊跳啊
跳过了残垣断壁，跳过了山谷海洋
跳到了你的心上，读你的笑颜

异乡的清晨只有梦醒后的失落，婆娑而奏
没有牵牛花的妙舞妙颜
也没有满天星的陌上流丽
更没有奶奶的慈祥，妈妈的叮咛
没有葡萄架下的清风细雨等我回
更没有雪花的美丽等我唱
异乡的清晨，只有梦醒后的石头
屋檐下的叹息

故乡的长槭树悬挂着我的悲伤
故乡的紫丁香摇曳着我的思念
故乡的你不曾转身离去
我却在梦乡迷了路
终于把自己走丢了

我的故乡没有霾

她有清清的湖水，深情缠绵妩媚的山
外婆的骨灰撒在那岸边森林
一棵枫树下

她有小桥荷塘，一片片的太阳花
我的青春像教室窗外的
那株紫丁香

回

父母回老家寻根，满山的苹果树都换成了樱桃树
表妹要结婚了，周周转转，回头嫁给了她的初恋

你当爸爸了，当然会很幸福
一切都回去了，只有我回不去

月光下的白发母亲

我要弹拨一曲给月光
那些高低错落的空中楼阁
有一处是我的家
白发母亲正站在门前
望我归

我们一个个远离了故乡
奶奶一直站在院门口
默默地遥望

茉莉茶香萦绕着报纸上的远方和消息
紫色豆角花又悄悄地爬上了木篱笆

不如归去

毕业前
启功老先生写了首五言诗
——《不如归去》赠予我

不曾想漂泊在外，看遍了世界的纷纷扰扰
不知不觉，沿着内心的核
提前抵达了故乡

你的眼睛无处不在

我把阳光都走没了
天就黑了

手里拿着伞，跑进雨里
夜路好长，像你现在看我的目光
放逐了我，摇来了夏天

另一个世界

复活节那天
我把表针拨回去了一个小时
听着你的歌，在你安详的目光里，静静地睡去

大地一片宁静，心里一片宁静
那是另一个世界
你我相守到老

流浪的花

时间嘀嗒嘀嗒
送我们去彼岸的家
旅途上，有你有我有他
哪一个不是流浪的花

天堂

当我走近他
我看见了一张稚气的笑脸
看见他身后
——两个天使头戴王冠
白纱衣沾满露水
飘过这迷人的夜
他的眼睛居然会笑
笑里飞出了一千只蝴蝶

致故乡

你的血液里奔腾着黄河的倔强
你的骨头上镌刻着泰山的威严
你就是传说中的地老天荒
我将把漂泊的灵魂
全部寄还给你

诗句的故乡

我确实不知道
这些舞动的诗句是怎么冒出来的

或许来自童年的研究所大院
后面的那条大河，松软的河床

或许来自你带走了的那些欢笑和悲伤
以及那个清高的我

只是我，无论怎样肆意妄为
却再也换不回来你的自由

奶奶再也不会来

梦里常目送奶奶的身影走远
大概因为奶奶说过
——如果爷爷走在她前面
她就来我的城市

晨

红窗帘透过金色晨光
她睁开了眼睛
他坐在她身边，不知多久了
她想伸手，触摸他的唇
却被轻轻握住了
他把头埋在她的怀里
她还是觉得离他遥远

一道闪电

没有什么可遗憾的
那一道闪电
劈开了脆弱与隐忍之间
不可分离的过去

从此，大庙的飞檐下
不再有风铃的歌唱
我的小手
被紧紧握在你的大手里

寻爱启示

在时光的荒野上，我贴了一张寻爱启示
——山是你的额头，河是你的眼睛
千转百回的小路是你的沉默
通向早已被遗忘的一座孤岛

最自由的舞蹈

一杯咖啡的时间
我接连写了五首小诗
它们可不小
足以容得下遥远，陌生
和一整片森林的寂寞

它们是冰上芭蕾
旋转着的舒展的裙摆
它们是不羁的生命
最自由的独舞

孟姜女哭倒了长城

回到两千年前，我们都放下相机
从古城墙望出去
——牌楼，石碑，人影如织
此起彼伏的叫卖声中，传来一个女子的哭泣
大红灯笼挡住了她的心碎，她的脸

我不相信

我不相信
你弹起旧吉他，只是为了告别
那正在消逝的春天

我不相信
就在昨日，我听着你讲的故事
沉沉睡去

我不相信
你一直静静地，听着我的呼吸
等我醒来

我不相信
我是你漫长成长期的最后一首歌

星夜

一只流浪的蝴蝶
悄悄地飞离异乡

今夜，只为你
只为你，栖息南方的雨巷

寻你，正站在哪座石拱桥上
眺望乌篷船上的灯火

白水泉畔，你的诗句
洒满了硖石的星空

注：海宁硖石，诗人徐志摩故里。

你永远都不会变

小时候，喜欢
把秘密埋在园子里，玻璃下
时不时拨开土看一看，到底变没变

长大后喜欢
把心事藏在人群中，笑脸下

而对你的思念
每个春天都会重新长成一片
花海

童年的味道

十五岁前，我家住在一栋日式小楼里
要好的几个小伙伴常在花窖一样的大玻璃窗里捉迷藏
每天下学一进门，把手伸进大竹筐
掏出个国光苹果咬一口
那就是童年的味道

野丫头

你不要被我的外表所迷惑
以为我是他们说的大小姐
我并不喜欢，也不擅长
这般装模作样地点头，微笑

我是你的野丫头
那个永远长不大的野丫头
只想跟着你，回故乡的大河，田野
去看油菜花

海市蜃楼

她大声喊
——快到城镇了！
全车人欢喜，总算穿过了戈壁滩
只有我肯定地说
——戈壁滩哪有小桥流水，撑乌篷船的人
果然不一会儿，那江南美景不见了

像雪花一样自由

当你的手指
在黑白琴键上跳舞
我正穿过燕园的夜色
往事的碎片像雪花飘飞
我只想要你，无限的纵容

最美的风景

你从草原深处策马奔来
点亮了
隐藏在黑暗里的所有游魂
身体里那个咆哮的孤狼，离你而去
你摘下一朵栀子花，插在她的长发上

我拥有了你的名字

谁都抓不住即将逝去的东西
你的声音从拥挤的夜上海的人潮中传来
已是十年后

我站在外滩的一扇窗前
一笔一画，认真地写下了你的名字

伤逝

深夜里倾听大海的潮声
那么清晰有节奏
总是不愿相信，你已永远离去

如果早听懂海浪的言语
我不会疏忽大意
伤，不仅仅你有

心思

我不想去远方
远方有你，有心伤

我只想住在小木屋里
对着月光写故乡
尽管我希望，我能终老在大海边
日夜陪伴着你
听你唱，你作曲我填词的那首歌

午后阳光

一辆单车从窗外的小街上疾驰而过
一片叶子追逐着午后的阳光，翩翩起舞
你坐在我身边，歪着头，看着我笑
既然找到了你，再也不用去流浪

辑五　美人迟暮——旅美旅英记

城市进行曲

城市里站立的高楼，邮筒，消火栓
灯柱，旗杆，脚手架
他们冷眼旁观，静止与沉默
只有人是移动的
人移动了有力气移动的世界
想念，期待，活力
失望，诉求，颓废
还有音乐，艺术，和美
以及人类承载的思想
历史，创造，和进步

人类建立、繁衍和驾驭城市
城市又吞没了人
电脑代替了手，文字代替了灵魂
资本代替了生活

独立日

萤火虫告诉你
——远方的快乐是苦的

站在人海中
我为这夜色下的烟火着迷

天在燃烧
地在燃烧
也无法阻挡我们重逢
相聚

原来走遍了世界
只为遇见你

开吉普车的中国女孩

风驰电掣的大吉普
“咔嚓”一下停下来
有什么好看的?
看什么看!
中国女人把宇宙飞船
都开上了天

在夏日的海滩上

妈妈用现有的简易材料
随手造了个风筝，放给我们看
她永远是日子里，最快乐的那个人

你休想看见，她曾经历的苦难
和正在承受的悲伤
其实，我越长大越像她

驰骋

你坐在战火硝烟里写信
我的心早已飞向了海的那一边

骑在马背上的囚徒，狂奔而去
扬起了一路风尘

银杏树与狮子王

你们看见一棵小小的银杏树
在奔跑
从紫禁城跑到了曼哈顿
只要她的手轻轻一挥
狮子王就跪服在她的脚下

阿拉斯加偶遇

海鸥突然冲进镜头
一个猛子俯冲，抓起了鱼
转瞬跃入蓝天，消失在远方
阿拉斯加人的笑脸泛起一层高原红

那就是我

如果你用谷歌地图
一定会发现一个奔跑的人，在上下班时分
穿过欲望都市的人潮，沿着第五大道
径直跑到了云上

焰火

没有你的欲望都市
只不过是一座空城

浓郁的咖啡香
妄图掩藏她的风尘

你不要闷着头吸烟
傻傻地念着我

你抬头看一看那绽放的焰火
就是我写给你的诗篇

寂静世界里的天使

我用手语说
——我爱你们
她们惊喜地回答
——我爱你

来自中国的天使
在联合国主席台上
翩翩起舞

我坐在台下
听见
水滴一下又一下打在银杏树叶上

注：中国残疾人艺术团在联合国舞台上表演舞蹈《千手观音》。

曼哈顿平常的一个夜晚

垃圾车急匆匆吞掉
路边一个又一个大黑袋子
乞丐躺在教堂门口的台阶上，蒙头睡去
酒吧里人影晃动，霓虹迷离
广告牌醒目提示
——大乐透超过上亿美元

偶遇小野洋子

正午时分，匆匆穿过第五大道
刺眼的阳光下，人潮中突然闪现
一张东方面孔，醒目惊艳
一瞬间，我们目光碰撞，相视而笑
我看见从她那黑亮的大眼睛里
飞出了一只白兰鸽

心愿

我在世界的尽头，车水马龙的思念里
给遥远而迷人的东方，写一首长长的诗
仿佛就这样，一直写下去
总有一天，你能来到我身旁

妈妈把曼哈顿的大公寓变成了上海的小弄堂

妈妈离开曼哈顿
回中国了

公寓里的人们见到我
总是问起她

那几年为邻
我从不认识的老少男女
常自称是她的好朋友

时空错位

我的愿望还挂在麻省理工学院
图书馆的布告栏上
透过哈勃望远镜，看一看宇宙大爆炸
地球诞生之初的样子
却看见你举着冰糖葫芦
站在紫禁城的雪地上

小鹰的故事

小鹰站在小树上，伺机捉老鼠
人们围观树下，牠怎敢下来
牠的妈妈已在纽约城里三十年
牠也有十岁了
把中央公园当成了家

我的画挂在曼哈顿的画廊里

我画的水墨江南，被挂在显眼的中心位置
她画的油菜花，开在旁边
我们的青春，在故乡的晨光里旋转着
离去
而我们的爱情，像壁炉里的火
正在熊熊燃烧

奇迹惊呆了华尔街

他平静的，用中国口音的英语
讲述深圳如何从小渔村，变成了大都市
惊呆了台下，华尔街的大鳄和精英们
我含着笑，望着他
仿佛回到了中国

注解：观深圳市长接受纽约媒体采访。

曼哈顿的门卫大叔

他喜欢去旷野骑马，去酒吧喝酒
却穿着马靴马裤，守卫在公寓门口

他总是让我猜，他的哪个手里有糖
好给我糖吃

他曾说起，不要回他离开了二十多年的国家

送给你一个不一样的春天

请闭上你的眼睛，感觉这片刻的分离
感觉一只蝴蝶的忧伤，飞出紧闭的门窗

感觉一头狮子的霸道，在高楼大厦的丛林里奔跑
你就会看见一个
——正在绽放着的，不一样的春天

在美国西部淘金的中国人

穿越西部大峡谷
搜索不到中餐，只好去越南餐馆
遇到了中国老板娘，嫁的是越南人
正愁着女儿老大嫁不出去

一位娶了越南女人的中国退役警察
要买下对面的旅馆
他们见到中国人
兴奋得说个不停

一个从上海来的小女人

她像一只花蝴蝶裸露着肩
长长的裙摆震颤着，扫过第五大道
她要去酒吧找蓝眼睛的白马王子
才不管她的男人和孩子
在家里等着她

下班时分

麦迪逊大道上有座浮雕上长苔藓的老教堂
每天傍晚，无家可归者都从侧门排到了大街上
大大小小的旧包裹，装满了心酸
被丢在地上
而对面，西装革履的银行职员正涌出大门
赶回他们的家

那不是一个玩笑

我跟时间开了一个玩笑
那不是考验你，只是跳一个舞给你看
哈德逊河会倒流，每天早晚两次
我的心也一样，每天疼上两次

美人迟暮

——美国西部游记

荆棘草醉依荒原的臂弯
像大地打开的一扇扇帘栊
轻倩的薄暮卖弄迅疾的光洁
似绫罗绸缎上镶绣了
枯黄的音符

还是那飞机儒雅风流
在蓝天上画出灰白的梦呓
三月冉冉地
托着娇嫩的音韵
逗引着西部丹霞
亲吻着山巅松柏
孤独的大地一袭青罗战袍，与巧云并行

野花酣舞，森林叹息，
一条路指向了天边的黄卷孤灯
摩托车队飞驰而过

飞沙走石般惊起了卢梭的人权主义
落在印第安人的地摊上
烘云托月般展开陶罐，木雕，和绿松石

新大陆的癫狂冶艳
掩盖不住历史的羁旅辙痕
印第安女孩的皮肤棕黑色的暗
衬着大眼睛像暗夜里的星
印第安母亲的脸庞圆大
近似东方的月，泛着淡漠的凄迷

大峡谷是一位既渊雅又热艳的山神
石缝间生长的树一直遥望着远方
牛仔那白里透红的笑脸，军绿色的制服
幽禁了他的青春

两只白头鹰飞越马博峡谷
石头阵像烤箱里正在烘焙的蛋糕一样膨胀
桥下的河水漂洋过海而来
扑朔迷离，从未偃旗息鼓

绿翳蹲踞在赤壁之巅，叫醒了磁蓝的黎明
水下的巨石像阿凡达在沉睡，若隐若现
河流从地下来，千回百转
溅起的美，是暌隔多年的奢靡

石头从天上来，将光阴的搏斗刻录成斑驳和火炽
瑟缩不宁
有一块小石头从中间张开，白水晶闪亮
在一个雪亮的黎明，交替盈蚀，出发去冒险
灵魂化成飞花，留给大地珍贵的风情
与日月一同转动
待到坚硬的巨石全部碎成泥沙
我们依然在银河里歌唱

当雨季来临，山谷变成海洋之前
我们还能做什么
怎样才能留下樽前的剪影
留下那一尘不染的欢颜
留下那一往情深的曾经

幽灵

每天，世贸遗址都有人排长队
进进出出
每天，众多教堂都敞开大门
接纳游人和信徒
每天，亡灵们都聚集到哈德逊河
等待日落
每天，我都能听见他们那
无比寂静的歌声

给自己一个机会

大楼剧烈摇晃
我冲到走廊观察情况
她背着大书包，与我打了个照面
一脸严肃地说
——I give me a chance
（我给自己一个机会）
而我们坚守岗位
一个人都没有离开

寂静之声

莫扎特的玫瑰一半是黑色
一半是白色
私人生活
嘴唇上的阳光
夏日在他方
院里院外一支离别的歌

桥上的南方
被你诱引
追赶我丢了的青春
看不懂你就转身离开
银色音符轻漾
乱花背后放纵的夏

爱未央
狼烟北平
爱城往事
陪我走过画眉巷

时光守护者

孤独城的情书
踏着月光的行板，锦瑟的爱
芙蓉如面，柳如眉，时间的面孔

君生我已老，最爱时分手
星空下的咖啡馆，燕畿旧雨
幸福的黑白法则，朱墨未干

你说
——除了初恋都是亲情

舍与留

我把几本畅销小说丢进垃圾桶
只留下一本，集结了生命气息的百年诗集
身体里的欲望，欲望里的骚乱
到底算得了什么呢
我听见简对罗切斯特说
——我们在上帝的面前是平等的

黑眼睛及一场蜕变

他递给我一本厚重的书
那是分别的礼物
在他黑亮的大眼睛里
我仿佛看到了过去的那个我
西装衬衫包裹着的守时，秩序，勤奋
一路匆匆来去
它们使日出日落，成为一种蜕变的仪式

诺丁山狂欢节

在酒杯里插一枝紫罂粟
放到窗台上
狂欢的人群卷走了诺丁山的男女老少
我看见平日关闭的窗户，突然全部打开
只剩下你，靠着路对面的铁栏杆
冲我笑

我爱这令我着迷的一切

树叶都长得和你的要求一样多了
晚樱的花朵还固执的不肯落

他们说了一圈
最后问到我
——你的信仰是什么？
你信神灵吗？

嗨，这自然的美
这来自人间俗世的爱
怎不令我着迷

雨中的纪念

木椅背的铜牌上写着
——他爱这座城市，我们爱他
有时恋人拥吻，挡住了字迹
有时孩童欢快，爬来爬去
此刻，我陷进雨里
想你，和你的城市

早春

你听见风儿穿过身体的声音了吗？
早春的大地歌唱着嫩绿的叶芽儿
迫不及待的花蕾
匆匆的行人忘记了
去冬的雪灾留下的狂暴和苍凉
一切仿佛都是刚刚被粉刷一新
旋转着隐秘的渴望

不安分的灵魂

你天生是个不安分的灵魂
你说这句话的时候
别以为我听不见
其实我早已把它遗弃在
一个阑珊的夜
一场时间的烟火里
就像把青春里的羞涩
迷茫，困惑
都丢进坚硬的
粗糙的
画板

我一直都在想你

如果我的爱有时让你觉得沉重
或者冷漠
那是因为我匆忙赶路，身心有些疲倦
偶尔，我画国画
练书法，写写诗
把纯粹的自己交付给风
交付给你

披萨男孩

披萨店的大个男孩突然说中文
——你好
闭起一只眼，冲我做了个鬼脸
那搞怪诙谐的样子多像你
总是能用快乐装满最平淡的日子

在一个没有星星的夜晚

没有星星的夜空
想念着遥远的东方

你一直在山坡上徘徊
寻找宝石蓝色的愿望
我头枕着莎士比亚打开的那本书
笑着，远远地望着你

突然林子里传来唐朝的锣鼓声
狂风巨浪一般卷走了
我身体里的另一个我

黑色高跟鞋

插入夜空的高楼
像一棵没有叶子的红杉树
穿超短裙的粉衣女郎，跳出了紫色橱窗
丢下一双黑色高跟鞋
跑进花朵摇曳的春

我在人海里寻找一个像你的人

我在人海里寻找一个像你的人
他一定要有你那般深情的
眼神
那里有湖水，花树，自由的飞鸟
一朵快乐的云缠绕在山腰

我的灵魂忠实于我

我的灵魂忠实于我
它比身体里的风暴更真实
像闪烁的孤寂搬动了星辰
它是被你遗落在人世间的原始野性和激情

有时爱是糖

喜欢骑马的里尔克，时常挡住我的路
伸出攥紧的两拳头，眨巴着幽深的大眼睛
非要让我猜，会飞的爱情到底藏在左，还是右
结果是，一半对来一半错
他都慷慨地给了我

居住在向日葵里的艾米莉

为什么时光都被狂暴的雨水冲走
青春却执意居住在向日葵的悸动里
阳光从你的眼睛，跳跃到了我的脚尖儿
多么想化成一粒种子，飞回我们的故乡

时差

我比你只是多了一次心碎
远去的流水载走了内心的喧哗
这样的时候最适合读《短歌行》
看那云淡风轻，爱上了你的星空

星夜

用一个指头轻轻触碰
耀眼的星光倾泻如水
一对儿老人手牵手穿过我的房间
他们谈笑风生，走向原野

中国来信

在晨曦中看不清你的眼
但也知道你要说什么

穿着内衣去厨房沏茶
夏风钻进了我的身体

你跑进院子打开信箱
——有中国来的信！
一些糟糕的东西悄悄地从心底溜走

公元六零年的传说

我行走在公元六零年的泰晤士河边
那座刚刚被焚毁的桥，把他裂变的身躯
深深地嵌入你遥远呼吸
我听见了自己的喘息

清晨的缠绕，无助的侵犯
在火光中化为一缕轻烟
桥身滚落而下，你的吻落入了水底
那喘息持续了几个世纪呢
那吻活了多久呢

雨追随着阳光，披散着铁一样的发丝
在石头堆砌的城堡里，在教堂的钟声里
久久地徘徊，徘徊成河岸上的灯塔

海鸥围着他的眼睛低徊
黑漆漆的狮身人面像像是黑洞
微笑着对我说
——孩子，进来吧

时间因此停滞，鸽子的羽翅划过窗口
蓝色桥栏挡住了视线
人流从山洞里涌出，他们来自时空隧道的另一边
来自粉碎我美丽衣裙的剪刀

办公室的楼顶有刺眼的幻灯，有火警的嘶叫，有枯燥的讲义
身旁人的沉默，对面黄头发的张扬，我的冷漠
我手中的黑色计算器，我习惯性的感冒
你的不闻不问

数字爬进了我的眼睛
我看不见街道，只看见满天的石头
雨一样飘落
我不跑，我与火在一起
我与红色的电话亭在一起

这是异乡，这是我放逐自己的石头城
是雨可以肆无忌惮，喧哗的荒野
是我放弃的思念
我想，我也可以站成所谓思想者的模样

有智慧的语言，有安静的肉体，有空洞的眼神

这是公元六零年
一场大火毁灭了我的爱情
监狱里的白发老人，扔出的球画出了优美的曲线
像你的唇角
我轻轻触摸，心就会偷偷地疼起来
那狗欢快地跑来跑去，你的嘴角就闪来闪去
刺穿了我的身体
我的身体是那片青葱的草地

这是公元六零年的爱情
我不在意，人们在各个角落，铸起你石头的面庞
下雨的眼睛，和苍白的手臂
我依然可以走向你，依偎在你冰冷的怀里
听石头底层的冥想

这是公元六零年的爱情
我放逐了自己

流星雨

我灰色的短裙上，有一颗白星星
你半长齐膝的黑风衣上，有一颗紫星星
我们披散的长发，夹在另两颗蓝星星的嘴里
你的高跟鞋踏着雨花
雨雾似乎都还醒着，微笑着
在潮湿发霉的思念里，还有那么一丝丝快乐

快乐很简单，不是吗?
看飞驰的车流碾过我的身体
看合璧的裂缝吸走我的灵魂
看雨滴在桥上的舞蹈
看远处航船驶入月亮的发际
看快乐舞蹈
快乐的自由，如风，如鸟

你的学校在桥上不远的地方
我的办公室在桥的那边石头堆里
我们去了那个小小的中国餐馆

你在鱼香肉丝里说你的政治经济
我看着你的抑郁发呆
你抱怨说没有一点时间去玩
你苦笑
你把一盘鱼香肉丝都吞了进去
你又把它们吐了出来
哦
是他们要保存你的论文
我傻笑，这里的政治经济怎么会是原来的味道呢

我在门上挂上金象的风铃
你挂上他路过时带来的兰花图
我还买了个绿色的酒杯
长长的脖子举着几支放纵的罂粟
有人说
——再不铲除这些紫色的花朵，是要惹麻烦的

这不是我的家，这里没有羁绊我的梦魇
这里的罂粟恣意地开放
这里并不快乐

我把黄色的窗帘换成了蓝色
你把窗帘做成了桌布

郝斯嘉用它做成了裙子
你不爱穿裙子，你居然主修政治
你喜欢穿黑色的风衣，你不快乐
我学经济，我喜欢穿花裙子
我也不快乐

只有这样的时候，漫步在星火下
愈合不久的桥上，和泰晤士河说悄悄话
或者在中世纪的酒吧，让温馨的乐曲轻轻穿过发梢
说起我们的童年，亲人和家乡
我们才是快乐的

快乐如酒杯中的罂粟，花瓣纷纷落下
你拒绝长大，我拒绝回忆
我们的眼神是轻蔑的
因为我们早已习惯了不带伞的日子

流星雨落下来，浸透了我们的头发，衣裙
光着脚丫跑去，如同踩在童年音乐课的五线谱上
如同奔向，最后离别的长城上的红月亮
快乐很简单，不是吗？

注：记录一个伦敦桥的夜晚。

生命谜底

是阴霾的天气，伙同月亮恶作剧吗?
遍地的影子，聚集到橱窗里
诗人的心都被卷了进去

红的是背阴面的柔情
绿的是脸谱的隐忍
他们开始无休无止地辩论

与其说是夏天的沉默，让她有了严重的高原反应
还不如说是秋天的胃口，被变质的诗句霸占

背叛在找寻他丢失的童心
无奈，燃烧的冷漠，瀑布的堕落
无数双翻云覆雨的手
黑色波尔卡吞噬着阳光

嚎叫的天狗，别再撕扯说谎的泥土
坟墓早已打开了大门

天使拉着他苍白的手臂
踏过那些奴颜婢膝的虚伪
穿越地球和宇宙的联姻
抵达一座冰山的孤寂

那是个充满希望，信仰和爱情的地方
每个生命都在不自由的自由中
飞翔

辑六　深陷幸福的领地

北京欢迎你

听闻今日北京PM2.5在50以下
好过纽约的80以上
喜不自禁给同学发去贺电
他回了
——北京欢迎你

你要嫁给谁

我要像云一样
既不嫁给天，也不嫁给地
要嫁就嫁给它们之间的自由

春天来了

电梯里好多人，只听一人说
——春天来了
另一人马上应
——春江水暖鸭先知

我真是幸运

我真是幸运
自从遇见你

我只是自己伤了任性的小心脏
没有伤到这细胳膊和长腿儿

我真是幸运
还可以奔跑在大地上，尽兴写一首诗

赏花

亲爱的，你闻闻，花香不香？

嗯

没你香，更没你美

亲爱的，是不是你最爱我？

哦

我不爱你，还有谁会爱你

一个小女孩的心愿

我想要天蓝色的床单

因为那样，像和白云一起

睡在蓝天上

深陷幸福的领地

幸福从寂静的夜河之上而来
当我看见它时，它已覆盖漫山遍野
深陷幸福的领地，我充满感激
多么奢侈，可以肆无忌惮地奔跑了

遗忘——致徐志摩

走过爱情的渴望
走过婚姻的绝望
他一走就走了许多年
径直走到了云上

都嫁了吧

你要蒙上开满桃花的盖头
嫁给天上的月亮

我要光着脚丫
甩开马尾辫
嫁给水中的月亮

啊
他们一个比一个遥远，虚幻

他们是自由的火花
寄居在我的诗画里

问

美丽的小海星爬上了岸
问它为什么离开家?
回家吧，小海星
海才是你生活的天堂
回家吧，小海星
这世上的污浊会毁灭你

蚕的咏叹调

吃了睡，睡了吃
做完了梦，吐尽了丝
再缠住自己，陷入黑暗
只为生出一对儿翅膀

外婆的玉手镯

那一年
迎春花开在教堂的墙角
像她的愿望悄悄地震动着翅膀

她坐在教室的窗下，那个兵荒马乱的年代
唯一一处安静的地方

她捧着一本厚厚的书，像捧着她的所有
齐耳短发，明眸皓齿
沉浸在自由的风里

天蓝色斜襟短袄，黑长裙，白袜子
凡是她经过的马路上，清风温柔，鸟语花香
天上的白云也比不过她的轻盈与美

那一年，家里要她嫁给一个商人
黑漆漆的夜，冰冷的泪
只有星星望着她的大眼睛
一闪，一闪

照亮后院的高墙
照亮她奔跑的“解放脚”
那一年，她离家出走
继续在教会学校求学
靠为老师做家务贴补学费

那一年，她已亭亭玉立
走在街上，有星探一直跟踪她，要她去拍电影
她一门心思要读书
她去考了长影美术师，被录取

那一年，老师介绍了一位从日本留学回来的穷学生
那一夜，紫丁香开在屋檐下
她披着红盖头，戴着玉手镯
惴惴不安地，等待
等待那个未曾谋面的男人
将要追随一生的男人

那一夜，当他忐忑揭开红盖头
他看见了粉色的樱花，含笑的花蕊，和最美丽的容颜

她羞红了脸，任他抬起了她的下巴
她看见了一张英俊，年轻的脸，和一双炙热的黑眼睛
他揭开了一个季节，引领她走进了季节深处

跌跌撞撞，曲曲折折
一直延续到生命的最远方
那一年，她十七岁，他二十二岁

此刻，那双玉手镯的其中一只戴在我的左手腕上
白玉上一抹淡淡的翠绿，仿佛外婆的一个微笑
那笑里藏着半个世纪的苦难，梦想，心碎
生与死，爱与恨
藏着一生的，枷锁，自由
执着，坚强
眼泪，欢笑和幸福

外婆救了一个抗日兵

一个挂了彩的抗日兵，慌张地跑进小洋楼
外婆把他换下的血衣，迅速丢进灶台下的火
扔给他外公的衣服

几个日本兵端着长枪闯进来，什么都搜不到
外婆说没看见什么人
其实刚刚让他从后院跑掉

外婆是敢于追求幸福的新女性

外婆十七岁那年，家里逼她嫁给有钱人
她逃婚了，住在教会学校老师家，继续求学
老师介绍了个从日本留学回来的穷学生
她就自己决定，毫不犹豫地嫁给了他

大公无私的爷爷

爷爷是三朝元老级商人
退休时，单位几个人上门，要分给他大房子
他当我们的面拒绝
后来老房子拆迁
儿女们给他买了回迁房

奶奶嫁给了账房先生

奶奶十八岁时嫁给了同岁的账房先生
就是因为他写了一手漂亮的毛笔字
奶奶可是那个大户人家唯一的女儿
而爷爷是个从山东来的打工仔

做媒

我爸和我大伯同时从哈军工毕业
虽然都很高，很帅
却一个开朗，一个沉闷
大院里最漂亮的女子喜欢上了我爸
托人说媒
家里人都说
——他哥哥还没有媳妇呢
她就嫁给了我大伯

我爸我妈的恋爱史

我爸从哈军工毕业后，上班的第一天
对我妈一见钟情
那时我妈才十七岁，是最漂亮的广播员
我爸跟地下工作者似的，每天接送我妈上下学
因为“文革”年代，未经过组织允许，不准谈恋爱

注：当时作者的母亲正在读书。

天不怕地不怕的大舅最怕老婆

大舅转业后到某研究所
成了那里出了名的天不怕地不怕
大家都知道他，唯独怕他的老婆
一喊他，他就回

二舅舅的女儿不认他

二舅舅娶过四个老婆
第二任老婆为他生了两个女儿
一个远嫁日本，另一个拒绝认他
他常去她工作的地方偷偷看她

小舅舅时代

年轻时他总是打架斗殴，驾摩托
同时喜欢他的两个女人，追到家里争夺他
当了爸爸后，他养鸽子，放鸽子
进了信鸽协会
中年后开始炒股
最近炒赢了一辆大路虎

知青岁月烙印

我陪三姨逛颐和园
这里是当年她参加大串联住的地方
牌匾都是后来新做的
早先的都被他们知青砸碎了

百年孤独

我的外婆考上了电影厂的美术师
选择了放弃，为了孩子们和一个家
她的慈爱智慧，比世上的任何艺术品都要美
她套在我手腕上的玉手镯
陪伴我写一部新的《百年孤独》

外公的第一和最后

外公望着窗外说，他想吃老家的大桃子
当天夜里，我梦见童年住过的小洋楼
一堵朝街的墙轰然倒塌
第二天，静静的，他去了另一个世界
什么话都没留下
他是那个城市第一个日本留学生
也是最后一个国民党员

瓷器

它们酷似高山流水
一直陪伴着老爸
它们比我幸运
而我却离他比云朵还远

传家宝

爷爷留下了一册中药方
都是他用毛笔写就
字体仪态万千，胜似王羲之
而留在我记忆里的
永远是梅枝图案的紫砂壶
映着他的笑脸

大表姐的恋爱史

十七岁的她，常跑去训练场打篮球
其中一个男孩子喜欢上了她，每天缠着她
她告诉了他
他劝退了那个男孩子
后来他参了军，与她两地飞鸿
五年后，她嫁给了他

无法挣脱的婚姻

知识青年下乡时
她嫁给了一个幽默又老实的当地人
回城时，她带回了他
毕竟是一双儿女的亲爸爸
可是她一生都觉得嫁给他
亏了心

表妹出嫁

她和他在北师大从未说过话
却在毕业后的一次培训班上重逢
他一门心思考到了她所在的研究生院
她跟着他回到了他的家乡

世上最执着的男人

她嫁了人，生了孩子，离了婚
他一直等她，从少年到中年
终于荣归故里，娶了她
生了他俩的孩子

军属篇组诗

（一）

爷爷是三朝元老商人

送五个儿子当了兵

大伯和父亲念哈军工

三叔念医校当了军医

另两个叔叔十六岁执意入伍

保家卫国

（二）

我是在部队医院出生的

因为奶奶家是军属

记得小时候过年贴春联

别人家都贴“紫气东来”

唯独奶奶家贴“军属光荣”

格外醒目

（三）

我的叔叔十六岁时不辞而别，离家出走
和几个同学共赴珍宝岛，参加保卫战

中途被遣送回来
直接送北京当了兵

邂逅

又是落叶飘飞的深秋
他坐在咖啡屋的窗下看风景

一位婀娜女子走过窗轩
飘进门，飘过他的眼前

他不动声色地看她坐下
看服务生递上菜单

他心想，这样漂亮的女孩
也许会点咖啡，不，那太普通

也许会点橙汁，不，那又太平常
对了，就这样，如果她点了苹果汁
就要上去搭讪

她的黑眼睛有一抹忧郁
嘴角向上微翘着说，来杯咖啡

他一下子失望透顶，起身想走
可是转瞬间，听见她说
不，等等，来杯——嗯——苹果汁
他走向了她，坐在她的身边

当她跨出咖啡屋大门的瞬间
他一把拽过她，扳过她的双肩
排山倒海地吻过去

吻了有整整一个世纪
她成为了他的新娘

四合院的故事

画板上终于浮现她秀美的脸
考上美院的男孩等她走进大门口
铁了心要对她喊出那句话
她却再也没回来

纸婚姻

“她活不了，我也不活了”
五年前，他与她生死相依
可如今，他们离了婚
她活着
他也活着

青核桃

（一）

她看着警察，用帆布包裹
抬走了两个十七八岁的女孩

她们刚刚被雷电击中，在躲雨的灌木丛
那一刻，她正经过一棵核桃树
停下自行车，跑树下拣核桃

（二）

她抬头看见，身旁的一个少年
幽幽的蓝眼睛里，闪过一丝悲伤

他跟着她，默默地走出海德公园
告诉她
——每年都会发生这样的不幸

（三）

再不会有人，如他那样懂她
她扎上粉头巾，和他们一起
走进诺丁山的狂欢

（四）

一个女孩爬上公车站顶
长裙子紧绷着大腿，疯狂扭动

平日紧闭的窗户全部敞开
他们扔给她一罐嘉士伯

（五）

彩车一个个经过她的面前
沸腾的人群包围了她

突然，她看见那个蓝眼睛少年
在驶来的彩车上使劲敲鼓

（六）

他一眼看见了她，扔下鼓槌跳下来
不容分说，把她拉上了车

（七）

彩车游行了整条街
傍晚时分，他送她回家

她把他送的玫瑰花插进酒杯
听见夏日正慢步走开

（八）

他的蓝眼睛闪过一丝悲伤
他哪里知道
她的青春
永远停留在了二十岁
再没有人懂得她

爱情罗曼底登陆

（一）

这个时代，爱情没死

你信不信？

（二）

丹在一次联欢会上遇到新

新又高又帅，像一棵可以依靠的大树

丹甩掉了周围的追随者

每天追随着新

（三）

新被丹的活泼和美丽打动

大学突然变成了两个人的世界

在校园的湖边山坡上，丹吻了新

丹拉着新的手，放在自己的白衬衫里

（四）

同宿舍的男同学劝告新
——丹只可做朋友，不可做老婆
对于新来说，这是他的初恋
他从未想到日子如此灿烂

（五）

他俩山盟海誓
在众多朋友不看好的呼声下
新娶了丹
他们落脚到了上海

（六）

三年五载，新依然爱丹
他在一个外贸公司早出晚归
买了大房子

（七）

丹在一家外资银行
做得跟玩似的
小两口恩恩爱爱
以前不看好他们的同学开始羡慕他们

（八）

新想要个孩子
丹总是说
——等到我们三十岁再说
新什么都听丹的

（九）

新的同学
在那个外资银行的电梯里遇到了丹
丹正搂着一个美国男人
他告诉了新
新说
——你看错人了吧

（十）

丹长发婀娜，不大化妆
只是涂了一点儿口红
在浓妆艳抹的女子中格外出众

（十一）

丹生性开放
在那个美国大银行里如鱼得水
和那些美国人相处融洽

常常谈笑风生

（十二）

丹又一次说要加班
他站在大楼外，远远地看丹走出大门
一个胖老外给她开车门
奔驰车一溜烟消失在夜色中

（十三）

他招了辆出租车，尾随其后
见他们进了一家酒吧
她紧紧拥吻那个男人
新的心天崩地裂

（十四）

丹回家时已过子夜
蹬掉高跟鞋，倒头便睡
新坐在床边
看着她美丽的脸

（十五）

他有朋友在那个外资银行打工
说起丹，俨然不屑一顾

你知道“公共汽车”吗?

她就是那种女人

（十六）

新跟丹摊牌了

丹哭了，说

——我还是爱你的

新的心里只剩下冷笑了

（十七）

新说

——我们离婚吧

丹不想离，她想有他

还要别的男人

（十八）

新把房子给了丹

丹是哭着走的

她还是舍不得新

她还是想挽回婚姻

（十九）

新去绍兴旅游

在风光旖旎的湖边遇见了美丽温柔的兰

新对兰一见钟情

（二十）

在离婚后的那段日子里

他常常想起兰

那个江南水乡的女孩如花的容颜

（二十一）

有一天，他梦见了兰

微笑着向他招手

他一大早就直奔绍兴，找到了兰

述说他的思念

（二十二）

新不管不顾的，和兰成了“好事”

兰在枯燥的婚姻生活中

已感疲惫

轻易就被新点燃

（二十三）

新对兰说

——我们要在一起

兰割舍不下她的水乡

两地飞鸿，转眼四年又过去

（二十四）

兰的家人终于知道了他们的关系

兰的老公就是不离婚

兰打了退堂鼓

（二十五）

新参加“驴友”活动

总有女孩子追着要他电话

他开始游戏感情

他在自己的车上游戏了好几个女孩

（二十六）

当一个人对婚姻失望

对爱情绝望的时候

他选择了堕落

（二十七）

新失踪了
他跑到西藏
一个多月后才回来
他变得沉默寡言
全身心投进了股票市场

（二十八）

他本是学经济的
很快掌握了股市规律
他越做越大

（二十九）

丹打来电话祝他生日快乐
毕竟他们的青春是在一起度过的
还有那么多耳磨私语的夜晚
丹已是月薪几万美元的高级总经理

（三十）

兰也来找过他
说想好了要跟他一辈子
新不想

根本不想

（三十一）

敏一直负责大户室业务

她是典型的，直爽大方的北京女孩

平日沉默的新，一遇到敏

总有说不完的话

（三十二）

有一次，他们说笑间

戛然而止

新轻抚她的头发，吻她

她没有躲闪

（三十三）

新把她抱上桌子

撕开她的白衬衫

撩起她的黑裙子

他仿佛又一次蹚入了纳木错的湖水

（三十四）

新和敏结婚了

灰姑娘嫁给了白马王子
证券所的人都很惊讶
这可是闻所未闻的头一回

（三十五）

转年间，樱花又盛开
他们有了个胖小子，生得虎头虎脑
眉毛长得跟新一样黑

（三十六）

这个时代，你不能不信
即使爱情死了，爱还活着

一见钟情

（一）

她离开办公楼时，夜色已深

街道空荡，如同她几个月前刚离婚时的心情

一个高个子中年男人问她

——威斯丁酒店在哪里?

他要了她的手机号，留下他的名片

（二）

他当然知道威斯丁酒店在哪里

她那高挑的身材，酷似大长今的面庞

特别是那落寞的表情，冷艳的大眼睛

电着了他

（三）

第二天上午，他约她喝茶

当她走进威斯丁酒店大堂的酒吧，一眼就看见了他

他说要飞回纽约，他生活了二十年的地方

（四）

没想到，她和他居然是同行，金融从业者
他从清华一毕业就去了美国
而她从英国留学回国
辗转于北京与上海之间

（五）

他在华尔街工作，整日与数学模型为伴
自从遇见她，他只想和她在一起
就这样，一年内，他飞来看她许多次
她带他走遍了紫禁城

（六）

爱悄悄地生长
她觉得自己的生命在那场浩劫里枯萎
重新见到了阳光
思念一阵阵地追逐着她
跟我走吧，他求了她许多次

（七）

跟他走吧

当她下了决心，毅然辞了职

未告诉任何亲人和朋友

我在曼哈顿遇见她时，她推着婴儿车

小宝贝和她的脸上满是幸福的阳光

（八）

偶尔，我们会说起中国

那个爱过，痛过，再不属于她的地方

没有人知道她去了哪里

只有她的父母在天堂护佑着她

昙花一现

梦帏诗句，远方伊人，月伴羞花，锦瑟悠悠。
纯真之心，灵魂戚戚，彭殇非虚，星辰独行。

美亦短暂，不枉光阴，与云相恋，依水而居。
寰宇固大，心无边界，日升海落，寂静听风。

沐浴于美，生命本源，自由萦怀，神圣寓拙。
芳菲刹那，创造永生，幻象人间，激情微澜。

沉思静静，愉悦滋生，诗意栖居，吾意绵长。
天性痕迹，永葆青春，千万种子，飘洒四方。

灵魂不息，信仰乍现，轻捷光阴，大地敦厚。
出现是美，消失亦美，瞬息永恒，万物同等。

初冬之光

红豆非红豆，树影照薄冰。叶落覆枯草，暗枝凭空寂。
栈桥独步去，蒹葭梦容魂。独椅染绯红，晴雪不知意。
古今痴情事，水岸石无语。思念成陈迹，云翔风不言。
又是一年冬，美现绦帘后。世间唯有爱，似光暖人心。

如梦令

沉鱼落雁寻萧茅，花容月貌舞蒹葭。
不见锦瑟竹马台，唯念诗音绕云山。
黛眉朱唇欲轻启，乡野雏菊令指柔。
后海雅夜青梅泪，流水自吟暗香殇。
千树万花寄图景，俗世天堂一线间。
谁人背影暖我心，怡红一梦至天明。
草疯英飘花无语，夏雨纷纷入书斋。

紫禁梦

红墙碧瓦春光好，蓝天白云正当时。
不见胖丫和鱼缸，岁月蹉跎印门窗。

锦瑟新曲

朝霞媛兰星，宗柏艳荣峰，海天祥涛健平，军戈丹朝晖。
金华一别数载，云东丽华曲实，新宇勇笑冰。
思兴燕，扬利欣，滨韶红。
光念秋玲，锦瑟宝歆非惘然。
亮莉林鹏建华，相聚故乡昕宏，春峰川上游。
书革卿延武，金秀汇忠民。
健彪依旧在，青梅几度红。

注：此诗词包含四十余位高中同学的名字。

落英

落英春风绕城垣，海棠花溪十里香。
廊桥月河今犹在，梦里与君下江南。

丝绸之路行吟

战火烽烟，敦煌千眼佛。
大漠戈壁出阳关，驼队影无踪。
晨访月牙鸣沙，夜宿青海湖畔。
江南海市蜃楼，西夏嘉峪雄关。

注：在沙漠戈壁看见了海市蜃楼，小船在湖水上荡漾，垂柳堤岸烟雨濛濛。

春思

天地日月往生情，舟去心留道远行。
昨夜春风断梦魇，晓看落花回枝头。

静夏

夏荷迷离浮玉桥，亭榭自在拥清风。
身披绢丝不舍离，汉瓦徽音自多情。

夏荷无语

颐和晓云，思飘何方，西堤柳影，梦沉天涯。
荷叶婆娑，魂寄孤帆，水媚山青，凤翔绿野。

君心如故，花容静默，石语易解，夏情难留。
游鱼戏水，欢畅几时，人生须臾，万般舍得。

锦瑟夜吟，月落西山， 难解难分，水岸天庭。
女子本清，自由不孤，涉世清浅，唯愿随风。

独

天竹无心，海月无情。
孤独复孤独。
人间烟火处，星辰自徜徉。

燕园面谈吧诗歌沙龙后记

燕园非梦方知创业之辛，五千史册只记烽火狼烟。
信仰图腾不过疗伤之药，花开花落万物顺其自然。
青瓦黄檐见证风起云涌，紫禁城根天籁不绝于耳。
一人一书茶香自有乾坤，艺术之魂萦绕百年博雅。
人生如梦幸闻美音美文，凡世繁华蓦然万般舍得。
兰亭序篇道尽生死之悟，时过境迁明年春花依旧。
唯愿中国文化走向世界，古朴之美点亮黑暗心魂。

红衣玉颜泪珠悄然滑落，相亲相爱吾辈此生不待。
豆蔻年华亦懂生命轻重，天涯海角诗情常寄飞鸿。
锦瑟青春重回未名湖畔，飞鸟轻啼菊舞薰衣紫香。
蒹葭犹在伊人远走高飞，左岸船坊粉衣雾中飘荡。
木椅寂静曾有几人踯躅，樱落杏开文学院前人潮。
古今笔墨自由驰骋中外，前尘思绪诗句满载世纪。
长发及腰即返十八芳华，回眸相认感叹静美如初。
溪水灵动秋思冉冉如烟，彼时诗句穿越原野四季。
琴弦悠悠月光美酒陶然，天南海北缘聚画意诗情。
塔影水波时代推陈出新，北大平台层出济济人才。

文集

幸福的女人自带光芒

陈雨虹 / 著

中华工商联合出版社

写在前面

我来到这个世界，就是要看一看日出的模样，看一看月亮挂在枝头，和友善的人们擦肩而过，再看一看樱花的巧丽，看一看落叶的浪漫，和亲朋好友消磨时间。我很幸运，按自己的意愿活成了最真实的自己，辉煌过，舍弃过，内心却足够丰盈 ，毫无可惧，因为爱无处不在，让我去珍惜每一分钟，去与你们消磨时光。

飞到东又飞到西，你总要飞回家里，只要一个温暖的窝，一颗平和的心。我好像一路都在努力向外飞，向外寻，用了十年光阴走遍了中国的大江南北，又用了十年光阴穿越欧美大陆，忙于学习、工作和生活。当那个放飞过的自己飞回家，变得愈加充盈和自在，丰富而自足，或许这就是飞的意义。你才会在寂静的夜晚，柔和的灯下，感恩这一切的温暖和宁静。

幸福是清晨小鸟的呢喃，几滴露水落在翠绿的叶子上，折射着好看的光影，充满着爱，你对这世界充满了无限的爱。

幸福是天亮后扫院子的声音，听那树叶被扫在一起，间或人与人打招呼的寒暄和问候，那是一种市井的迷人气息，伴随你的生活，无怨无悔。

幸福到处都在，在一碗清粥里，在一杯茶水中，在一首熟悉的老歌响起，你留恋的身影一个个靠近你。

原来，时光是用来消磨的，静静的。

原来，幸福就是你看见了幸福。

幸福从寂静的夜河之上而来，当我看见它时，它已覆盖漫山遍野。深陷幸福的领地，我充满感激。

多么奢侈，可以肆无忌惮地奔跑了。

目录

辑一 思源集

辑二　旅行漫记

辑三　锦瑟芳华

辑四　飞鸿集

辑五　清风集

辑六　流星雨

辑一　思源集

消磨时光

我来到这个世界，就是要看一看日出的模样，看一看月亮挂在枝头，再看一看樱花的巧丽，看一看落叶的浪漫。和友善的人们擦肩而过，和亲朋好友消磨时间。我很幸运按自己的意愿活成了最真实的自己，辉煌过，舍弃过，内心却足够丰盈，毫无可惧。

因为爱无处不在，让我去珍惜每一分钟，去与你们消磨时光就好。

幸福

幸福是清晨小鸟的呢喃，几滴露水落在翠绿的叶子上，折射着好看的光影，充满着爱，你对这世界充满了无限的爱。幸福是天亮后扫院子的声音，听那树叶被扫在一起，间或人与人打招呼的寒暄和问候，那是一种市井的迷人气息，伴随着你的生活，无怨无悔。

幸福到处都在，在一碗清粥里，在一杯茶水中，在一首熟悉的老歌响起，你留恋的身影一个个靠近你。原来，时光是用来消磨的，静静的；原来，幸福就是你看见了幸福。

何须若即若离

何须若即若离，让支离破碎的片断，遗留在思绪的缝隙里吧。

幸福从寂静的夜河之上而来，有时依偎，有时遥望，当我看见它时，它已覆盖漫山遍野，不再摇曳，不再羞涩。深陷幸福的领地，我充满感激，对每个人微笑。风儿没说过，这就是幸福，但我看见了各种花儿一起绽放。多么奢侈，可以肆无忌惮地奔跑了。

生命是一场旅行

（一）

爱情就像蚌里生长的珍珠，人们只看见它的成色和美丽，有谁想到，当初，那只是一粒灰尘萌生的痛苦。

（二）

所有的台词都是要被忘掉的。

（三）

人从来的地方来，还要回到来的地方去。

（四）

爱与不爱又怎样？人海漂浮，生命何其短暂，我们都不曾缺席。

（五）

记忆随着痛苦的递增，一点点消失，那渐渐发亮的已不是美丽的地平线，而是大段大段的空白。

（六）

一些有心无意的选择，把我们长久抛弃在彼岸，岸上野菊花盛开了，永不凋零。

（七）

黑暗淹没了所有的光亮，那未尝不是另一种幸福。

（八）

寻找真相和寻找美都是徒劳的，因为无常才是世间的真相。无常恒常存在于人世间——草木的萌生、枯萎、人的一生和死亡。

（九）

有时，神圣与平凡只有一步之遥。

（十）

生命正以光速逝去，奔向时间的边界，宛若凡尘。何其庆幸，时光留在诗句里，留在初相遇的那个美好夏天。

（十一）

门里门外落英芳菲，诗里诗外都是爱，生命转个弯。

（十二）

那片自由的海在心室潮涨潮落。古城墙无处不在，满目疮痍，远古的烽火从未曾熄灭。

（十三）

心里种了花草树木的人，笑容是纯真的；心里住了人的人，青春是不会老的；心里有梦的人，生命是美丽的。即使心里空空的，只要有一湾碧水，也映得出云的媚影、月的澄明和星的永恒。

（十四）

诗者，可用心倾听水底暗流，狭缝叹息；可推心置腹，山河抒怀，亦可打破规则，自由畅想。执一念而破千秋之谜，挥豪情而守一隅之静。

（十五）

在冰与火之间，我选择自由的歌唱；在自由与枷锁之间，我选择爱的沼泽；在遥远与永远之间，我宁可选择刹那的燃烧。

（十六）

在白昼和暗夜之间体会阴影下的光，学会在黑与白之间做出选择和舍弃。

（十七）

你能做到不笑不开口吗？秋天的树做到了，他们把苦难都炼成了美丽，载走了穿梭匆匆的忧伤。

（十八）

我们无法选择月亮，因为她永恒；我们无法选择悲喜，因为世事无常；我们无法选择回头，因为时光不能倒流。生

命如此短暂，像海浪潮汐起起落落，总还是有月光照着我们踯躅前行。

（十九）

是谁说过的，放弃是一种智慧。原来你早就懂得了放弃，放弃了温暖也放下了记忆。消失在远方的背影渐渐模糊了，生命的脉络依然清晰可见，犹如光阴的手雕刻出的一种坚持和坚强。

（二十）

孤独，是因个性与众不同，思维天马行空，不知不觉遁入另一时空的一种享受，是滤去尘埃和嘈杂后的欣欣然。

（二十一）

梦想，是因情感脆弱和性格缺陷，不得不放弃的无奈选择。放弃选择，不是因为外部因素，而完全是因为主观因素。

（二十二）

在天上看云，有另一种境界，那云像炊烟一样，很朴素。那不仅仅是把日子从月台上抹掉，所以，真情真意无价。

（二十三）

你要慢慢习惯，或者适应，别人抵达你的心海，再离开你的心海，那种依恋和不舍。世界每一秒都在变化，人心也一样，而我们的生命，就是在不断失去的过程中，渐渐变得丰腴、宁静和幸福。

（二十四）

你有没有过一见钟情的感觉？倾听从地的底层传来的，

频率加速的心跳声？当我闯入这个古老的城市，遥望寂静的流水上开出的一朵朵甜美的花，那些神秘的花上还写满月光的诗句。

时光开始倒流，回到青葱岁月纯真年代——他站在苹果树下，背影泛着光泽，眼里的纯真与温情燃烧了整个夏季。

（二十五）

一个人的灵魂并不寂寞，更不孤独，反而是宁静，是惬意，是站在风景里欣赏风景，与时间一起散步。要么游荡歇息，要么观望寻找，抑或低头不语。

（二十六）

第一个女孩问——爱是什么？第二个女孩回答说——爱是空气，看不见，但离不开，离开了就会窒息而死。第三个女孩说——有那么严重吗？这时，就听见了天使的声音说：爱是付出。如果每个人都不付出，只是等待别人付出，那么爱就不会存在了。没有爱的地方，就是没有水的大海，没有树木的高山。

（二十七）

我们身处强烈的阳光下，有时看不到彩虹的美丽，其实彩虹就在那里。正如生活和工作的匆忙，因此错失了细微温馨的感动，以至于在时光里不知不觉丢失了自己，甚至自身的影子。

（二十八）

幸福相对于痛苦来说，更为轻浮缥缈，相反，痛苦更有分量，痛苦是创造的源泉。光与影相遇了，拥抱和亲吻的

瞬间，电闪雷鸣。我迷失在森林里，那里长满了亮闪闪的诗句，在我的梦里摇曳。

（二十九）

幸福的秘密，不在花开，不在叶落，而是在漫长的旅途中，拥抱的一种坚持。

（三十）

爸妈说，这里的山林和故乡一个样，树都那么高大、粗壮。故乡是爷爷奶奶长眠的地方，是他们生前要求回去的地方，尽管他们二十二岁就离开了，一走就是近六十年。

那里的河边有数不清的丹顶鹤，那里的山有无尽的宝藏。当年富农家的唯一小姐，十七岁嫁给了同岁的账房先生——我的爷爷。故乡是遥远的一个梦。

（三十一）

爱情的热闹与凄凉或长如银河，或短如闪电，灰色的基调里，激情渐渐凋零。在另一度空间，奏起黄昏的乐章。记忆跳起了水上芭蕾，直到慵懒的月光打下来，才踱着步子渐渐远去。

（三十二）

每个人一个心脏两个心房，一个住着快乐，一个住着悲伤，这是很正常的生活。不开心也是一种生活，有了不开心才会有开心。

（三十三）

飞驰的车流，闪烁的霓虹，天堂的歌声，大地的叹息，都在赶路，赶往家的温暖，乡的依恋，和春的明媚，赶往灵魂的宿营地。我在大地上写字，那些字穿越时空，落在大海的波、日出的霞，落在你的梦里。你的眼眸是合上的，就要睁开了，我必须飞走了。

（三十四）

怎么我还在这里呢？其实那不是我，那不过是一些碎片，魂的片，心的片。雪花应和着雨滴，挣脱不了地心的引力。

（三十五）

没有相握的手和相靠的温暖，风景再美也是毫无生机的。人之间的友爱是冷酷世界里唯一可以取暖的篝火，心灵相通的力量伴随着我们的欢笑与眼泪。爱是一种符号，蕴藏了幸福的密码。手相牵，爱相伴，欢笑遍人间。

（三十六）

在人群中，在你的一生中，你会牵手谁？你松开了谁的手，谁就成为了青春的故事，谁松开了你的手，谁就成为了成长的伤痛。谁又会为你停留，十指相扣，相伴你走过漫长的岁月，那就是永远的亲情了。

（三十七）

雨，是一种情绪，是一种感悟，也是一种淡淡的离愁，围绕在你左右。只有感受了伦敦的雨，你才会明白世事的转变、生命的短暂。你没有任何理由不珍惜时间和生命，更没有理由离开这个尘世。

（三十八）

这就是那种永恒的爱情吧——不曾拥有，永远也不会失去，留下的只有春天的那一抹淡绿色的忧伤。

烟火

（一）光影与自由

光与影相遇了，拥抱和亲吻的瞬间，产生了摄影。

信息时代出现了丰富博大的载体，尤其是照相机，能把过去的时光静止在某个瞬间；还有录像机，让过去的时光流动起来。这些图片和影像，加上文字，足以把静止和流动的时光连成故事，随时都能倒带回去看看。

然而载体是冷的，你将发现，心境不知不觉悄悄地在改变，感觉仿佛坐在老房子的地板上，翻阅老照片。世界不是非黑即白，感情也是，生活也是。

女人在爱与自由之间如何选择？太爱你的男人往往走向狭隘，恨不得束缚住你的手和脚，变成他的附属品。而不那么爱你的男人是能给你相对的自由，可是他的心往往不在你身上。爱和自由的确是一对矛和盾，此起彼伏，不能兼得。这样就引出了一个真相，女人是要做一棵这样的树，独立生存，不依靠任何人。我们都要向前走。

（二）文字与沉淀

文字不是生活，而是旅途中所见的一片建筑、一座公园、一条河抑或是一群鱼儿、一群飞鸟，是一段时间里，用眼睛和思绪采集到的一些需要重组的信息，犹如云彩映在山顶上的阴影，变幻着，终会消失在只言片语里。

我愿意变成海星海葵海白菜海胆或者深海下的任何一种生物，只为看不见你们人世间的这么多悲欢离合，听不见你们人世间的这般嘈杂混乱。

几乎所有事件类似，本来清清的河水，有一个人用棍子搅，搅起淤泥，那一小片水涡就变混浊了。很多人都来搅和，可想而知，再清澈的河都变成黄河了。大概黄河就是被这么搅出来的。在这个喧嚣的时代，充斥着四面八方吵闹的声音，多么需要暂时放下那些搅拌棒，先让浑水静下来，看清楚河床上到底都是什么。

有一种被忽略的财富叫缘分

我收到了远方朋友的一条短信，他写道：“人群中相遇是一年修来的缘，互相对视是十年修来的缘，面对面交流是一百年修来的缘，能成为朋友是一千年修来的缘。”

这句朴实的话让我很感动。既然我们是朋友，那么我们的缘分就是一千年修来的，情何可贵。

露台那边的集体宿舍里住着二十三四岁的一对小夫妻，早已安然睡去。他们新婚燕尔，喜欢热闹地炒菜做饭，香气弥漫，总来侵略我的鼻子。

露台这边的阿丽还亮着灯，她刚从杭州回来，给我带回来一条漂亮的丝巾，红黑相间，挤在那排素色的灰色紫色蓝色的丝巾中，像是在缤纷的草原上突然冒出一朵火凤凰。阿丽刚给她老公发了短信说不回去了，留在我这住一宿。他们正在闹矛盾，闹着分居，两个人都属于很要强的人，谁也不肯妥协，看来和好的可能性不大。

我拥着藏蓝色的大被子，冲着开着的大窗户，看着电视里的韩国剧，看着那些美丽的人儿亲切地从我面前走来走去。

感情让人晕眩，也让人疲惫，和许多事物一样，有它正常的循环周期。当最初的激情甜蜜浪漫顺着抛物线落下，当琐碎的欲望陷感情于低谷，也许有些人懂得珍惜，所以他们才有勇气低下高昂的头颅，拾起彼此的这份缘。如果他们能一起度过这段艰难的磨合期，就能修得万年的缘分，他们就拥有了取之不尽的财富。

这种常常被忽略的财富就叫缘分。

月牙弯弯挂在天边，它送走了昨天的九九重阳，更送走了前天艮的生日。那天，校友录上异常宁静，我知道我们都在心底怀念他，然而我们只有在他生日那天，会不约而同地保持沉默，在线看那些小蜡烛扇动着黄灿灿的火苗。

他说，世界上最远的距离是心与心之间的距离。如今，我们每一个人都和天堂里的他不再遥远，我们很默契，一起怀念着他往日的音容笑貌，在他生日这天，我们能看见彼此的影子，天南海北，风淡云清。

他说，人要做自己的选择，于是他义无反顾地选择了放弃，而我们还在一边坚持，一边看着那些儿时年少的梦被夜色吞没在水底。在梦想和现实的彼岸，他对着博雅塔的倒影自斟自饮，他依然走在未名湖畔，手里攥着涂满红色线条的那个首日封，像抓住了所有美丽的诗句。

虽然我们不能围在他身边谈笑风生，虽然他不能走近我们的世界，我们却曾经共同拥有了千年的缘分。我们没有忘记他，为此，我们感谢这无穷的时间，感谢这无情的世界，将我们的青春和激情消磨殆尽。

我对北京的爱与愁

我对北京有爱也有愁，我爱她，也为她心慌。

我爷爷是个元老级的商人，早年领着家里一大帮人到北京玩。

我奶奶生过八个儿子，五个长大成人，后来又有了孙子们，等到我出世，可想而知，欢喜得要命。他们来北京自然带着我，那时我才四岁，看照片上胖墩墩的样子，大大的眼睛，两条小编辫，站在天安门前，穿了个小背带裤，手里抱

着个大红苹果，甜甜地笑。听他们讲，从那以后，我只要见到亮堂热闹的地儿，就跟人说，这是北京。

童年记忆里的北京，于我就是灯火人潮的代名词。

我从很小的时候起，一不高兴就会说，我长大了一定要离开家。妈妈对我说，你小时候就想着飞了，可真就飞了。其实，我是个比较糊涂的人，不会算计自己的未来，直到我大学毕业留在北京，我还是稀里糊涂的，不知道怎么就落脚到这里。

中国音乐学院要我去当英文老师，我没去，转而做了个小职员，就这样稀里糊涂地在这里生活了下来。期间我到英国做过长期的访问学者，反而日日夜夜想念北京的红墙绿瓦，想念后海的胡同，想念北京烤鸭和涮羊肉。

北京，于我有太多的幸福记忆，虽然都是些小小的幸福，在旁人看来没什么，可我还是喜欢津津乐道。和同事聊天，我惊诧他们在北京多年，居然没去过潭柘寺。你不知道“先有潭柘寺，后有北京城”吗？他们根本不知道还有个大觉寺，不知道北京周边的郊区有多好玩儿。

我更惊诧于他们对后海一无了解，不知道老舍葬身于那里，更不知道那里还有宋庆龄故居、郭沫若故居，还有恭王府和“瘦”福字。

好多英国人不知道北京，他们只知道西藏和上海。上海，除了那个玻璃大戏院，还有那些好看的服装，就没有别的魅力了。而我的北京，魅力无穷。

当然，我对北京的感情，是一杯复杂的鸡尾酒，是将爱与愁搅拌在一起的鸡尾酒。我爱她的古韵，我爱她的茶香，同时，我为她心慌。我为北京遗憾，我总是想，要是当年听梁思成先生的话，北京会是世界上最美丽最有特点的城市。可惜，这一切都改变了。现在的北京，完全是个现代都市，不过还好，终究留下了一些宝贵的历史遗产，需要更多的人来爱护她。

当我登上八大处山顶，远望北京城被罩在一个大灰盖子下，而我的头顶是湛蓝的天，我的心里发生了十级地震，北京老百姓的肺部是不幸的，我的肺部也是不幸的。

百年前的伦敦大搞工业，那时候要比现在的北京空气污染严重，所以叫雾都，但是现在治理得很好，总是蓝天白云，雨水和草地都是干净的，呼吸舒畅，甚至一年都不用擦皮鞋。

我希望借着北京举办奥运会的机会，北京市市长能带动市政府清除空气污染，至少有大大的改观也成，那该是为北京做的会载入历史的大善事了。

北京的交通比较糟糕，上下班堵车，堵得人没了脾气。我懒得开车，不但堵车，配套设施也不齐全，找停车的地儿也难。

北京的路倒修得越来越宽，越来越多，交通却越来越堵。开车的人越来越多了，这不是主要问题，关键在于两点，一个是交通管理问题，一个是道路桥梁设计问题。环路

上开关路口不合理，排队出车，影响了主路的行车。路标不规范，不清楚，只有目的地的标牌，却没有怎么到目的地的标示。

现在修了六环，据说还要往外修，听说还要收费。其实，在城里多开几条东西大路，少修几座像西直门那样让司机迷路让警察头疼的桥，比修什么环路都有意义，因为那不是治标而是治本。

虽然北京有这么多愁，我还是挺爱她的，其实我对她的要求不高，只要环境干净起来，人们干净起来，公共有秩序就可以了。男人懂得给女人让路、开门、拉椅子，女人懂得不大嗓门吵闹。那么，我的那些小小的幸福还是可以实现的。

小小幸福一：逛街

要逛街就去逛北京城东的秀水街，以及东四街边的小专卖店。

王府井的书店和西单的书店还是值得逛的，可以当成图书馆。东方广场也可以逛，停车场很大，买书时可以把车停在这里。新东安市场的地下也可以逛，有捏泥人、做泥陶的手艺人在表演，你能伸手一试，小孩子能学学手艺。

买日常食品用品要去大超市，欧尚、加乐福、沃尔玛都可以，那里吃的用的应有尽有，干净经济，品质也算可靠。

小小幸福二：美食

生活在北京，可以品尝八方菜系。

吃海鲜可去潮好味、黎昌、顺峰，阳澄湖的大闸蟹，新鲜的基围虾，可以三吃，白灼、椒盐和煮粥。

吃辣的可去湘鄂情、菜香根，热滚滚的鱼杂香喷喷，奶白色的老鸡汤甜蜜蜜。

吃水煮鱼可去沸腾鱼乡，一条大鱼，可以做一盆不辣的，再做一盆红辣的，那里的四川小吃不错。

吃北京小吃可以去后海，水边的人家都不错，我喜欢烤肉季的麻豆腐。

吃羊蝎子当然要去牛街了，吃面可去航天桥北的路东进去不远的老北京炸酱面馆，你好像回到了老舍茶馆，穿长袍马褂的伙计吆喝着，保管震疼你的耳朵。

小小幸福三：郊游

体验北京的美丽，那就不要仅在北京城里转悠，除了故宫、颐和园和后海，北京的精华实际上都散落在远郊区。

我喜欢十渡的山水，喜欢那里的农家菜田。

我喜欢潭柘寺、戒台寺的红墙院落和千年银杏树。

我喜欢京西的大溶洞，就是炎热的盛夏，走进里面都要穿棉衣。

我还喜欢北京航空馆，那是以一座大山为主体建成的，飞翔的感觉和山水融为一体。

我最喜欢的是爬荒凉的长城墙，响水湖一带有废弃的长城，宝贵的城砖散落下来，山上泉水幽幽，活泼的虹鳟鱼、金鳟鱼游来游去胜似神仙。

最美的地儿要往郊区的北边、西边开，黑龙潭一带，灵山一带，那里的口音有异域风情，小孩子说话更好听，高远的蓝天上浮现洁白的云朵，那里民风朴实，山水醉人。漫山野花，草甸子、仿佛到了西藏。

城堡，要数白龙潭水边的别墅最美了，和伦敦郊区的别墅没什么两样，果树覆盖绿山，绿山环绕草地，像个童话世界。

小小幸福四：文化

北京人最幸福的是什么？

他们一年四季都有的看，音乐会、音乐剧、演唱会、话剧、芭蕾舞剧，还有各种颁奖晚会、慈善文艺演出。

我看了好多芭蕾舞剧，从上海芭蕾舞团的“胡桃夹子”，到中央芭蕾舞团的“红楼梦”，还有俄罗斯芭蕾舞团的“天鹅湖”，还看了“红色娘子军”。有一阵子我觉得，整个世界，只有芭蕾是最令人着迷的艺术。

我和我妈去听过卡拉扬指挥的新年音乐会，在人民大会堂。我还听过几次余隆指挥的新年音乐会，要感谢他才是，一个年轻帅气的男人，开创了中国新年音乐会的先河，他把民族交响乐演绎得让我落泪。我对中央乐团的首席小提琴手情有独钟，他圆圆的脸高高的个子，戴副眼镜，四十来岁的样子。他总是埋头拉琴，没有一丝笑容。我的一个表姐也是那里的一位小提琴手。

其他的音乐会更多，中山音乐堂几乎每个星期都有小音乐会，还有诗歌朗诵会。我看了马友友的大提琴，看了郑晓英的爱乐乐团的演出。当郑晓英不能继续把爱乐乐团办下去的时候，我替她伤心来着，古典音乐在中国还没有打开市场。她是个值得尊敬的艺术家，周末为那些小孩子普及音乐，在大学时我们宿舍的人一起去听过她的音乐讲座。

齐秦、童安格、张学友、刘德华、赵传、张信哲等等的演唱会我都看了现场，我最喜欢齐秦和张学友的歌。我怎么没看过女歌手的现场呢？她们的演唱会太少了，听说有个女歌手办完独唱音乐会哭了，说，没想到办个音乐会这么难。应该支持女歌手办演唱会。

那年我在保利剧院看了蔡琴演绎的歌剧《天使不夜城》，我挺佩服鲍比达这个小眼睛的男人，这个贝思手，他有勇气，做中国第一个歌剧之人。我在心里把他当成了“中国歌剧的创始人”。

“人艺”的话剧属于重点保护的熊猫级艺术形式，我看了“天下第一楼”、“茶馆”，也看了“李白”、“鸟人”，有时还跑到首都剧场的小厅看话剧，有时还跑去中国戏剧院的剧场去看。大冬天，下雪天也不误。

这个月又可以跑去首都剧场看“半生缘”。据说是多媒体音乐话剧，京港台合作，台词完全遵照张爱玲的每一句原话。怎么个“多媒体法”，看来又是新创意。以前听过一场电脑音乐会，非常有趣，创作人可以根据莫扎特的曲子，提取出作曲特点，谱写出新的曲子，还可以用激光来演奏。

我在上海看过一场音乐舞剧，喜欢得要命，叫“野斑马”，估计很少有人知道，我至今还保存着它的演出单。我不知道为什么这个舞剧不在北京上演，张千一的作曲一流，演员的芭蕾舞也是一流。凄婉的爱情故事，有比天鹅湖更强的写意表现和出神入化的气势。盼望它再一次上演。

小小幸福五：北京具有代表性的两样东西

一个是快被遗忘了的京剧，一个是像星星一样不断冒出来的酒吧。

我不喜欢京剧，只是有一次陪一个叔叔去看了场经典京剧片段，我觉得京剧的脸谱、拖长的唱腔和观众的叫场蛮有趣的。

我这个叔叔是个地道的京剧票友，跟他坐车上，他一路上都在哼哼唱唱。他对京剧着迷，而我对京剧从来没有喜欢起来。上大学时排练话剧借服装，跟着别人去过中央戏曲学校的仓库，看见那里的京剧行头，我还摸了摸鲜艳的刺绣袍袖。

王府井的旧东安市场原来有个老舍茶馆，保留了当年地道的听京剧场景，晚上时不时还有京剧表演，人们坐在下面吃花生喝茶。后来为改建王府井大街，茶馆被拆掉了，对京剧来说是个大损失。现在建国门西边的长安饭店一层有一个长安剧院，据说保留了原貌，生意兴隆。

从徽班进京到现在，已经有120余年。京剧被称为国粹，“文革”时期的样板戏也算是京剧的一种变迁。这几年，有人尝试用京剧唱现代剧，还有用英语唱京剧的，似乎都变了味道。

我认为，京剧没市场不要紧，没人喜欢也不要紧，京剧的风格，需要原汁原味保留下去，作为古董保存下来就成，这样才称得上国粹，才是真正的京剧。现在不是每年还举办“全国京剧票友大赛”吗？多好的事情，京剧还是有民间基础的。

有人在谈论今年的维也纳新年音乐会，我觉得那里的音乐家很聪明，他们几乎只演奏施特劳斯家族等经典曲子。我赞同这种做法。后来的音乐是有更好的，但那些都不是有代表性的。

对于京剧，同样道理，具有代表性的保留下来，演下去，哪怕只有几个人看，也要保留下去。京剧是国粹，是古董，只要不断有孩子学唱，有京剧艺人以此为业，有专门机构进行研究，就是成功地保留了京剧。

再说说北京的“酒吧文化”。我不知道这算一种文化吗？在英国，去酒吧就跟去饭馆一样。

北京酒吧聚集的地儿要数三里屯和后海了。

三里屯的酒吧已存在好多年，后海的酒吧是这几年才兴起的。我都是白天去后海，有时候在酒吧门前的椅子上坐坐，逛逛那里的小书店、小工艺品店，我老爸是个古董迷，喜欢那里的一个专门卖盘子的小店。我不知道那里天黑后的样子，我想，一定是人头攒动，荧火闪耀的。

我夜晚去过几次三里屯，那里酒吧的风格粗犷、狂野、浪漫，是我喜欢的小情调，歌手的演唱风格亲切而随意，坐在我旁边调琴，好像跟舞台后台似的。

我和他最后一次见面也是在那里，那天走出酒吧时，天上下起了瓢泼大雨，其实，我们那时候谁都没料到，那是最后一面。

我不喜欢吵闹的酒吧，不喜欢摇滚朋克和死亡音乐，所以去的酒吧多是温馨的地儿。一旦有人开始扭蹦起来的时候，我就撤退了。

三里屯的酒吧，几乎每个酒吧门前都有人喊客拉客，这是我不喜欢的。

人在北京生活，类似的这种小幸福太多了，多得数不清，加在一起也便成了大幸福。周末心情好天气好的时候，还可以去附近的大学转转，晒晒太阳，听听喜鹊叫。清华的河塘，北大的未名湖，颇有灵气和生机。每年的冬季，还可以去湖上滑冰。

黑白叹息

我曾经喜欢拍片，在大学时专修过一学期的摄影理论和电影理论，照过夕阳，寻过未名湖，泡过暗房，洗过胶片，做过幻灯片。但是后来，我对拍片不感兴趣了。

那时我会写：

在黑白叹息中，你能弹奏出几个世纪的激情？风卷走了记忆和生命，什么都没留下，什么也留不下。于是我用我的目光，去勾勒你的沉寂和那个年代的荒凉。

后来，我对文字产生了兴趣，产生了一种倾诉欲，更确切地说，是找到了舒缓压力的一种方式。我总是这么想，写出来吧，要不，我不知道我是不是活过。于是，我写了随笔、小说和诗歌，我不得不承认，写文章有一种快感，也让我知道什么是幸福。

我想写出一部好的小说，还要写一写“傻瓜”文字，再读点儿闲书。

我总是因其文字而喜欢其人。

文字，至少能给我的枯燥工作带来一分色彩。文字，能给我带来一丝人情味。文字，像芭蕾舞裙一般轻盈洁白，可以跟我一起做一回落跑新娘。

那些跳跃的文字是我逃跑时的同谋。

与死亡对话

我的一个笔友的母亲去世了。

这些天，我无法继续我的小说。噩梦，一个个地来了又去，去了又来。

我梦见单轨的铁道，好多人在上面坐着跑，无法停下来，我好像也在上面，还为一张不及格的卷子着急。一会儿，我又跑到了宽阔的公路上，路两边有好多拜占庭式的建筑，我的车好像出了问题，我不知道往哪里开，我非常着急。我还梦见了和我青梅竹马的南雨，他不知怎么伤了我的心，我也不知他做了什么伤了我的心，反正，在梦里，我只知道伤心。

醒来的清晨，看着窗外的小鸟，在冬日里依然歌唱的小鸟，我有些庆幸，我的生命在延续。我想，着急和伤心都算不上什么。

当我再一次面对死亡的时候，梦与现实都变得不重要了。

生命是那么轻那么轻啊，甚至不如一片风中飞舞的叶子。

为什么不快乐地过好每一天？为什么不让自己快乐，不让周围的人快乐？

为什么不可以看淡一切？

第一次知道死亡，是在我五六岁的时候，幼儿园的钢琴老师突然不来了。周围的老师说她得癌症死了。我现在还清晰记得她的样子，长长的卷发，大大的眼睛，大大的脸。她不漂亮，也不大爱说话。她的眼神是忧郁的。

那时，我不知道死亡是什么，也没有伤心。好像，钢琴老师不来了，她不高兴就不来了。

第二次面对死亡，已是高中的时候，学校组织学生去附近的大学实验室参观。我无法忍受呈现在眼前的那些标本。

除了恐惧，还有厌恶，还有逃避。我有意把那一天从日记中从记忆中抹去。而抹不去的，是一种无法言说的心情。我变得沉默寡言。我不再去玩，我只读书。我放弃了当医生的想法。人们说那时候我很清高、很傲气，谁也不理，他们都不敢和我说话。我只有两三个要好的女同学，我们一起吃饭、一起做功课。

直到我的外公去世了，我知道了死亡是什么。我再也看不到他慈爱的目光。我抱着他留给我的一饭盒瓜子瓤，他一个一个地“扒开”的瓜子瓤，我没有掉一滴眼泪，但那种痛，那种永别的痛，深深刻入了我的骨髓。我和我的一个舅妈大声吵架，我认为她对我外公不好。我外婆说，没想到，最乖的孩子出来替他外公打抱不平。她一直认为是我外公让我骂那个舅妈的。没有人知道，我的痛。我多想再见他一面。

后来，我的奶奶也去世了，她走得很安详，她是坐着说着话走的。她是个伟大的女人，饱经风霜的女人。我没有给她幸福，她说过好多次，要来我的城市看我。现在我可以给她幸福了，而她已经不在。看着她躺在那里，盖着黄绸布，看着她被推进去火化，我也没掉一滴眼泪，我的心里装满了对她的爱。

从此以后，我拒绝参加任何的遗体告别仪式。尽管每年总会有这样的仪式。

我不想再看到死亡，不想说这个词。

我知道，要在人活着的时候，好好地善待他们。

那一年初春，当我拨通他研究所的电话，我想告诉他我永远是他的好朋友。那边却告诉我说，他出事了。我怎么也没想到，那么乐观那么孤傲的一个人，选择了自杀的方式离开了。直到今天，我还是以为他还活着。他的智慧、他的风趣以及他的青春，都还活着，他的哲学、他的诗歌、他的思想都藏在未名湖底下了。

我知道他是为了尊严而死，他不苟且。而我唯一不理解的是，他这么做，怎么对得起他白发的母亲？

我什么都可以原谅。单单这一点，不能。

为什么不可以看淡一切？

快乐地生活。为生我养我的母亲。只这一个理由，就足以支持我走下去，走到死亡的面前，依然带着乐观、豁达的神情，保存着永久的爱心和童心。

生活的环境和生活的方式已变得不重要。我可以活得精致，因为我有爱。母亲给了我最伟大的爱，我也要把这爱传下去。

善待我们的父母、亲人，善待我们周围的人吧。我们要坚持，我们要珍惜。

今天，我要对死亡说，我会快乐地过好每一天，即使明天我就要和你赴约，我也要让快乐的磁场跟随着我。

我已经看淡了一切，因为我有母亲的爱。无论她在哪里，我的爱都会跟随着她。

不再寻找

每次回故乡，我都喜欢跑去看看以前念书的地方，去看看奶奶家的老房子和大院子，去看看外婆家的日式小楼。

先是小学搬了，原来的平房变成车库，墙壁斑驳，杂草丛生。十年后，高中也搬了，教堂尖顶式的日式白楼不见了，变成了崭新的玻璃楼。

近几年老房子都不见了，冒出很多高楼，大河也不见了，变成了大公园，亭台楼榭，草长花开。

来美国前，专门跑去看初中的校园，还好，还在，可是原来做我们礼堂的“日本大庙”被圈起来，我担心它也要被拆掉了。下次回去，也许就不在了。

在哪里出生长大，决定了骨子里的东西，这是走到哪里也不可能改变的。故乡的花是紫丁香，开在教室的窗外。故乡的树是长槭树，站在我每天经过的路旁。

故乡的人是亲人，都在我的梦里欢笑。

伦敦情诗

这些天晚上读林语堂先生1935年写的《中国人》，细细地读，慢慢地品，让我多少次拍案叫绝。我钦佩林先生独到的眼光，大胆的直言，钦佩他的一针见血和迷人的幽默。林先

生认为，中国从古至今之所以有那么多诗歌，是因为中国人把诗歌当作信仰。北方诗歌的磅礴大气，渐渐同化了南方的儿女情长。

诗歌原来是作为国人的信仰而源源不断地产生并流传至今的。

信仰，如此高贵的辞藻，却让我望而止步。那么，到底从什么时候起，中国没有诗歌了，也没有诗人了？想必国人都有了新的信仰了吧，这恐怕是林先生当年万万没想到的。

我们究竟在何处

看来，人的一生用五进制计算比较恰当，人不需要计算机那么多的二进制组合。人活得最简单，也最复杂，最高贵，也最卑贱。

师兄今天挂出他五年前的照片，而艮的照片不知道让我藏到哪里去了，我忘记了，艮的信件还留了几封，是我偷着留下来的，压在我高中时用的那个黑书包里，压在书柜最下面。妈妈爸爸不让我留艮的任何东西。

那天，我和他坐在校园的操场看台上，我给他讲艮的故事，我和艮的故事，讲到我哭到毫无知觉，他心疼得恨不得要艮活过来，再杀了他。

五年，的确是一道记忆的门槛，一条感情的正弦曲线。

我的一个英俊的表哥只活了两个五年，我曾经和他拉着手在大河边飞跑，我们用自做的铁圈粘蜘蛛网捉蜻蜓，我们出没在油菜地和海棠果园里，他的猎犬跟他一样漂亮。有一天他在玩耍时莫名其妙地从二楼掉下来，伤了头部。当时我不在现场，只听舅舅说，舅舅抱起他时，他说，爸爸，我疼。后来，他再也没起来，他没跟我告别。

艮的一生只有五个五年，所以他永远是年轻的玩世不恭的幽默的样子，他也没跟我告别。他很狠心，遗书上什么也没说，只写了一句话，写他对不起他妈妈，谁也没想到他变成了自己的仇人，他那阳光般的笑脸竟然是心灰意冷的掩饰。

是回不去了，谁都回不去。艮是个很幽默的人，他曾笑着说，十年后大家的样子会更不同。曾经，我把一个诗人误当成了艮，后来，我才清醒，艮永远不可能回来了。

我喜欢电视连续剧《将爱情进行到底》，剧情和我们的大学生活出奇地类似，也许有一种机缘巧合，实际上，真实的大学生活要比剧情更为精彩和离奇。我特意收藏了小柯的乐曲专辑，现在有时候还会翻出来听，“在你我相遇的地方，依然有人在唱，依然有爱情在游荡”，听到这两句震撼我的歌词时，小柯正在首都大学生文艺会演的舞台上，朝我回眸一笑，我盯着他的手指，看他的灵气在巨大的三角钢琴上飞扬。

特别喜欢电影《一个陌生女人的来信》的剧情独白和镜头音画，喜欢女孩子齐耳的短发，女学生的五四服装，女主

人公刻骨铭心的荒凉痴情，喜欢四合院昏暗的灯火，胡同口光秃秃的大树，陈旧的书架和一摞摞的厚书，喜欢胴体的重叠和嘴唇的质感，少女探询疑惑的眼神和无助的低头不语，少妇如白玫瑰一般的冷清妩媚，喜欢倒叙的叙事手法和那封长长的一生的倾诉。

电影最后一个画面，是镜头跨过门墩的橘黄色夜光，渐渐拉进昔日的四合院，那扇纸糊的窗口上，一张少女的面庞若隐若现，一双失神痴迷的大眼睛在微笑。

琵琶的音浪和泪水轻轻抚过面颊，我摘下了眼镜。

难以想象，再过五年，十年，二十年，我们究竟会在何处。

幻象

当我反身站在他的对面，我看见了一张稚气的脸酣然微笑着，玫瑰灿烂绽放，蜜蜂竞相飞舞。

他悄悄对我说："熊的梦里有九千九百九十九朵玫瑰，每朵玫瑰上落了九千九百九十九只蜜蜂，每只蜜蜂的身体里都有一克拉的钻石。"他说完就走了，我望着他的背影想，他一定是去了"天堂花园"。

那些钻石坚硬透明，有棱有角，反射着冷艳凄美的映象，留下了厚重的执着和爱。

永恒的爱情犹如星辰，照得欲望纠缠竟是如此的轻浮渺小，一切世间事物犹如幻象变得不值一提。

我仿佛站在了五花海边，青藏高原的旋律回荡在蓝天白云雪山冰川湖水间，一幅幅画面飞速闪过，一片，一片，又一片，伤感的都略过去了，留下来的只有一些爱的碎片。

她拍的珠峰雪莲，像两个天使，头戴王冠，光着脚丫，白纱衣沾满露水，飘过我心上，寂寞和死亡的绳索自行断裂。

那么多善良的人，那么多铭心刻骨的记忆，一遍遍地重放。

生命如风，世事无常。

冲着远去的背影，我望了又望。

我记得《天堂花园》里的台词说，如果你望着一个人离去的背影，那就是说你希望和他在一起。

平衡

BALANCE，德国动画片，1989年出品，1994年获世界最优秀文化片奖。

我非常喜欢这个片子的神秘诡异。可以试着从日耳曼的历史背景去揣摩他们的独特思维，从简单荒唐的视角寻找他们的敏锐和哲学，片子带来了沉默之中的喧哗，内心空间的扩大，让人不断感受到不平衡之下的压力感。

片子刚开始，人们站在一块板子上，由聚到散，拿出工

具，得到了一个木箱，他们相互配合，尽量维持平衡。暂且把这个板子当作现在的世界。

当下世界里的人们充满好奇心。好奇心是珍贵的，值得鼓励，因为好奇心是人类得以进步的慧根所在。

接下来，人们开始分享战利品，他们相互退让，努力维持平衡，如果一个人想拥有，其他人就要改变，移动，竭力达到平衡。

我们可以坚定一个真理，那就是，无论如何，这个世界是不能倾覆的。

然后，他们从隐性的争抢，发展到公开使用暴力，人类本性中的自私和欲望愈演愈烈。

故事达到了高潮，一个人在得到的兴奋中，把其他人都打下去了，还有一个人仍悬在半空。

剧情到这里，我很肯定地以为，上面那个人，会伸出手拉下面要掉下去的人上去。本以为，有两个人的力量，才能更好地达到平衡。

然而，我想错了，这就是导演给观众的惊奇，出乎所有人意料的结局。

那两个人居然变成了你死我活的敌人，上面的人毫不犹豫地把下面的人踢了下去。

最后，唯一存在的人，是和箱子之间达到了平衡，永远的平衡，但是，他永远也得不到那个箱子。

这个简单的片子，之所以精彩，是因为其中蕴涵了复杂的人与人之间的关系，和世界运动的奥秘。

不平衡本来就是世界存在的基础，也是不平衡导致了人们生存的压力。

人类需要的正是一种良性的压力处理方法，一种和谐的能力，既能保持动态平衡，又能达到身心一致，而不是像片尾那样，所得到的绝对平衡，不过是空虚和死亡。

无言

屈原在汨罗江边站成了问号，仓央嘉措在拉萨河边站成了惊叹号。我蒸了六个粽子，像六片花瓣张开，里面藏着一串省略号——不说出来的，才是甜蜜的。

寰宇之央太阳最热，诗歌之史离骚最烈，生死之谜爱恨最轻，轻到了毫无重量，却是人最需要的空气。空即是有，有即是空——生死之谜，人类解不开的难题。

解不开青春的人，成了叛逆的牺牲品；解不开爱恨的人，成了自我的殉葬品；解不开时光的人，成了钱权的奴隶。唯有信仰能解开迷惑，这信仰又不单单是宗教信仰——启功先生的信仰在字画的乐观里，莫言的信仰在小说的夜海上，你的信仰在开满梦的彼岸上生长，灿烂。

辑二　旅行漫记

曼哈顿之夜

二战时期的老房子，一层披萨店黑灯关门，墙上的美人媚眼长颈酥胸不见了。红酒的精神去哪里寻?

斑马线上一双红色高跟鞋轻轻踏过，盲人左右滑动拐杖，我如清风穿越贝克街。黑人的眼睛白玫瑰的沉静，与我交叉路口擦肩。

红灯笼风中摇曳，上面写了黑体的寿司。大苹果上挂了一片绿叶，香奈儿醉卧公交车站。

落满雪的长椅，轮椅里的老人，婴儿车里的笑脸。乞丐是教堂的守门人。三位黑衣修女交头接耳，长衣摆扫过水果摊，鲜红的小草莓粉红的大石榴映衬她们苍白的脸。

救护车呼啸，直升机轰鸣，汽车喘着粗气打着大灯。

这就是嘈杂的曼哈顿，深冬之夜。

曼哈顿小夜曲

他们把巨幅照片挂在街边的两棵树之间，是橄榄球赛的争抢瞬间，远看还以为是当年英国人在海上搏击巨浪，争夺新大陆的战争场面。

一位红衣长裙拄拐杖的胖老太太站在路边喊邮车，邮车停在路中间，司机一手握方向盘，一手搭在车窗框上，大声问她姓名，她大声地回答。她大概在等孩子的信吧，要过圣诞节了，也许孩子们会回来看她，和她相聚。

走过去，听见身后有人吹着口哨。起风了，酒吧白墙上挂满了黑画框，大大小小的，歪歪扭扭的，画框里全是空白的底色，如我们逝去的青春。

做披萨的男人会笑，他高大英俊，突然用中文说“你好”，惊得我睁大了眼睛，他闭起右眼眨了眨，做了个鬼脸，灿烂，调皮，我又多买了一片。

打开盒子，我听见他说——灵魂的自由才是真正的自由。

黑暗碎片

绿的心含有叶绿素，可以呼吸了，等着冷静下来，就会变黄，变红了，等到落了，心碎了，自由了。

想起小时候跟着大院里的男孩子一起弹彩色玻璃球，好像弹几下，那些玻璃球全都不见了，人心如玻璃球一样的，滚到了别人的远方，滚离了一个一个的人心，却再也滚不回去了。

心没长眼睛，不知道往哪里飞，也没有心电波，不知道哪里有墙壁，只好沉到海底睡觉去了，因为只有大海，也只有大海，不会变成尘埃。

怪不得我最喜欢在大海里游泳了，去年夏天差点没被大

鱼吃掉。

做一条鱼在水里吐泡泡。

灵魂碎片

走在路上，空气里有香粉的气息，雨停了。

潮湿的路，走在上面，溅不起一滴水花，清爽惬意，草地树木都喝饱了，满足地静默，黑铁栅栏下还有两堆雪，染成了白灰色，红砖圆柱上，树干上，绿茸茸的苔藓一片片，你能相信这是城市吗？它有奢华的外表，内里却是草木丛生，小鸟自由欢唱。

未见它时向往它，等见了第一面时讨厌它，觉得它很压抑、嘈杂。而真正与它相处一段时间，你不可救药地喜欢上了它，它狂妄的姿态，它翻云覆雨的大手，它不可一世的傲慢。然而它也有温情的一面，勤劳的工人，礼貌的问候，孩子的笑脸，永不落幕的歌剧，还有永远明亮、色彩斑斓的橱窗，如诗，如画。

最主要的，它不会用歧视的眼光看你，你可以肆意地奔跑。多么奢侈！

有时它会让我忘记了你，它有着和你一样不寻常的人格魅力。

可是，你多么会开玩笑啊，一转身就去了天堂，留我呆呆地站在原地，灵魂碎成一片片，不知会飘到哪里。

晨读

春雨绵绵，喜欢这样打着伞，走在雨里，清新的空气让人感觉身心舒畅。雨虽然很小，风却一阵阵强袭过来，把红蓝格子伞刮翻了过去。

星巴克的大窗户，两个男人低头在读什么，晨读加早餐，一天都会觉得清爽，只要自动过滤掉那些黑暗的信息。

居然有冒雨跑步的人，雨变大了。

你知道，在美国，那些金融界精英，夜晚和周末经常坐在星巴克里加班，创造了很多模型，改变了这个世界。

雨没有淋着我，车飞驰的水溅到了我。

谩骂，不满，愤怒，不如进入世界，做点事，多少推动世界的改变和进步。

想法是美好的，梦想是不遥远的，理想更不是遥不可及的，还是在做事上，认真，尽责，努力。每天都在改变，一点点的，翻过一页页人类的进化史。

城市的旋律

空气里飘来好闻的爆米花味道，卖报纸的黑人胖大妈每天都靠墙站着，铁艺桥连接路两边的楼，桥梁上拳头大小的铆钉，像神灵的眼睛，桥身上有美丽的浮雕，是树叶的形

状，正在往下落的样子。

城市是架管风琴，弹奏着或急或缓的旋律，每每遇到红绿灯，那就是长短不一的休止符。重复着悲喜，重复着故事，人们像行走在五线谱上。

我是游离的一个符号，一个微笑，坐在城市之顶，遥望他们的问候、拥抱、亲吻，把感觉收进行囊里，那行囊就不是空空的了，夹层里还收留了一段时间。书吧或图书馆收留了安静的我，大街和大道收留了行走的我，你的温暖收留了冰冷的另一个我。

飞驰的车流，闪烁的霓虹，天堂的歌声，大地的叹息，都在赶路，赶往家的温暖，乡的依恋，和春的明媚。

回家的路

裸露大腿的金发少女，白发苍苍的老人，疾走或慢跑，黑眉少年的眼睛像鹰一样，坐在墨绿色长椅上，戴着白色耳机，一只白狗一只黑狗不知道在草地上刨什么，婴儿在手推车里咿呀哭喊，天边一片金色的云盖住一丝丝紫色的霞光，路灯亮了，闪着白色的光。

小孩子荡着秋千，秋千是个大黑色轮胎，上下摇啊摇，飞机从天上飞过，轰鸣着，掩盖了路上原本嘈杂的车声，湖水上，灯柱的倒影随波摇晃着，像一株株蜡烛的火苗，安徒生把礼帽放在一边，听小鸟欢歌。

我坐的长椅上，灰色金属标牌写着，" Sandy Garfinkle，He showed us how to live，love ，and give"。——他让我们看见了怎样活，怎样爱，怎样给予。

湖面上，一只绿头鸭游过来，一定以为我有吃的喂它，一群少女和一个少年欢笑着走过。一只长尾巴松鼠从我前面的路上横穿跑过，瘦瘦的样子，毕竟熬了一个冬天了。一男一女在草地上打羽毛球，那圆球和棒球的球一样大，却没有羽毛。

小狗总是用深情的、迷离的、无助的眼神望着你，或者摇着尾巴蹭蹭你，爸妈曾坐过的长椅像一长排墨绿的栅栏，梧桐树上斑驳的花纹依然睡着，博物馆的广告牌上，红底白字，写着“Beethoven，Barvinsky，Brahms and more”——贝多芬，伯温斯基，布朗汉姆和更多音乐家的名字。

图书馆灯火通明，花店门口，水仙婀娜，夕阳的光打在楼顶上，现出橘黄的果色，二战时期建造的老房子挂出出租的大广告牌，教堂已紧紧关闭了大门，乞丐的包裹铺盖散在那台阶上。我接过传单，走不远，扔进垃圾筒。我总是笑着接了这些传单，心想，发传单的人生活不易，但他们却一直微笑着对人。

我们总是从出发的地方，回到出发的地方，一天，一年，一辈子。在忧伤的旋律下，唱欢乐的歌，又在欢乐的歌里，默默地忧伤。我们迟到了，希望再也不会早走。刚刚

好，不多一分不少一秒，我们到达了那里，一个约定，一句你好，一个微笑，一句再见。

回不去的童年

被窝像草莓，甜甜的柔软，粉色绲边，白底上，缀满粉色小碎花，和草绿色的小叶子，钻进去就像躺在春天的歌声里。

小时候，家乡的元宵节非常热闹，从市中心电影院，到大百货商场，绵延几条街，都有好看的花灯，有动物形状的、神话人物的，还有走马灯，闪啊转啊。中心广场的银行大楼放烟花，喜欢那种小降落伞，总想去追，总想知道它们落到哪里。有时小学老师还给我们抹红嘴唇和胭脂，让我们上街打腰鼓。

㕣

回来路上遇见一老师，靠墙站着，牵了他的大黑狗。

他叫她Sandy，短毛油亮，胖嘟嘟的大狗，见了我硬拽了绳子，往前伸。他说她很友善的，没关系。我就蹲下来，抚摸她的后背，脖子。结果，他扭过头伸出长舌头，以闪电般的速度碰到了我的嘴唇，怎么那么准，还是上下唇之间。她一定这么吻过很多人吧?

我一愣，他赶紧说，对不起。我站起来，用右手手背擦了擦。还是一脸笑着，不过没说“没关系”之类的。

回家第一件事就直奔卫生间，用洗手液洗了嘴唇。

要是我自己的狗碰了我的嘴唇，我是不会这么在乎的。

巴黎的零点

巴黎圣母院前的长椅上，流浪的老人喂食鸽群，他的白发和他酷似爱因斯坦的面庞，纵然可以让时间和人群都消逝。在四个象限里，都有复杂的感情和纠结，那么，只要多迈几步，在离老人十几米远的地方，就能站在巴黎的零点。站在情感的零点，恢复真实的自己。万物归于尘埃，但你的体验和思想每一天都忠实于你。

莫奈花园

大自然是最杰出的一位画家，随便洋洋洒洒，创作出一幅幅绝色的画作。秋天的风格接近莫奈的深邃，以绿蓝白为底色匀染，饱满的叶子似乎有说不尽的情话，有的情话落在

婀娜的花朵上，花朵跃出了画面。小路延伸至远方，华庭间人影婆娑。有时，分不清微笑的是大自然的鲜花，还是画上的花。

云上的日子

孤独的栈桥其实并不孤独，每天都有各地来的人从上面走过，桥下悠悠水潭，流向远方的灌木丛，鱼儿欢快嬉戏，粼粼波光诉说着古老的传说。我从森林里走来，采撷一把满天星，别在帽檐儿上，踏着海水的和弦，温馨甜蜜的中音，夹杂狂放激昂的高音，有时窃窃私语，有时信誓旦旦，追随着光和影，仿佛踏上了云端。

过客

这里曾是私家城堡，后来改为海军训练基地，现在成为休闲海域。城堡静卧在树林的边缘，依偎着沙滩和大海。鱼鹰站在废弃的木桩上，等待着夕阳送来凉爽的风。

云彩犹如过客，其他一切似乎静止，将时间凝固在那扇窗的内外。我亦犹如过客，偶然闯入这片风景，穿过凝固的时间，留下一抹背影和关于野花飘散的印象。

千年的沉默

大地盖满落叶，湖上的大雁，三五成群怡然自得或成双成对，不肯飞向南方，是留恋这个秋天最美最后的盛宴吗？犹如我留恋的幸福，有的深埋在青春里，有的遗忘在故乡，有的依然飘在旅途上。除非夏花在冬日绽放，除非落叶飞回枝头，除非高楼站立的地方重现童年的篱笆、大河和田野，才能打破那千年的沉默。

冬日印象

金色的树叶落到草地上，被风卷起，朝一个方向飘舞。还没有走进冬天，我就开始想念冬天了。当白雪覆盖大地，挂在枝头，压上屋檐，听靴子踩在雪地上发出“吱呀吱呀”的声音，那声音让你嗅到遥远的地方，遥远的小时候，清新的味道。当潺潺的流水驻足停留，仿佛看见了我们的校园，紫丁香摇曳在木窗下。

冬天的绝唱

冬天，告别繁华之后，大地被那些不着边际的思想覆盖，宁静淡泊。偶尔有飞鸟的踪影掠过，成双成对，爱似乎

并未消失，深藏在浓厚的落叶下。树枝用毛笔涂抹了天空，谱写了一首非黑即白的绝唱，只等着春天，从遥远的东方而来，温暖那颗沉睡冰封的心。

走在城市的边缘，人烟稀少的小镇，似乎冬天沉睡了，不经意间，还能看见飘零的美丽，有的人把祝福埋在树根下，那是一个不寻常的故事，风儿会讲给你听。是谁编织了花环，陪伴了整整一个冬天的寂寞，又是谁，把种子留在了想念里。

许多记忆，记忆里的美丽和甜蜜，带来了绵绵细雨。是冬天的雨，敲打着雨伞，仿佛在梦里述说前世和今生。还是有零星的叶子挂在枝头，宣告了秋天带不走的倔强。城市天使不再去海边，而是来到了森林里，我们在那里相遇了。我读懂了她眼里的悲伤和无奈，也在她的眼睛里，看见了生命和希望。

因为永远浮在水面上，而能免于破灭。

美国西部行

（一）出发前夜

秋天过去了，我要去夏天旅行，但是不能再穿连衣裙了，要穿上牛仔裤、套头衫、旅游鞋，戴上墨镜和草帽，向着你出发了。我知道你在等我，等了三年，或许更长的时间，你已不是稚嫩少年，虽然你的笑容还是稚嫩的俏皮，但是在你的目光里，我找到了丢失已久的律动的波、诱惑的光和沉静的美。

我知道你一直在。我知道你倒着活了一次，一定有许多有趣的故事发生，因为我看见你站在西部的讲台上，看见了我坐在绿色的窗下，有那么一刹那，你忘记了你自己，我也忘记了我。

你不知道，你早已扎根在我的身体里，我带着你离开，离开你不舍得离开的深海，离开你不忍心离开的天空，离开你自己，而成为我。

（二）飞行途中

机场弥漫着汉堡的浓香，有些人坐在滚梯外边金属台上上网，趁登机前半小时一个人逛逛小店。

就要起飞了，广播里要人们关掉通讯设备。我发了几条信息，无关痛痒的一两句话，似乎万一飞机掉下去了，我也没什么遗憾。

在丹佛转机，结果我把随身带的《张爱玲传》落在飞机上了。在飞机上挨着个纽约来的老太太坐，她一路都在讲一年前去世的丈夫，她的家和她的猫，还给我看了好多她拍的图片，其中有一张一只大黑熊站起身正在过马路。她说是在纽约郊外的熊山照的。夏天时我也常去那里游泳、野炊，怎么从来没见过熊呢？

她和我说她在苏荷区办了个艺术学校，经常组织绘画活动，邀请我去参加。她不知道我也喜欢画画，飞机落地后

打开手机给她看了一些我的油画、国画和毛笔字，她惊讶诧异，喜欢得不得了，简直痴迷了，给我留了她的名片并在上面写下了地址、门牌号和开门密码，她说她喜欢我，要我一定去参加她组织的艺术活动，是支持艺术家的活动。

飞机落到了一个野兽出没的地方，三个月前我来过，那时白雪覆盖的雪山不见了，只有山顶残留了一小片雪地，停机坪通向出口的水泥地上画了许多野兽，狐狸、麋鹿、熊，一扇弓形门全用鹿角的画拼起来，机场工作人员站在门前热情欢迎，我问那些鹿角是真的吗？居然都是真的，涂了一色白。穿过门洞，到了机场大厅，慕斯铜像立在面前，巨大的鹿角挺拔高傲，抬起了左前蹄。

窗外云层厚重，吻着青山，那是三个月前我曾穿越的雪山，像梦一样的雪山，已变成了青山。

整个机场用原木做的，屋檐下没有鸟能做窝的角落，每根木柱子上都支出一块金属板，上面立满尖针，防止鸟落在上面。

远远看去，雪山插入云端，山脚下是一片针叶林，再前面是一道灌木丛，最前面道路两边是绵延不断的荆棘草，荆棘草地中间零星立着几棵松柏，偶尔出现一座木房子站在高坡上。山峰峭立的地方覆盖了白雪，荒凉寂静，仿佛到了世界之外。

这里是大提顿，麋鹿自然保护区，以荒凉原始的野味闻名于世。

（三）到达

西部风景美如仙境，初秋色彩虽然不够浓烈，却有着迷人的层次感，黄的不鲜艳却有温馨的浪漫，绿的不阴暗更有春天的娇媚。木栅栏全是用圆滚滚的树干做成的，路边休憩的椅子也是用圆滚滚的树干搭成的。这里早晚温差大，中午穿短衣，早晚穿夹克，我带了羽绒服没有用上。

沿着湖水寻去，雪山、云朵的倒影和蓝天的倒影都在水波上摆动，有无数颗星星闪闪发光，美得醉人。

这里的紫外线很强，纬度大约和中国的长白山差不多，针叶林、白桦林、野花野草覆盖大地，不是黑土地，裸露的是土黄色，覆盖了一层干燥的热浪，一路走去，惊起了蚂蚱，有的居然有蝴蝶那样鲜艳的花翅膀，振动翅膀的声音很大，大概因为周围极其寂静的缘故。第一次看见有翅膀的蚂蚱，因惊奇而感慨。

（四）蜗居小木屋

今夜与雪松一起入眠，听寂静的风从雪山风尘仆仆地赶来，轻拂着大地的悲凉，穿过森林的暗语，落在绿色窗轩。去年的松塔散落四周，像小天使一群，在圆月下唱着寂静的歌。

这里是美国乡村的深处，夕阳在山后露了半张脸，蛋黄色的像个梦，山的剪影隔开了梦。我在尘世里看着你的笑容，从静静的风语传来的都是你无言的青春，青春里的寂静，寂静里的馨香，淹没在森林深处。

落地窗隔开了两个世界。我在想你。

那时正是早上六点半，与纽约时差两小时。我想出去看看野兽，顺便采些野花。

昨夜睡眠太好，氧气充足的缘故。小木屋周围弥漫着松香草香，野花随便采摘，小小的花朵，紫色花瓣黄色花蕊，偶尔有一丛白花，或者几朵毛茸茸的玫瑰色花球。采了几朵紫色的小花，玫瑰色的花球不能采，扎手，没看见野兽和小动物。

（五）漂流

今天去漂流，我准备当救生员，自信游泳技术一流，可以胜任。实际上，救生员是两个划桨的船员，水流也不湍急，根本没什么风险，一个皮划艇载了十七个人，其中我和两个女孩是中国人，还有五个日本人是中年夫妻俩带大大小小三个男孩子，12岁、8岁、6岁的样子。

在湖水上一路前进，前面的船夫大多坐在船舷讲解风景，河两边森林近在咫尺，遥远的雪山也不遥远，似乎能闻见雪的清新。每当遇到动物，船夫就站起身指指点点，一船人都会兴奋地欢呼，有白头鹰天上飞、树梢栖，有鹭鸶水上飞、水上游，还有各种飞鸟在岸上嬉戏，还看见了一群大雁掩映在鲜花丛中。天蓝云白，一些枯树倒下横在水面上，好像一幅幅油画，诉说着西部的空旷和纯净，令人感到无比震撼。

漂流了一个多小时，晒成了“干海苔”，才被送上了岸。森林里烟雾缭绕，有两个五大三粗的汉子正在烤牛肉，桌子上摆满了沙拉、水果、面包，两个大塑料桶装上了水管，拿了纸杯接了一大碗，“咕咚咚”一口喝下。

坐在木桌子前，和一帮人一起吃午餐，把他们烤好的牛肉夹在面包里，再取些蔬菜，就成了好吃的汉堡包。赶紧吃完，跑河边照了几张相。就听见船夫喊我们了。他们把我们送到了森林另一边的中巴上。

中巴的司机是一位穿国家公园制服的妇女，戴一顶米色牛仔帽，晒得红润的脸，灿烂的笑，崩豆一样的说话，引来了成群的美洲牛。车停在路边好半天，我们和美洲牛玩了一会儿。实际上，我们没敢下车，只是拍了些照片，看见远处一个小牛犊蹒跚的样子，可能刚生下没多久，牛妈妈可能太累了，趴在草地上。

葱绿的草地，没有一只牛抬头看我们，有一头扭过头，似乎在想什么，又低下头吃草去了。

（六）晨曦紫云

窗外一排青山在晨曦中变幻着颜色，六点时是粉紫色的，迷醉，睁眼看见大喊，太美了！拿起相机冲出门，山变成了灰色，梦境的绝美就那么两分钟不见了。湖面上升腾雾霭，到了草地前面，云涌进木屋了。半山腰山岬下雾霭轻轻飘着，仿若人间仙境，世外桃源。明儿要早早起，坐窗外看云。

坐木椅上，面对远山、湖水、草场树林，阵阵花香草香沁人心脾，雷声闪电都在群山后面，群山被云雾遮挡只露出淡灰的影子，对着粉紫色的野花看书。

（七）山雨

看得久了，山峦更近了，云更低了，围住了木屋，围住了木屋前的躺椅。听那一阵阵雷声、鸟鸣，树叶“沙沙”响，雨在山后徘徊，它的傲慢消失在森林的尽头。树梢一起摇动，雷声更响更急促了。我和草地野花拥在一起，没有醒来。

不愿意醒来，草地的舒缓，野花的俏丽，白桦树的恬静，飞鸟的自由，覆盖了心海，白云激起的浪花是寂静的，托起了雪山的清高、神秘和变幻的色彩。早上的雪山刚醒来时，披着粉紫色的睡衣，把你的魂儿都牵走了。傍晚，雪山戴上了橙色的礼帽，怀抱湖水草场，怀抱了我的梦。

白天，它威武挺拔，云是它的战袍，风是它的宝剑，大地是它的骏马。它载着我，奔向湖的源头，森林的尽头。它的大手揽着我的腰，它的牛仔帽挡住烈日炎炎，它的嘴唇一张一合，飞出一只只美丽的水鸟，墨镜下一双湖水般迷人的眼眸，淹没了我的忧伤。

雷声断断续续响了一下午，才从山那边走到这边来。雨“哗哗”地敲打着屋檐下的青石，急促，清脆，落地窗挂上了水帘，溅起水花，顷刻间，草地与灌木之间的小路积了一个个小水洼。云朵联合成一片水墨，在湖上方山峰前裂开了一长遛白光。刚画好的钢笔画躺在木茶几上，透明的玻璃杯剩了个水底。雨声渐渐变缓，传来几声乌鸦凄凉的叫声，令我想起了《呼啸山庄》的一幕幕爱恨情仇。他和她在悬崖边的那棵树下拥抱永远。

雨小了，草香更浓了，雪山雨雾弥漫得更迷人了。如同有一只熊出现，伸出大拇指，能盖住它的影子你就是安全的。我伸出大拇指，盖住了最高的那座山峰，那最美的山峰在它右边正对着我，山巅中央有明显的一条雪道垂直而下。

几个小水洼不见了，水很快渗入干枯的黄土地，还有一个小水洼，几只乌鸦围了在涸水，时不时有两只扇动翅膀啄起来，好战的鸟。抬头看，雄鹰多么潇洒，默默占领了天空。

（八）西部酒吧

酒吧，穿红衣牛仔抱把木吉他站着唱歌，人声嘈杂，窗外雨绵绵。

（九）湖水游

美丽的青山雪山都不见了，晨雾弥漫，只剩下了草场，草原边缘露出一排低矮的山坡，与树一般高。

大厅里弹钢琴的小伙子小平头，长方脸白皙，眼睛盯着落地窗，我站在落地窗前，回头看看他，又回过头看看窗外。小伙子弹得如此轻柔美妙，像夏日鲜花曼妙的田野，小溪轻快地流淌，窗外的山被晨雾全部挡住了，湖中的小岛变得高大清晰，似卧龙跃出水面。一曲弹完他又换了一曲，是欢快的“天鹅舞曲”。

从卫生间出来，见黑色三角钢琴上放了一个绿苹果，一块红餐巾，小伙子不见了。

站在珍妮湖边，有那么一瞬间，我惊呆了，这不是我画过的地方吗？清水下圆圆的石头睁着眼睛，唱着动听的歌

谣，远处的雪山听见了，露出了笑颜。

总是有这样的地方，似曾相识，曾经到过我的梦里。就像有的人，虽然只是出现过一次，从身边像风一样飘过，却似乎已认识了好几世。

湖边坐着一对儿老人，一边吃东西，一边看书，一边聊天。我静静地走开，不打扰他们。

在美国西部经常能遇到这样的一对对老人。旅途上遇到最多的就是成双成对的老人。

广阔的大地上，总能听见震动翅膀的声音，比蛐蛐的叫声大，短促，认真寻了寻，才发现是一种会飞的蝗虫，有着蝴蝶那般美丽的翅膀。

在杰克湖买了块石头，沉积岩加铁艺镂空麋鹿，非常有西部特色。夕阳西下时在湖边拣了四块石头，一块白黄花纹像寿山石。遇到个小男孩打水漂，一下能打出一串水花，和他一起打了会水花，他来自俄亥俄州，金发碧眼，白里透红的小脸一双绿色的大眼睛，比夕阳都美。几条快艇游艇靠岸，山雨又来了 。

（十）西部山村风情

雨下起来了，温柔的，缠绵的，轻打着石板，一只小小的带花纹的小松鼠钻过绿色木栅栏消失了，一会儿它又跑回屋檐下，抱起爪子吃它的晚餐了。

寂静的山水就在眼前，十几棵杨树的后面，万籁俱寂，只有雨滴“滴滴答答”打在屋檐下的石板上，野花一丛丛眨着眼睛，似沐浴后的仙女从湖水里走上了岸，一直走到了木屋前。她们隔着晶莹的水珠帘，粉色花仙子拉小提琴，白色花仙子吹单簧管，紫色花仙子弹钢琴，黄色花仙子弹吉他。

今天我去了艺术画廊、动物艺术博物馆、美洲牛和牛仔博物馆。画廊建在路边的一个小山坡上，门前有个小花园和一个小喷水池。走进门，见女主人正在木桌前做手工活，她友好地微笑。登上楼梯到了二楼，四面墙上挂满了油画，画里都是西部的风景和人物，大气，雄浑，一下把人吸引进去。

奔波了一路，夜晚寄宿牛仔城市Code。

这么小的牛仔城市，居然也有中国城。我们美美地吃了顿中餐。每天都吃西餐，吃腻了。

在西部奔跑，与丝绸之路有些相似，天蓝云低海拔高，空阔圣洁又似青藏高原。

（十一）黄石公园

在老忠泉等着它喷发，大约一小时一喷，喷出四五十米高，现在是白雾飘一团。白石头地表，四处，不，九处都在冒出白烟，有更多的地方冒出白烟。

坐在木头栈道上，等着温泉喷发。

（十二）奔驰在西部旷野

云的天，草的地，出现了一道宽宽的彩虹，从云下到地上，阳光透出云层的地方，山坡草场变成了淡黄色、嫩绿色，仿佛初春的生机盎然。

荒漠里冒出几个火箭，是美军某空军基地。

与一辆红色甲壳虫擦过，一个女孩子边打电话边驾车，好像我的师妹林子，她此刻正在珠穆朗玛峰大本营夜宿看星星。

我到达了西部最深处看星星。

途径科罗拉多大学，看见有许多人在玩热气球，天上飘了几个彩色热气球。

五只火鸡横穿山路，快速跑过去。

六只麋鹿在路边草树丛中吃草，一个爸爸带三个妈妈两只小鹿。

（十三）小山村

在西部小山村吃早餐。家庭小店，女主人是位瘦小的白发老太太，热情嘘寒问暖，男主人是位胖胖的老人家，在厨房揉面。牛角面包酥软香甜，我觉得是世界上最好吃的面包了。荷包蛋居然是成双的，前台小伙子英俊如西班牙斗牛士，服务生是两个十八九岁的女孩，美如天仙，身材瘦高，穿牛仔裤，金发扎马尾，眼睛深邃。

晨雾弥漫整个小村子，紫藤仙境，湖上游艇停靠岸边，穿行雾中，松子味道浓郁。

一对儿老太太老爷子从吉普车上卸下两条红色皮划艇，穿上救生衣，老太太冲我笑着喊，他们要下水了。

（十四）科罗拉多河

田野上，农民把草卷成一团团，像大啤酒桶形状，再用塑料布套上，露出两头。远看，那些草垛好像群群牛羊散落草地上。西部路上总能遇见动物，像牛马，麋鹿。

美好的大自然和淳朴的乡村风情，赏心悦目。

我站在科罗拉多河边，旁有一块牌子上写着“淘金河”。

科罗拉多河从前是淘金者的梦，现在是旅行者的乐园，从前只是个名字，现在是见了面的朋友。

漂流，骑马，飞钓，看画展，走近野生动物，与路遇的各种人聊天，最美的是晨曦中的雪山和夕阳下的湖水，大自然美轮美奂。

（十五）大峡谷冒险行

又一次进入大峡谷了，西部最大的峡谷，科罗拉多纪念碑大峡谷。我看到了建造者的结婚照，一个瘦老头娶了个年轻姑娘，据说没几天就离婚了，因为他去和动物住在一起。

今天我救了七个人，我在山里发现毒蛇，警告了他们，幸好没有人被毒蛇咬。一米多长黄棕色恒斑纹花蛇躲在路边岩石下阴凉处，被我发现了。我告知路过的美国人，两对儿老人家，三个小伙子。后来在路上又遇见那三个小伙子，他们给我看手机里的照片，居然是其中一个帅哥双手举着那条蛇，蛇张开大嘴吞了半个松鼠。他说我们走了后，他们回来时看见那蛇正在吞松鼠，就抓起来照相。我说你们可以拍电影了，他们说是。

旅途上总能遇到类似有趣的事。根据我的经验，在西部峡谷丛林里行走要多小心，注意观察周围情况，不要自己去走没有开发的小路。

所有人都抬头看风景。我喜欢看石头，石头有美丽的花纹和亮晶晶的闪光，因为低头看石头，才发现了毒蛇。毒蛇可能饥渴几天了，才那样吞松鼠，如果有人不注意走近，还是在路边，估计会被咬伤。万幸，所有人都说谢谢我救了他们。其实，是石头救了我和他们。那里的石头太漂亮了，红色石头上有自然的绿花朵，在阳光下闪亮。

（十六）旅途中遇到的人和故事

旅途中迷路吃了次中餐，台湾女老板讲了她35岁来美国奋斗多年的故事，一位令人难忘的母亲。

自由是蓝色的，无处不在，天空海洋都在你心底。

我在加利福尼亚，太阳光烤得慌。

到了丹佛，科罗拉多州最大的城市，在红石国家公园的剧场遇到了上百个运动的人，在台阶上快步走或做俯卧撑或仰卧起坐，还有一群人跟着教练做健身操。见识了美国人民的健身潮。

（十七）在路上

我奔跑时，你就是目的地；我伤心时，你就是美丽的文字；我快乐时，你就是空气里的芬芳；我生气时，你就是温暖的被窝；我吃中药时，你就是冰糖；我游荡时，你就是风景；我思考时，你就是灵感；我画画时，你就是色彩。我知道，我疼时，你也疼。

我的心是旷野的鸟，在你的眼睛里找到了它的天空。

风儿为我唱情歌，星星陪我入梦乡，云朵轻轻叫醒我，阳光伴我向前行。

洛贝卡的车站

（一）

到达爱丁堡的第二天，我早早起来，穿上灰色短裙白色夹克，背着双肩包想穿越这个古城。

正值一年一度的爱丁堡国际艺术节，城堡周围大街小巷都被流浪的艺人占领了，艺术馆广场上支着一大片画板，城堡脚下的公园里上演露天演唱会。

我从城堡出来后，徘徊在磨光的大石头铺成的路面上，看一个人像石雕一样摆个姿势一动不动，然后突然跑向我。听钢琴家在古老的小房子前弹奏月光曲，我像个幽灵一样，混杂在听者中间，变成了一个彻头彻尾的流浪人。

在咖啡屋聚集的路边，有个年轻的萨克斯手吸引了我，我再也走不动了。他是个黑人，满头扎着小辫子，正低头弯腰吹着，缠绵轻柔的乐曲回荡在石头房子群落中央。我走过去扔了一枚硬币，他换了曲子，吹的是“致爱丽斯”。我索性坐下来，坐在他身边不远处的马路牙子上，听得出了神。

（二）

围观的人换了一拨又一拨，直到他收起了萨克斯，我这才注意到我身边不知什么时候坐着一位金发老婆婆，碧蓝的一双大眼睛正盯着我。我礼貌地打了声招呼，老婆婆问我是从中国来的吧？这么喜欢这种感性音乐。我说，是啊。她说，她也喜欢。她又说，她是1997年离开香港回到爱丁堡的，

她是爱尔兰人，她丈夫是爱丁堡人。

我们谈了一会儿，她的眼睛像一湾湖水，她的唇角总是在微笑，恍惚之间我有时觉得她更像年老的戴妃。她说她喜欢中国人和中国文化，还谈起了中国民族音乐。她叫洛贝卡。

非常默契，我，一个女孩子，和她突然间成了一起流浪的伴了。

我说，我看见了从伦敦唐人街来的乐队，在广场上演奏中国民乐，她要我带她去。那三个中年音乐人经常在伦敦街头卖艺，自己制作了许多CD，随便扔下两磅可以拿走一张。现在他们也跑来献艺了。洛贝卡毫不犹豫地拿了两张碟，上面有她酷爱的茉莉花和梁祝。

她成了我的导游，我成了她的茉莉花。我们一起去酒吧看威士忌的制作过程，一起去海边看落日。她还陪我去了我一直想去的爱丁堡大学。

爱丁堡的确是个文化古迹博物馆，甚至每个街边的小房子都有一段古老的故事。许多教堂、学院、歌剧院、市政府厅都属于拜占庭和哥特式建筑，石头被岁月染上了黑棕色。她告诉我，那些石头含有铁元素，时间长了石头自然变了色，而不是雨水淋成的。

她非要请我喝咖啡，我们去了城堡门前的大教堂。

那一天，我和她都很快乐，她有很深的中国情结。分手的时候，她拥抱了我，我对她表示感谢，她也感谢我。我想，她是个孤独的老人。

（三）

离开爱丁堡的那天，我往车站走，想穿过站前公园，再看看山坡上的城堡全貌。远远看见一个老太太坐在长椅上，她的手上肩上脚下好多小鸟在吃食。我走过去了，我又回过头，原来是洛贝卡。爱丁堡很小，两个小时就可以走完了，人海更小，我又遇见了她。也许我们有缘吧。

洛贝卡很惊喜，我说我要赶火车回伦敦，她非要送我。公园里有个高个子神气的英国老绅士跟她打招呼，她向他介绍我。她领着我来到一个长椅边，告诉我，这是她丈夫的椅子，她和孩子们为了纪念他捐的，这个公园里所有的长椅都是人们捐的。那长椅上写着：他爱这个城市，我们永远爱他。

她每天都守护着她的爱人，在这里。我的心底有感动的泪水流出来。

没有多少时间了，我急着赶向火车站，洛贝卡坚持送我。在车站上，火车已经早进站了，陆续有人上去了。洛贝卡急急地跑进小礼品店，买了张明信片给我。那是一张漂亮的明信片，晚霞中的爱丁堡城堡在灯火中矗立。她留了她的电话和家庭住址。

我跑向车门，向她挥手。我看见她站在站台上，米色的风衣，肥大的棉布裙子，魁梧的手臂消失在远方。

她70多岁了，和我外婆差不多年龄。她的爱，她的孤独，她对中国的痴迷，让我在后来的岁月里经常想起她。

过年的时候我给她寄过贺卡，打过一次电话。她说她很

想再来中国旅行。

我的外婆已经不在了。我真怕再拿起电话，那边说洛贝卡不在了，所以我很久没给她电话了，我想再给她寄个贺卡吧。

伦敦漫游记

（一）风的话语

如果北京是个二十几岁的年轻人，那么伦敦就是一个拄着拐杖的老人。北京的活力和喧闹、鲜明的四季和风沙，与伦敦的安宁和萧条、永远的绿色和不断的雨季，像两幅画挂在客厅的墙上，让你想起一些色彩，一些建筑的风格，还有好多人的面孔。

远方清晨那拥挤的车流、嘈杂的人流，在人们的话语之间、玩笑之间已经远去了。我现在躺在温暖的草地上，看夕阳一点点落下，听时光的河水从身边流过。

当我老得不能再走路之前，还要到这里来看看，找寻年轻时的身影和记忆。我不知道那时的夕阳是不是这么美丽和祥和，是不是还有那么多可爱的孩子在草地上欢笑玩耍，我更不知道这熟悉的小房子、亲切的小烟囱会不会还在，也许倒塌了又有新房子，也许老房子翻修后改换了颜色，但是我想我依然会找到这里的蓝天，没有污染，找到我们年轻时的友谊，没有尘埃。

那条古老的街道还在吧，它有一个好听的名字叫坤斯蔚，我们走了好多次，还经常淋到雨，躲到路边的小店里等雨停。花店都把花摆在外面，玫瑰出奇的大，像牡丹，深红的金黄的，牡丹的花小多了，圆圆地蜷缩在一起，白里透出一点绿意，晶莹的雨滴从花瓣上坠落，我想起了故乡的那场暴雨，机场的路被封了，有泪从心底流过，我还是要远离故乡，远离亲人。

痛莫过于别离。古老的依然美丽，因为有岁月的痕迹，年轻的也会堆积不灭的记忆，懂得珍惜，懂得珍惜生命。

从年轻到暮年，从河流到冰川，一路风景一路徜徉，总有相逢的一刻，当我们白发苍苍的时候。

（二）叶子的思念

伦敦的建筑是古老神奇的，壮观的古堡，童话般的小楼，掩映在绿树鲜花中。和建筑相映成趣的公园遍布这个城市，形成了一种公园文化，大小不一，错落有致，风格各异，但是有共同的特点，安宁又自然，充满生机又祥和清净。

伦敦的公园可以说是鸟儿的巢、花儿的家、树的故园，是人们与动植物最贴近、最和谐共处的地方。我喜欢这里的公园，如同喜欢西湖上泛舟听书的雨夜，喜欢九寨沟的海子、彩林和雪山。

我第一次去的公园叫海德公园，正逢周末，公园的主路上到处是演讲的人和围观的人群。无边的草地上，人们悠闲懒散地晒着太阳，飘逸的柳树林后，湖水闪闪发光，

天鹅、大雁、野鸭子在湖边嬉戏。我躺在草地上，闭上眼睛，听城市远处的嘈杂，车声、人语声、风声与草香和阳光混合在一起，就像回到了记忆里的故乡，回到了童年戏耍的河边，回到了外婆家那幢小洋楼的窗台前。心底里最遥远的岁月渐渐清晰起来，我知道那些思念的露水已覆盖了我淡淡的哀愁。

我想起了北京的公园，红墙绿瓦，风铃吟唱，好看的对联好看的戏院。我已经开始想念那远方的风土人情了，我知道我属于那里，无论我身居何处，我的心我的爱都还留在那里。

（三）像云一样飘过

伦敦的雨像孩子的脸，一会儿哭一会儿笑，经常能看见云海茫茫，非常壮观。躺在草地上，戴着墨镜，透过刺眼的阳光看云彩移动，云有时候走得飞快，你能感觉到时光的流逝，时空的转变。因为有云，雨就来了，一片云一阵雨，来去匆匆，所以看不见撑起的好看的雨伞。

雨，是一种情绪，是一种感悟，也是一种淡淡的离愁，围绕在你左右。只有感受了伦敦的雨，你才会明白世事的转变，生命的短暂。所以，你没有任何理由不珍惜时间和生命，没有理由离开这个尘世。

朋友，好好生活吧。记得过马路的时候一定要走人行横道，记得病了的时候要吃药。

就这样，缠绵的雨季悄悄地过去了。夏天来了，站在草地上，看蓝天上的云彩，看一架架飞机从不远的地方轰鸣着飞去。数一数，每三分钟就会飞过一架，我想那其中一定有飞向北京的。

遥远的已不再遥远。

海的梦呓

（一）缠

撑着花伞，站在船头，粗笨的铁锁链缠住生锈的铁柱子，像有你的记忆，缠住了我的往昔。船靠岸抛锚，那些铁链被丢进海底，而关于你的那些回忆却抛不掉，我只能站在船头，望着你的背影，与雨一起沉默，转眼就过了一个世纪，还是你的背影，在海上，在船头，飘荡。

你说有一天，我会站在岸边，望着来去的风帆，像个局外人一样望着你的生活，如今我真的站在海边，却看不见帆，看不见你，只有雨，绵绵不停地诉说着，这是雨季，蘑菇疯长的季节，没有蓝的天，只有灰绿色的海，这是有你的记忆，在高高的悬崖上，开满黄色的小花。

（二）崖

九丈崖远远地伸进海水，它在望什么呢？一望就是亿万年，亿万年的海风吹黄了它的脸，亿万年的海浪冲刷着它的心。

那些思念的泪水沿着层层沟壑流啊流，时时刻刻汇入大海。

它在望什么呢？我只看见，云影掠过的天，阴阴的，远处的海面上停泊着星星点点的船儿。

它的思念，在那船上吧。

（三）湾

海滩上铺了厚厚一层圆滚滚的石头，大大小小的石头吸引着很多人涌向月牙湾。无数的石头经过海水的冲洗，有着美丽的形状和动人的颜色，白的透明，红的光洁，我相信，每一块石头都有自己的故事。人们拾到喜欢的小石头，装进口袋带走，我也拎着沉沉的一袋石头，它们曾寂寞地躺在海滩上，如今要陪我走很远的路，飞到很远的地方。

我相信，石头也有生命，何况是人的心。

（四）归

把梦还给大海吧，看海鸥掠过船桅，白云飞过眼前。摸摸自己的心，还在吧？

勤劳的渔家女，头戴火红的头巾围坐在海岸线上，大片的海上养殖场，几只小船星星般点缀其间，山脚下红顶屋一排排，山路旁，果树成林，野花飘香。

何须寻梦，家园就是真实的梦，伸向天空的小烟囱，就是梦的语言。

（五）潮

深夜里，梦帷中，倾听大海的潮声，清晰而有节奏。往事，总是忽然想起，而我的罗密欧，已永远地离去。如果早听懂海浪的言语，我不会疏忽大意，不会让你失望。如果你看见我漂浮的心、伤心的泪，你就会知道，潮水的来处。

伤，不仅仅你有。

（六）变心

拉开窗帘，拉开一个早上的世纪。融入蓝天白云大海，伤痛的心一点点温暖起来。

都说唯爱永恒，问问早上的海水，问问温暖的心，远处的天边，海鸥的翅膀把心儿载走了。

馥郁的花香把我唤醒，鸟儿在唱着古老的歌谣。

日出，代替了所有的语言。

我们的心，始终在一起。

小海星

天上有的海里都有。美丽的小海星爬上了岸，问它为什么离开家？问它为什么不说话？

回家吧，小海星，海才是你生活的天堂，那里有我的梦想。所有的怀念都属于海底，岸上是真实的生活。回去吧，小海星，这世上的恩怨，令人疲惫。天上有的，海里都有。

你的影子还在吧，记忆还在吧。你看，远方的地平线，没有海天一色，船儿依然安详。

大海是场做不完的梦，岸上的我们也该回去了，把那些

梦的甜蜜梦的呓语留给大海吧。

海，要睡觉了。

海枯石烂

这是个大雾天，汽笛时不时鸣响。走上天尽头，看不尽海，只有脚下的浪花翻滚，卧龙探身入海，云梯间人影依稀。

这是秦始皇到过的地方，战马嘶鸣，旌旗飘荡，兵马俑守护着始皇庙，白马横卧山脊。

千古英雄功与过，入海，入天，化为雾。

天尽头，不见海，不见天，数心跳，想古今。天上人间只一步之遥。

通向天尽头的云梯旁，有位白发老爷爷倚栏而坐，向来往人们兜售口袋里的玉兰花朵，黝黑的脸庞布满皱纹，两眼深陷像两个山洞。

人们围着石碑照相，好像没人看见他。我和表妹给他钱拿了两朵花，他不让我们走，硬塞给我们俩一大把花。

天尽头的大雾，天尽头的老人，千古的变迁，苦涩的眼泪，如何散去?

那位老人，也许已坐在那里许多年，不知还能坐多久。

雾，快快散了吧。

海市蜃楼

登上蓬莱阁，透过细软的雨帘看海，水天相连的地方，有过什么呢？八仙都躲到哪里去了？

云的光彩画在海面上，或明或暗，一直诉说着雨中的故事。

人们涌向这里，不是为了看海市蜃楼，只是因为这里出现过海的梦吧。在我的梦里，出现过你的背影，何必再苦苦追寻。

泰晤士河上的飘摇

我越来越固执己见了。也许在这个古城的白昼，祖父曾经年少的目光总是停留在我的头发上，我在潮湿的风里不知道寻找着什么，或许只是一样心情。

如今我又是一个人，跟他老人家当年一样，背着个双肩包，像个白色的幽灵，穿越弥漫着酒气的周末之间，把墓碑顶上的光线反衬出的灵魂和一座空落的石头城定格在一种可能性里。再不是两年前在这里悠然学习和生活的样子，那时候那么容易喜欢上什么，对什么都感到新奇。如今再回到这里，这座城更像是一方记忆的解药，因了忽喜忽忧的雨和云

彩上挂号的来信，便有了很大的不同。

我想我是跌落在一个文字云集的城里了，就像小时候住在长托幼儿园，绿色的铁栅栏隔断了父母的爱和注视，两个流鼻涕的小孩子坐在地板上，摆弄着比自己的手还要大得多的“魔方”，吃力地搬动，在“嘎嗒嘎嗒”的声音里抵挡对栅栏外的向往，却总是拼不出喜欢的颜色。如今也一样，一切都乱了起来，时空错位，梦和现实混在一起。

草地上有些人在踢足球，还有零零散散的人躺在上面看书、聊天。有一次还看见一群智力有些问题的孩子跑来跑去，两个穿天蓝色制服的保育员看护着他们。他们是附近一所社区学校的孩子，呆滞的目光，傻傻的停在脸上的笑容，与周围的景致无法和谐。我想起了梵高的自画像，不得不感叹上帝的不公正，但同时又为他们欣慰，他们在这样的环境里玩耍，是快乐的，因为他们活在自我的世界里，这没有什么罪过，从这一点看，上天也算是公正的了。他们不会有梵高当年深陷的伤害和痛苦，他们的快乐一如这片草地生机勃勃，不需要在乎任何人的眼光，这样的时候，“不和谐”何尝不是另一种存在的美丽。

我渴望自己也能那样，不在乎任何人的眼光。我猜想祖父可能看见了这一幕，82岁的他拍拍我的脑门，告诉我说：他们并不是不幸，而是一种生命存在的形式。作为生命来说，他们在某种程度上与世隔绝，但无论他们的思维方式如何不正常，或是他们看待这个世界的态度是怎样的偏颇，但他们作为真实的存在，也是美丽的。

"不和谐"的美丽。美学的基础理论被推翻了。

平等

草地是文体的一种，说它是散文也好，说它是随笔也好，它的随风飘摇有没有价值也没什么，那只是一种飘摇，作为一种美的意象而存在，这就足够了。

我看见紫色的花吻了白色的花，童年的往事再也不可遏制地泼洒在云彩上了，无边无际，一切都飘摇着。我想我一生都画不完这么多云彩。

身边的湖水像是家乡的田园诗，所有的思念来源于那里，它决定了一个人的文笔风格，是望不到边的，还是清澈见底的，是咸涩的，还是甘甜的，是鸟儿依恋的，还是万籁俱寂的。

在你的湖边，偶尔会看见废弃的城堡，有些只有窗户的轮廓还存在，没有屋顶和柱子。我没有听见古希腊的史诗，却听见了简对罗切斯特说的话："我们在上帝的面前是平等的。"人与人是平等的。草地和云彩是平等的，石头和雨水是平等的，爱和不爱也是平等的。其实，这个世界是再公正不过的了。

生命的飘摇

我真想倒在这片草地上了，再也不睁开双眼。是你打开的那一页书，海鸥飞远，蝴蝶落在我的右眼睛上，白色的小拱桥和湖水停止歌唱。

我躺的这片草地，就是你打开的那页书。字体密密麻麻的，我闭着眼睛也知道这页纸上写着什么。可能性总是存在的，你说它是诱惑，看不见这种诱惑是可怕的，我说它是一种欲望，是一种自然的飘摇。

不过是风中的飘摇吗？你问话的语气有些许愤怒。我好像已经习惯了这无来由的愤怒，我想那是你与生俱来的胎记。怎么说呢？生命的飘摇，不是同情，不是博爱，也不是我们青春时光的共享，那只是风中的姿态，是一种飞翔。

而你早已经翻过那一页。那一页，电影《诺丁山》里的女主角就是在这片草地上说台词，男主角去片场看她，很偶然吧，别人给了他一个耳机，他无意间听到了女主角对对面的男演员说起他让她烦恼的一句话，他扔下耳机就走了，误解从那里开始了。偶然中的必然，他走出了她的生命。

草地不再飘摇，草地说梦话的时候的确有些傻。

戛纳故事

在戛纳海滩，我遇到了一群可爱的孩子。

她们像花儿一样，眨着眼睛，仰头冲我眯眯笑，我听见了大海的一声叹息，感觉沙子温柔的低语。

我俯下身去，轻轻地对她们说："你们好，你们真漂亮。我是从中国来的。"

她们的眼睛笑成弯弯的月牙了，大孩子粉色肌肤，金色头发，小孩子脸红得像苹果，露出白白的小牙。

真想亲一下，抱一下，出于礼貌，还是忍住了。

她们的妈妈戴着墨镜，一个非常漂亮的年轻女人，和我热情地打招呼，我想她一定是个演员吧。她怀里还抱着个卷毛的小宝宝，她告诉我说他是最小的，才一岁，是个小男孩，刚会走路。

"我可以拍你的孩子吗？"

"当然可以。"

这就是法国人一贯的热情和亲切，他们乐于与人交流。

走上栈桥，木板路延伸到海里，路中间的石头墩上，坐了一些男男女女，裸露上身晒太阳，抱着书或报在读。我坐在他们身边，看着海滩上嬉戏的孩子们，舍不得离开。

大孩子去海里游泳去了，小孩子用小桶舀了海水，追小弟弟泼水玩，小弟弟摔倒了又跑，再跑再摔倒。

这个世界，如果没有孩子的笑脸，会变成黑暗的石头城吧。

没有孩子的眼神，我们的心不会变得这么幸福。

没有孩子们稚嫩的声音，那些动听的旋律也就没有了意义。

我好像穿过时光隧道，从唐朝一转瞬跑到了现在。我看见他们长大成人，聪明善良，看见他们会有一天坐在我周围，也陶醉在孩子们的欢笑里。

阳光晒干了我的脚丫，我穿上鞋准备离开。那一刻，我禁不住冲水中的大女孩招手，她游向我，可是，栈桥太高了，我够不着她。我跑下栈桥，她游了过来。

我摘下手链，从遥远的北京带来的绿松石手链，戴在她的手腕上。

我说："给你个礼物，留个纪念吧。"

我又嘱咐她："别给你的小妹妹小弟弟玩，他们还小。"

她使劲点头，一直笑着。

我和她妈妈挥手告别。

一定是有神祇引领着我，把遥远的祝福留在了戛纳。我希望中国的孩子们也像他们这样快乐健康地长大。

阳光，温暖的阳光，拥抱着我。

十八度葡萄酒

看到服务员拿葡萄酒瓶的姿势了吗？一般用毛巾拿，起到隔热作用，喝酒时也一样，拿杯把，不能握杯子。因为保持十八度的葡萄酒才是最纯最好喝的口味。

莱茵河畔的葡萄园，一路经过，葡萄园主的小别墅明亮轻巧。葡萄树都很矮小，不茂密，结的紫黑葡萄一串串的很多。每排葡萄树之间留有足够的余地，可以进出专门的机械车辆采摘葡萄。

这里只盛产白葡萄酒，而且是世界上最甘甜的白葡萄酒，莱茵河给了葡萄树足够的潮湿，而且这里的日照时间最长。

有一种最好喝的葡萄酒叫冰酒，是等到冬天下雪时，才把葡萄采下来酿造的。

离那片葡萄园不远的小镇，有一条话梅巷，令人流连忘返。买了两瓶葡萄酒，老板又白送一瓶。有个瓶子的包装是一个跪着的裸体少女。

流浪的日子

人一生下来，做的第一件事就是大哭，这是本性，决定了人的一生归宿。

后来，人长大了，烦恼越来越多了，直到有一天，你

能彻底放下尘世的喧嚣，远离生活，只带着背包和眼睛去流浪。你才会知道，快乐无时不在。

那快乐无时不在，大概只是因为你不用再去想什么，那些工作上的事、家里的事、感情上的事，不用再收拾你的窝，不用再涂抹你的脸，更不用在乎该说什么话不说什么话。

也许，某些地方还会让你触景伤情，但那只是一种珍惜、感恩的情怀。淡薄的，飘荡的，不过是另一种酸楚的快乐。

其实快乐并不重要，我们走过，看过，经历过，感受过，目光对视过，然后回首，再挥手。

人的一生，似乎总在找寻快乐。莫不知，这快乐，一直在路上。

瞬间

蓬皮杜艺术馆，馆前全是地摊画摊。巴黎圣母院前的酒吧，嘈杂和悠闲并存。街头摄影小店，我希望我住这里。街头涂鸦，我觉得我以后就是那样子的。在法兰克福机场，我看见一对恋人拥抱痛哭，告别，女孩子满脸的泪，我不忍心拍照。

洞语

我现在坐在一个神秘的大山洞里，它被隐秘地藏在一个空中花园酒吧下面。一个高一米八的大帅哥带我走进这山洞。

这里阴凉潮湿，但觉得分外舒服，因为窗外种着郁郁葱葱的热带植物，恍惚之间，我误以为到了海南，但嘴里的辣味告诉我，这里是天府之国。

一直下着毛毛细雨，这么安静悠闲的地方，人自然变得宁静。我喜欢这里，这里的人热情如火，这里的草木干净如泉。

我已经体验过这里的辣味了，朋友们说，没想到你这么能吃辣的。除了鸡肉一类的，还有水煮牛蛙，其他的我都尝了。我最喜欢这里的羊肉汤，白胡椒的辣味别提多清香了。

这里的辣是我完全能接受的，出来了，什么都不限制自己了，更不怕长痘痘了。

昨天晚上在城里迷路了，拍了些长廊和花纸灯。

迷路的感觉很像吃辣子，吃了一个多小时，正在问着那园子在哪里，抬头看见那古色古香的牌匾赫然出现在前面。

下飞机给北京的朋友报平安，忘了拨区号，电话那边一个女的接的，是哪个？四川话，赶紧挂掉了。

没看到美女，在我眼里，个子矮的女子再怎么好看，也不算漂亮，倒看到了一个帅哥，还有两个胖胖的女人泡温泉。

错觉，总以为这里是海南的冬天。朋友们都在倒时差，

我倒的是空间差。

我祈祷在路上和飞来飞去的朋友们都能平安回家。

晨曦

在旅途上，晨曦总是很美，虽然没有夕阳的震撼和辉煌，却有着一股股涓涓温情、绵绵清泠弥漫的感觉，脚丫踩在草地上很快被露水打湿了，忽然觉得——这是个清爽可爱的人间！

美国第一艘核潜艇“鹦鹉螺号”漫游记

今天登上了美国第一艘核潜艇——鹦鹉螺号。

它1954年下水，去过南北极，但没参加过战争就退役了。和平的一艘船，上去走了一圈，很开心。核潜艇停靠在海边，开放了主控舱、鱼雷舱和办公宿舍、餐厅等部分，全部免费参观，有接待台，有展览馆，有语音介绍。

在展览馆里观看潜水艇破冰航行的录像资料片，五十年前的黑白片。有个小屋子挂了三个大望远镜，其实是把潜水艇顶部的那几个望远镜移植过来的，转动手柄，几乎能看到屋外360度全景，我看见了一只鹿在远处的树林里吃草。买了顶海军帽戴上，很漂亮。

出来时，和看门的士兵说想跟他合影，他很正式地去拿帽子戴上，两米高的美国大兵很帅。

喜欢铁道的孤独感和荒凉感，特别是无尽头的谜一样的远方。离鹦鹉螺号核潜艇百米远地方，横着这条铁路，还在使用中，主要用于军队补给。想登上核潜艇，必须横跨这条铁路。在上面走，不禁想起了卧轨的诗人，海子。因为是在海边，潮湿的缘故，铁轨锈迹斑斑。

辑三　锦瑟芳华

春天的十七个瞬间

阴雨阴霾数日，周末这一天，天变了，蓝得极其不真实，云朵三三两两散在山间。去植物园的路堵车了，临时转入了大觉寺方向。

和大觉寺很有缘，似乎那里已成为这几年我的后花园，这里也是我跟父母亲戚朋友一起去的次数最多的地方。最难忘的，是在松柏抱塔的山坡上，夜宿看星星。那时身边的他，已不是你。

春天是个约定，我知道它一如既往地来了，充满了孩童的惊喜。不知不觉柳绿花羞，熟悉的红墙碧瓦，小桥泉水，山亭宇榭，跃入视线，如同看见了初恋的人儿一样，你依然站在原地，默默地，远远地，深情地问，“你好吗？好久不见。”

其实不是很久，只是一个冬天的距离。

思念如画，红袖添香。简单地用几个美丽的梦，几首婉转的歌，和一个拥抱，轻易地走进彼此的心。

这个冬天雪灾肆虐，世事无常，我知道，你一直留在那里等我。每天早上，从你那儿飞来的小鸟欢唱着叫醒我。当我每一次沉浸在艰苦的工作里，也是你把我拉到阳光下。傍晚时分，你唱好听的歌儿陪伴我。你唱的最多的是《千里之外》，有时还唱一些儿歌，《葡萄树》、《黄鹂鸟》和《蜗牛的故事》。

你的眼神游离，不敢看我。我一定很想亲吻你，但我没有，只是轻轻抱了一下你。

我第一次唱歌给你听是在初二的班级联欢会上，那时的我，美丽得出奇，走在路上经常有男孩子跟上来搭讪，和我一起回家的总有两个女孩，她们羡慕地说，你的皮肤怎么那么白皙？班里总有两个男孩推了自行车跟在旁边，也不说话，一直送到家，每天都是。但是，这两个男孩里没有你。最近，其中的一个男孩子给了我他在上海的联系方式。

那时每周轮换座位，两排同桌的一起换位置，我记得你坐在中间那排，是不用换地方的，所以，要换三个星期才能坐到你身边。有个早熟的女孩子，好像是班长吧，很喜欢你，总是跟我说起你。那时我对男女之情浑然不知，但还是喜欢你的，也喜欢画画，每次都是我在黑板上涂鸦。我没告诉过你，我也很喜欢坐在你身边。

评选三好学生，我和你的大头照片并排挨着挂在校门口的大橱窗里，你笑得那么灿烂，我好像没笑，只有一双大眼睛。扫雪的时候，总是走在对面遇到你，心里喜欢你，却从不和你说话。总有女生，在我耳边说喜欢你。

班主任找我谈话，让你成了第一个入团的人。我没不高兴，我成了第二个入团的人。

后来有一次和你吃饭，我笑着说，我喜欢的是那个戴眼镜的学习委员，成绩总是第一，你告诉我说他后来被保送去了北大。其实，在火车上，我遇到过他，他还是不爱说话。

你我他，我们三个总是班里的前三名。你听了，就又笑了，厚厚的嘴唇，闪亮的大眼睛，很困惑的样子。

你考高中之前，因心肌炎住院了，我们跟着班主任去看你。我记住了那一刻，永远地，你站在大玻璃窗前，肥大的病号服裹着瘦瘦的你，令人心疼，你依然还是笑着。你没有因为疾病影响考试，以比我高的成绩考上了本校高中，我却逆着校领导的嘱咐，考入了另一所高中。

等着录取通知书的那天，下着小雨，我们躲在大庙屋檐下。女生一堆，男生一堆，连告别的话都没有说。

班主任是师大刚毕业的校花，异常喜欢你，周末给我们前三名补课。大一假期时去她家看她，她刚离婚，述说了婚姻的不幸。后来有一次我们去舞厅跳舞，意外遇到过她，她和一个中年男人在一起。后来又一起去了我家聊了一会儿。从那以后，再没见过她了，她一定以为我们会在一起。

好多年没见你了。大一圣诞节前后，突然院门口传话喊，有人找我。跑下楼，意外地见到了你，可是除了那双黑幽幽的眼睛，我找不到你以前的影子，根本不敢认你。你带我去主楼上看星星，说的什么都忘记了，那天我穿的紫红色的风衣还在，收拾衣柜看见了，总要愣一下。

也是巧合吧，就是在那年，假期后返校，在火车上遇到了你。他送我回的学校，你却没有。他说，你要把我抢走了。我们三个人去中山公园看灯会，他幽默，谈哲学，你用仅有的零钱买了个荧光棒送给我。

多么单纯，我们，在一起时都没拉过手。跟你到画社去玩，画社在一个山洞里。四壁都是石头墙，中间一个大石台，台上巨幅的宣纸，狂洒的墨迹。有名家的，也有你的。跟着你钻地洞，那个山洞可以通向教室，出口就在教室的讲台下。你画了张油画，两个天使一样的男孩女孩一起荡秋千，挂在宿舍床前，跟罗浮宫里的也没什么两样。我喜欢字画，这点和你相似，出板报出系报，刻字画画，一直到大学毕业。

毕业那年，你到我家来找我，是个下雪天，我刚睡醒，睡眼惺忪的。你在我父母的注视下，把我带出去，在厚厚的雪地上走啊走。你说，要做我男朋友。

我那时对男女之情充满防备。其实，只要你勇敢一点，握住我的手，就足够了。然而你没有。妈妈那时说，你长得可真好看。

你那个老板送我香水，我拒绝了。我还记得他找来了两个漂亮女孩，陪他跳舞喝酒，我还是那么青涩懵懂。我只和你跳舞了，你也只和我跳舞了，舞厅里播放的是《吻别》。你给我唱的是，“我和我追逐的梦，擦肩而过，一刻也不曾停留”。

你说，你可真美，我们一起抱了本摄影书。你还给我拍了两张照片，那时我很喜欢戴帽子吧，总是她们说的清汤挂面的披肩发。从18岁以后，就这样到如今了。梦里，总是有你的身影出现。头发上，还有你手的温度。

灰飞烟灭的岁月，早就不在了。那又有什么，现在，我还能看见你，就是一种莫大的幸福。你依然高大威武，浓眉大眼，帅气十足，站在阳光下微笑。

我们在庙宇下分手，又在庙宇里重逢。古筝切切，琵琶呢喃。品茶者络绎不绝，绍兴菜馆里欢声笑语。我分明是看见你了的，明清玉兰，那是你的画作，碧韵清池，那是你的眼神。灵泉泉水，给了你无限的自由。千年银杏，佐证了我们美好的青春时代。

花开堪折直须折

百年校庆聚会的第二天，我们从郊外返回校园，在留学生楼里那个韩式酒吧畅饮。夜已深，女生只剩下我和朱丽叶，男生们酒意正酣。

我只能喝一杯红酒，脸已经红透了，再喝真要醉了。我要了一大篮子薯条，看他们对饮。

“朱丽叶”很会喝红酒，是日耳曼老板训练出来的吧。她说话快得像开枪，连发的。她穿的红色衬衫领口开得很低很低，紧绷绷的，想必也是受西方文化的影响吧。

“制片人”调侃她：“你是不是德国老板的小蜜啊？”

他当年跟我一起办报纸来着，当年纯朴的农村孩子，今天的成功制片人。

“朱丽叶”说话一向不饶人，立刻反击他:“德国人好着呢，没有你想象得那么龌龊，你们演艺圈才是这个玫瑰花蜜那个槐花蜜呢！”

我憋住不笑，大家都哈哈大笑。

“朱丽叶”是个江苏女孩，小巧玲珑的样子，大眼睛，瘦瘦的长方脸，唱越剧有板有眼，她唱小生，音色清脆。她是少白头，当年很能读书，除了读书就是读书，也很能吃苦，除了吃方便面还是吃方便面。

穷人家的孩子早当家，她小时候吃过很多苦，整天蹲在地上剁菜叶，她要养一大屋子鸡。

要感谢改革开放，她的家乡江阴，现在非常富裕，她的爸爸妈妈现已搬进了漂亮的小洋楼。

“朱丽叶”是个早熟有心计的女孩子，聪明可爱，在女生眼里，她是书虫，在男生眼里，她是小辣椒。

那时候，我们和艺术系走得很近，考试前跑到通宵教室啃书本。艺术系的男生跑去主楼前摘酸酸的小绿苹果给我们吃。有个拉二胡的女孩儿喜欢上了我们班的一个男生，我们就跟着他们跑到舞场跳舞。

“朱丽叶”在舞场上遇到了她的老公。我清晰地记得，那天她穿了件紫红色的无袖连衣裙，里面穿着白色的圆领套头衫，像个高中小女生，她的老公像根豆芽菜。他们从此开始交往了，毕业后马上结了婚。

我知道她一直想去留学，而她老公死活也不去。她老公

已经变成了“猪八戒”，才不去西天取经呢，多辛苦。

有一天“朱丽叶”给我打电话，说她怀孕了。

“那留学的事儿怎么办？”

“我生完孩子再去留学，我一定要去留学。”

过几天再次相聚，我问她：“你还想去留学吗？”

“不了，我舍不得我女儿。”

看来她放弃了。可见母爱是阿基米德的杠杆，富有多么神奇的力量。

怪不得张爱玲会说，有女人结婚了，世上又少了一个才女。

我挨着她坐，转头盯着她那张浓妆艳抹的脸，不禁万分感慨：

又一个女人生孩子了，世上又多了个懂爱的幸福的女人。

岩上无心云相逐

咖啡厅吧台对面的整面墙，绘着不可思议的彩色油画，名字叫梦，赤裸裸的梦。一个像人猿泰山一样健硕的男人，和一个丰满扭曲的白体女人，六九式在飞，周围缝隙穿插了只可意会不可言传的各种符号和图案。

哲学是这样一种符号的艺术。

“金大中”只在我们班待了一年，大二转系了，因他学的日语，学计算机太吃力。

大一下半学期，有一天实验课后，他约我去操场见面。他从背后环抱住我，说，要我做他女朋友。我不知所措，不知道怎么拒绝，挣脱开后，对他说："我发誓大学时候不谈男朋友。"

他相信了，不过很伤心，下课的时候，他走过我的课桌，扔给我一封信。写的什么都忘记了，只记得他引用了雨果的几句话，"比陆地宽广的是海洋，比海洋宽广的是天空，比天空博大的是人的心灵"。

他转系前，特意跑到我们宿舍跟我们七个女生告别。那天不巧，我去亲戚家没回来。

大二的一个周末，我们五个女生跑去天津玩，回来那天，我背着沉沉的双肩包，在校园主路上走，迎面远远地看见他和一个长发女孩儿走过来。我想，他喜欢留披肩发的女孩儿。

他见到我们，很快走到了路的另一边。别人没发现，我看见了，我跟他打招呼。他笑着走过去，我们说笑着从他俩中间走过去。

那是个可爱的女孩子，恬静好看的女孩子。

我要是他啊，一定马上拉住女孩儿的手走过去。

昨天晚上，他很忙，半夜才来到"春晖园"，"制片人"叫上我和"朱丽叶"，我们跑到水对面的露天餐吧。望着其他同学在水中央的两座白房子里，人影婆娑，欢歌笑语。

我体会到了他的落寞，除了“制片人”和我，他和他们都不熟悉，有些同学甚至忘了他的名字。而他，的确是个男子汉，优秀的男人，闯下来自己的一片天下。他跟“制片人”说，我是把这个班当成初恋的。

后来下雨了，他自己开车走了，喝了酒走的，我们很担心他，打过电话去，说安全到家了。

我觉得对他很抱歉。

他喜欢参加我们班的聚会，每次都来。他再也不唱歌了，我点他喜欢的歌，他也不唱了。当年，他经常抱把吉他站在偌大的舞台上，唱齐秦的歌，“让我的梦，和雨水一样冰”。

他是朝鲜族人，唱歌水平一流，眼睛是那种韩国剧中酷男的丹凤眼。穿着干净，颇有绅士风度，很讨女孩子喜欢。

聚会那天他穿了件粉色衬衫，碰巧的是，我穿了粉紫色花的吊带裙，似情侣装，我觉得很不好意思。

我欣赏他，远远地欣赏，像看罗丹的“思想者”，像看梵高的“向日葵”。

有些人，注定从你的生命中经过，留下了一丝丝痕迹，还有那么一点点遗憾，却是绝对的美丽。

前年新年子夜，在这个咖啡厅，我和一个同事看完新年音乐会后跑到这里，又遇见了他。

他和那些留学生一起过的年。我不知道为什么他不回家去。

他特意给我叫了一杯咖啡。

我想永远祝福他和他的那个她。

她会不会给他唱邓丽君的那首《我只在乎你》，希望会的。

“还是那个中文系的男生？”

“不是了。”

“你呢？是不是我见过的那个女生？”

“是的，我没换过。”

我想，他是个忠贞的男人。

这样的男人，在这样的年代里，是优秀的男人，不容易找到。

童年歌谣

（一）

童年是幻影，是模糊晦涩的故事，是玻璃窖下的秘密，是那些秘密从彩色蜕变为黑白的一段歌谣。

小时候，我是在男孩堆儿里长大的。怎么说呢？奶奶有五个儿子，后来有了两个孙子，她一直盼望着有个女孩，就盼来了我。

我很富有，有两个哥哥。小哥哥是叔叔的孩子，只比我大一个月，沉默寡言，我摘了大大的西红柿递给他，他只会

腼腆地笑笑。大哥是大伯的孩子，因大伯从哈军工毕业后去支援三线，他就一直在奶奶家长到十六岁才离开。

大哥离开那天，我走在放学路上，看见有轨电车道对面，他跟在我的爸爸身后慢吞吞地走。我没喊他们，他们看见了我也不说话。他离开时的样子，刻在了七岁的我的心底。

他回到了湖北的父母身边，我开始不断给他写信。偷看爸爸小说的时候写，捉迷藏的时候写，画小人书的时候也写，却没有寄出一封信。那时只知道想念他，我再不能穿着漂亮的花裙子跟在他身后跑了，再不能跟他去大河捉蜻蜓了。

大哥长得像郭富城，浓眉大眼，后来我想，我从什么时候开始爱他的，好像从有记忆就开始了。一直爱他，爱到我上初三那年，他旅行结婚，回到奶奶家。

我听说他回来了，兴奋而狂喜，一路奔跑着，我还记得那天我穿了件粉白相间的连衣裙，齐眉短发。可是，我推不开门，木门反锁上了。哥哥来开门了，很疲惫的样子，睡眼惺忪，里屋坐的是一个娇媚的女人。那时，我一定是很嫉妒的，嫉妒她把我哥哥抢走了。

嫂子娇小可爱，是大伯那个单位领导的女儿，一直追我大哥。湖北女孩厉害，大哥招架不住就投降了。婶婶不喜欢这个儿媳，后来，嫂子生了个女孩，也就罢了。

奶奶去世的时候，大哥回来守灵了。零下二十几度的冬天，我和他穿了长羽绒服，坐在院子里，奶奶的照片前，守着那盏油灯。我没说，我怪他，在奶奶活着的时候不多回来看看，我没说，奶奶有多想他，看他的照片会掉眼泪。

想写童年，却写起了我的大哥。也许是因为，他是我童年里最重要的人了。

（二）

童年是有记忆的河水，我只能看着它快速流走，带走天真欢笑无忧无虑。当它终于消失在遥远的山那边，我知道，我的生命不得不展开在尘埃中。

小时候，爸爸妈妈是银行双职工，工作忙，送我去了长托幼儿园。而我不愿意去，每次都不愿意去，怕那个老师说的，窗外有大老虎，还怕对面二层小红楼上的人喊叫。

我喜欢唱歌跳舞，总是被老师安排去领舞。不知道为什么喜欢跳舞，也许，那样，就没有恐惧了吧，跳舞的时候我很投入，什么都忘了，甚至忘了害怕。

记住的片断，像烟花一样短暂。记得，喜欢跑到院子里挖土坑，很小的土坑，把自己的宝贝诸如彩色的小玩意，糖纸啦、小扣子啦放进去，然后用小玻璃片罩上，再盖好土。然后，每过段时间跑去找，去看，直到忘记了它在哪里。

记得，运动会比赛，我得了个塑料的小动物，橘黄色带小斑点的圆形的小鸡，没有腿的。还记得，有个好看的小男孩，名叫珉，我总跟着他玩，我们手拉手，睡觉的时候也拉着手。

四岁的时候，第一次去了北京，于是，只要见到灯火辉煌的地方，就说是北京。没想到，十八岁第二次到了北京以

后，就在这个古都住下去了。

（三）

不必知道，欢乐和悲伤有什么区别，更不必知道记忆和忘记又有什么不同。小时候，哭的时候，抓住幼儿园的绿色铁栅栏不让妈妈走。笑的时候，在舞台上假装地笑。能记住的东西很少，我想，我是个忘性大的孩子，真正有记忆开始的时候，恐怕是到了十岁。

十岁的时候，离开奶奶家大院的子弟小学，转学到了市重点。老师介绍我的时候，珉在下面喊我，于是，我们又可以在一起了。

十岁的时候，电视台到学校选孩子演讲，选上了我。我很紧张，每天吃过晚饭，偷偷跑到小洋楼外面背台词，直到上电视前一天，爸爸妈妈才知道了，他们笑我隐瞒他们。

站在拍摄现场的灯光下，我还是紧张，我一直盯着在下面坐得很端正的同桌，我开始讲周恩来小时候的故事，讲“为中华之崛起而读书”，硬着头皮讲了足足十几分钟。

十岁的时候，我去了班主任老师家，她有个小女孩，小儿麻痹，手是蜷缩着的，但她的脸可真漂亮，漂亮得让人心碎。

十岁的时候，一个男孩用钉书钉射伤了另一个男孩的一只眼睛。班主任因此离开的时候，全班人痛哭。

小学毕业时，我知道了害羞，跳集体舞的时候，和男生拉手会脸红。

十一岁考舞蹈学院，老师说我条件都很好，而看妈妈身高不够，她不知道我爸爸个子很高的，要是爸爸领我去考，肯定考上了。不过很庆幸，感谢那个老师，因此我没去搞舞蹈。

小学毕业，我收到了男生送的第一个礼物，是一本《木偶奇遇记》。第一次，隐约地喜欢上了他的脸庞。

爱情像蚌里生长的珍珠

我爱这个世界，但当我有一天发现，我更爱的是你时，我慌乱不堪，我想变成一棵小草，或者变成一粒石子。

男女之间除了爱情不能没有其他的吗?

我们一群人从岳阳楼出发，驶入八百里洞庭。湘江水和洞庭湖水分别汇入长江。

站在船顶舢板上，看船尾白色的浪花远去，看眼前的陆地渐渐消失。无边无际的洞庭水，有多少美丽的传说。长长的芦苇荡，停泊的小渔船，一一收进相机里。

我跑到驾驶舱，学了一会儿开船。

登上君山山顶，遍布成片的斑竹，那是泪水流成的竹海。自然有一个爱情悲剧，也有一个爱情喜剧。传说柳毅井直通龙王宫，扔进井里的东西，明年会浮出洞庭水面。

下午，我们去团湖三百亩荷塘采莲蓬。站在船头，摘下美丽的荷花，摘下成熟的莲蓬，还有大大的荷叶。大家欢呼着，

天蓝蓝，荷叶田田。我们一边摘一边吃，吃到肚子疼为止。

有一个人不小心掉进了水里。

我们是两条平行线。你变成了我的影子，我变成了你的影子。

爱情像蚌里生长的珍珠，人们只看见它的成色和美丽，有谁想到，当初那只是一个伤口，一粒灰尘萌生的痛苦。

友情

评价友情的深浅，人说，要看信任的程度。我知道，你的友情像一片羽毛，一阵清风拂过，就不见了。你说过，那粒种子早已长成了一棵小树，可是，我真的找不到一块，它可以赖以生存的土地。

纸片纷飞，你的眼神，你的话语，总是令我疑虑重重；你的树上，结满了白色的羽毛。

友情很纯洁，但也很轻，很轻。

其实早已笃定，为了分离才遇见你。当一切淡淡消散，我将昙花一现的故事，锁进盒子。

感恩节请柬

（一）

我没有火柴可以划，更没有诗句的一线光亮借给我取暖，但是，这身体周围，丝丝缕缕的温热还在。

我细数了生命里曾走过的那些好人，他们不同程度地影响过我的成长，然后我开始想，如果在感恩节这天，在天堂开一个大PARTY，让离开世间的他们得以欢聚，是怎样的一幅情景。

这第一份请柬寄给艮，画上一个吻，那是我欠他的，再画上个心，心上一半是草原一半是冰山。

我敢肯定的是，艮见到我一定很惊讶，在他最后的印象里，我被装在黑毛衣、紫色貂毛领的深红色皮风衣、高帮黑皮靴里，白润的鹅蛋脸有些颓废，毛茸茸的大眼睛里满是绝情。

我多想像十八岁的那个夏天，白衬衫扣子松了，水蓝的百褶裙在腰间跑来跑去，黑框眼镜下充满好奇，丁字小皮鞋踩的"哒哒哒"地飞到他面前，那时候什么都还不曾发生，未名湖南面的小山坡上，绿草茵茵，喜鹊起舞。

我们坐在墨绿色的长椅上，艮给我讲那个男孩跳湖的故事。

他对她说"做我女朋友吧"，她没答应，然后，他说"你答不答应？不答应我就跳下去"，于是他跳了下去，女孩喊："救

人啊！我答应你！”人群围上来，只见那个男孩从水里冒出来，湖水才没过小腿。

我听了这故事，笑岔了气。

多年以后，万万没想到的是，这故事里的人，变成了我和他。我一直以为他是在开玩笑，他只是藏到某个地方去了，有一天会出现在我面前。可是，我终于明白，他再也回不来了，我更没有机会说，“我答应你”。

如果，在感恩节这天，见到艮的一瞬间，我要马上告诉他，“我答应你”。

没有时光隧道送我去他那里。现在站在他面前的，一定是另外一个奇怪的女子，表情傲慢，面容憔悴，性情却像个大孩子。

我知道，艮还会热情的拥抱我，一点儿不埋怨我。因为，他终于知道，我们是一模一样的人，本来就是，只是彼此错过。

艮逃过婚。

那时，我在遥远的城市，有了一段水到渠成的初恋，他是中文系学文学评论的男生，比我高四届，舞蹈演出托他借服装认识的。

我疯狂地看遍了北京的每场音乐会和芭蕾舞剧，认识了一大帮哥们，和他们通宵看世界杯，清晨的时候在文化部走廊里大声唱歌，晚上在宿舍院子里用煤油炉炒菜。他们都非常可亲可爱，有个十七岁男孩整天坐在院子里画像，画我，他姐姐偷偷告诉我说，他喜欢我。后来他考上了美院，我没有和他说过一句话，想必，我从开始就是一个对感情极为吝啬的人。如果他现在看到我写的这些，我会补上当时心里想却没说出来的话，我要说，我也喜欢你，你画得非常好，你有绘画天分。

那个圣诞节前夜，我们跑去世纪饭店看演出，楼下大堂里有个外企联欢会，圣诞老人发给了我三块糖，上面写着欢乐时光。他说要给我一间大房子，有落地窗的，我却说，不知道明年的圣诞我们各自在哪里。

那时候，艮研究生要毕业了。艮见了他后，问我："你幸福吗？"我说"是"，他又说"看来你的选择是对的"，我说"是"。然后他抱紧我不放，吻我喘不过气，我挣脱不开，然后我感觉到了他的眼泪。他又说"跟我留学去吧"，我很坚决，说"不"，我挣脱开了，头也不回地跑掉了。

艮刚走的那些日子，世界一片黑暗。紧接着，我最亲爱的奶奶也去了。

我独自去了伦敦，在那个阴雨绵绵的城市逐渐粉碎了记忆。我离开了南雨，放弃了田园生活的梦想，那些与艮有关的男人们，一个个都没剩下。

（二）

这第二份请柬，理所当然要寄给我的高中班主任王老师。她年轻时是师大的校花，她当我们辅导员的时候，她儿子刚上初中，一个开朗英俊的男孩子。

王老师是学俄语的，她不代课，却时刻看管着我们。她总是很严厉，很少见她露出笑容。午休时间她非要我们睡觉，我们背着她拼起课桌打乒乓球，还跑到操场打排球。为了不挨训，轮流在楼道的窗户旁放哨，看见她远远走过来，马上跑回课桌旁假装睡觉。

艮那时候还没有早恋的迹象，他比我小半岁，比较贪玩，还喜欢和女生“贫”，可考试总是第一。高二时从福建转学过来一个女生，比我们大一岁。南方女生发育早，那时我们都是“豆芽菜”，她已是深谙世故的大姑娘了。艮是班长，她是文艺委员，因此走得很近。

王老师背着他们找了家长谈话，这种做法反倒促成了他们的早恋。艮本来是个叛逆的人，懵懵懂懂的他，青涩的他，在她的引领下，打开了青春。青春一旦打开，就无法再收拾起来。

当时很多同学极不理解王老师的做法。有个男生贪玩不用功，总考最后几名，王老师生气他不争气，当着全班同学面训他，说，“像你这样的还能考上大学？”谁知这同学因了这句话，拼命读书，最后考上了北京一所重点大学，毕业后又读了中科院博士。多年后，他还记恨王老师，我劝过他。确实，当时王老师的很多做法很伤同学们的自尊，但因此，我们班全部考上了大学，艮以最高分考上了北大。

王老师一直对我很好，一个字没说过我。她要我出板报，因此我写了诗歌。她要我出节目，因此我站到了大家面前独舞，穿着一身蓝色校服，我为此还特意跑去拜一个民族舞老师学艺。

王老师很有一套，她知道我是个自尊心极强的孩子。我怎么都学不好几何，于是她要我当几何课代表。奇迹发生了，毕业考试的时候，我的几何打了满分，几何老师是个害羞的女老师，她非常开心，笑得脸越发红了，因为，还从没有人打过满分。

我没少受累，王老师要我在黑板上给大家抄作业题目，还要在白纸上抄答案挂到墙上，我因此练了字。后来，她建议我考北师大，她觉得我适合当老师。

我一开始不知道，为什么她从来不说我。有的同学穿高跟鞋，留披肩发，她毫不留情地批评，我也穿了，头发长了，她没说我。我旷课过一天，她也没说我。后来有同学告诉我说，王老师本来有个女儿，十二岁的时候出意外不在了，你长得很像她女儿。我这才明白，她怎么唯独对我那么怜爱。

我没有被批评过，其实也不好，我变成了一个“说不得”的孩子。也因此，在以后的生活、工作中吃了不少苦头。

毕业后我去看望她，她不带毕业班了，她太认真太累了，心脏不好。后来她随她爱人去美国讲学了，再后来，我接到了她的电话，她儿子要大学毕业了，要我帮忙在北京找工作。

王老师退休了。尊师如母，我本是个懒得联系外界的

人，每次都是她打电话来，我也从没跟她说过一次感谢的话，想必自己骨子里是个多么冷漠的人了。

北师大的四年，是我人生中最关键的四年。青春岁月，最后浓缩在那个园子里。从此以后，再也没有那时的单纯亮丽和快乐轻盈。这样的偶然，是王老师引导我选择的，我多么感谢她。

如果没有那四年，我的人生将全部是灰色的。

祝福王老师健康幸福。

讲和

我和老爸吵架，吵到互不搭理了。他这个圣诞节被邀请去香港讲学，现在可能正站在讲台上，一定又是神采奕奕。学生喜欢听他讲话，因为他从不说教，只用事实说话。我知道他喜欢学生们崇拜的目光。

我也崇拜过他，崇拜到我离开家上大学为止。从此之后，我一直都在“背叛”他，他一直很生我的气。当然；他的学生遍天下，都听他的话，唯有我不然。

离上次吵架已经三个多月了，我曾经几次想拿起电话打给他，可最终还是放弃了，我不知道说什么，我是个从来不会认错的人，从小到大就没认过错。

我现在只是通过我妈打听他的近况。

老爸知道我爱他。我把我所有的保险单据的受益人都写上他的名字。

有一次，我打电话到学校，有人说校长住院了。我愣在那里，眼泪"哗哗"下来了。放下电话，我马上打算去买飞机票，回家看他。后来我打电话到医院，听老爸慢悠悠地说："闺女，我在疗养，只是腰肌劳损，快好了。"我嗔怨他不告诉我。

老爸喜欢和年轻人谈天说地，每次我领同学回家，他都非常高兴，特别是人越多，他越高兴。他拿出好烟招待，别人不抽，他抽，他高兴的是能抽烟。没人的时候，我把他的烟藏到衣柜底下，他总是找不到干着急。我有权管他抽烟，一天只准他抽几支。我不在他身边，他就"解放"了，他抽得很凶，一天能抽一盒半，说是为了写文章。

老爸毕业于哈军工。他刚工作就遇到了我妈，我妈那时候才十七岁，又活泼又漂亮，是单位的广播员，百里挑一选出来的。爸爸年轻时长得像极了王心刚，就是演蔡锷将军的那个人。

他俩在私底下恋爱了。在那个年代，那可是不得了的事儿，是要挨批斗的。在大会上，有当官的问："你们是在谈恋爱吗？"我妈聪明，反应快，没等我爸说话，马上站起来，说："没有！"他们这才躲过了一场浩劫。

他们走到一起的故事，颇具戏剧色彩。当时，单位的大领导要纳我妈做儿媳妇。不知道他们是怎么躲过去的，想来

一定是非常艰难，想尽了办法。后来，单位解散了，所有人都被下放了，他们才得以在一起。

他们结婚的时候，只有一床被子。我外婆告诉我说，“你爸在婚礼上，光着脚丫跳舞”，我外婆还说，“你爸不老实，第一次来咱们家，说是你妈的领导，送她回来”。妈妈那时候念夜大，爸爸每天骑自行车送她回家，为了不让外婆起疑心，他撒了谎。

我外婆喜欢有知识有文化的人，也不在乎奶奶家清贫，自然同意了他俩的关系。老爸很争气，在外婆那么多的女婿中间，是唯一一个被列入“名人录”的人。我降生在这个世界上，是多么不容易又多么幸运啊。

我没听老爸的话，走了好多弯路，至今还“死不悔改”，是有些过分。但是，我的自尊一直在作祟，我不想主动跟他和好。

我希望他从香港回来，路过我这儿，我们只是说些琐事，把吵架的事儿都忘了才好。

故乡

小时候的梦，是新生的翅膀，轻轻的触痛，似天边的云朵。握一粒沙，揉进风的眼睛，看溪水跳跃，听小鸟的赞歌。也许是平平静静，也许会有偶尔的微微震荡，爱的路上，到处都是忧伤。

风儿说，记忆在浮动的树叶间，低低地倾诉那个古老的故事。鸟儿说，记忆在轻盈的云朵上，飘来飘去，总要洒下晶莹的泪滴。心儿说，记忆埋在谁也看不见的地方，甜甜地沉睡。我对你说，记忆非云烟可比，那是一种生活，落地就会生根。

天长地久的事，写在心上，不用说也不用想，春风走来的时候，自然洒遍春光。一句话，就是一辈子的希望。

外婆的红盖头、画笔以及玉手镯

我的外婆是个罕见的奇异女子。

外婆早年丧父，据说她父亲是个赌徒，把豪宅大院赌没了，她母亲拉扯她和她的两个哥哥长大。

当年，她母亲追着她裹小脚，她逃开了，沿着大河跑了好远好远。她说，嫁不出去就不嫁，反正我不裹脚。

在那个兵荒马乱的年代，她善良传统的母亲撒手人间。她的二哥失踪，她怀疑他被日本鬼子抓去当壮丁了。她一辈子都在寻找他，在台湾、在日本都找过，但是没能找到。外婆曾伤心地对我说，也许他早不在人世了。

外婆一直和她的大哥相依为命。

后来，她大哥娶了个媳妇，她曾是个烟花女子，对我外

婆不好，不再供她念书，给她找了户人家，想把她嫁出去。

外婆高小毕业，上的是教会学校，是有知识的女性，她懂得反抗，懂得男女平等。

外婆为此离家出走，逃到老师家里，给老师家干家务，继续学业。

“可是，我还是没逃出去。”

老师给她介绍了个留日学生，她把自己嫁了，不过是她自己做主。

她感慨地说：“小雨啊，直到掀开红盖头的那一刻，我才知道你外公长的什么样儿。”

她终究没能自己选择自己的婚姻。

我想，她一生都在心底责怪我外公，因为她从不说他好。直到我外公去世，她才开始念叨他的好。

她因嫁给我外公，辍学了。她为他生育孩子，本来她考上了电影厂的美工师，被录取了，却为了家庭而放弃。

她因外公的反对，拒绝了大导演要她出演女主角的邀请。她年轻时长得似周璇，有些大导演在大街上追着她，非要她去演电影。外公说，那是“戏子”，他看不起“戏子”，所以他坚决不让外婆去。

外婆一生生养了十一个孩子，这十一个孩子都很有出息，他们就是她的最大成就，他们实现了她的所有没有实现的梦想。晚年以后，外婆成了家里的“太上皇”，她非常有威望，也非常幸福。

外婆拿着杂志给别人看，告诉人家，在这本杂志上有我们家三个孩子，他们出类拔萃。

外婆喜欢画画，喜欢写字。

外婆硬给我套上一个翠玉手镯。在那么多孙子孙女外孙女外孙子中间，她独独给了我她的玉手镯，也许是她觉得我跟她一样喜欢画画，也许是我的脾气最像她，更也许，她想用美丽无瑕的镯子附在我身上吧。

我离她越来越远，而她的心一直紧贴着我的心。

长鼻子

你的身后站着一片森林，他们是有眼睛的也有翅膀。当春天的花朵悄然绽放，你读到了平生第一本童话书，告诉你撒谎就会长出长鼻子。送给你童话书的男生，在小学毕业合影的时刻，哭成了泪人。你像看别人的故事一样看着他，以为他喜欢的不是你。但你记住了他的神情，记住了他的名字里有个“伟”字。

思念

奶奶，我坐在联合国主席的位置上向你招手，男女平等，孙女比许多男子强。

奶奶仙去时正坐在沙发上，和爷爷说着话。

爷爷说着话，发现怎么没有回声？回头看奶奶，静静地坐在那里。

奶奶是坐着走的，说着话走的，一瞬间走的，心脏衰弱走的。

那时，君子兰开着橘红色的花，鱼儿在鱼缸里游来游去。

那时，我在遥远的紫禁城，在她的牵挂里，在她的思念里。

或许我正在听哪个歌星的音乐会，和表妹坐在后排扯了嗓子叫喊。

或许在上下班路上，骑自行车穿过天安门前的长安街。

奶奶离去之前，我做过一个梦，灰白色的梦——梦见自己沿着河边走，旁边一个少年掉进了水里，奶奶跳进去救他。

我喊奶奶，喊他会游泳，不用你去。

可是奶奶再没从水底出来，那水很浅很浅，她怎么还不上来。

奶奶离去之后，我又梦见了她，梦见她站在房门口。

我从白色的单人床上坐起，走出四壁白色的房间。

她远远的在前面走，一身黑衣，花白的长发挽了个髻。

瘦弱的身影进了一个转门就消失了，我停在转门外醒了过来。

奶奶18岁嫁给爷爷，与她同龄的账房先生。她沿着大河跑啊跑，跑出了那个幽深的宅院，再也没有回去。

但是，“富农”的身份一直压在她身上，压了近三十年。

我苦命的奶奶，因为你的善良、贤惠、隐忍，我总是独自挥舞宝剑，披荆斩棘。

我苦命的奶奶，因为你的屈辱，孱弱，委屈，我总是孤傲地坚守着自尊。我替你抗争，你不曾抗争的五千年妇女的卑微地位，我替你活着，活在与男人平等的阳光下。

你曾说要来北京看看，要和我待一段时间。我说好啊，却迟迟没有如你所愿，这是我的一个最深的遗憾。想起你笑我穿的牛仔裤，问我怎么没有裤子穿啊？想起你指着墙上的挂历，说那个女演员是我，想起你每次送我到院门口，一直站在那里不肯离去的身影。

你已经好久没有到我的梦里来了，已经过去了多少个春秋冬夏，你还好吗？

错过的不仅仅是春天

薛定谔的猫告诉我，一定有另一个自己存在于另一个时空，只是自己暂时看不见罢了。

如同世间的男女遇见了，她很可能就是他的另一个自己，他一生都在寻找的自己。尽管这种概率很渺茫，但是，

这次，他的确遇见她了。也许遇见的还不止一次。

那时正值春天，羞涩的季节。他把自己的渴望种进泥土，冒出头来，望一望美丽的她。她更羞涩，小小的一颗露水，躲避着阳光的抚爱，其实，她的爱透明轻盈，只是她也不知道，他是她此生的另一半。

多少年后，她又一次走到他身边，经历了由水到蒸汽再到冰的全过程，她需要再次融化的温暖。可惜，他的身边已经有和他一起生长的爱情和亲情，他什么也给不了她，只好看着她再次融化在夏日的热情里，并把这种热情毫无保留地献给了大地。

她从此离开了他的生活，他开始无穷无尽的回忆。

他想，那回忆可真美，足以慰藉一生了。那种美可以用文字保存下来。

他正这么想的时候，她果真变成一本书寄到他心坎上。于是，他们的爱情得以永生，一份不需要柴米油盐的爱情，定然是最纯洁的最恒久的。

如果，年少的他勇敢一些，主动表达他的爱慕，他不会错过她；如果她知道他原本是另一个自己，她会穿着花裙子跑向球场上的他，为他擦汗，为他提水，然而她当初并不知道，在经历了千山万水之后，时间已改变了她的容颜，她再见到他的一瞬间，幡然醒悟，他是她的另一个自己，可是那个他已经融入生活的浪潮，融入另一个世界，他是属于那个世界的。

翩翩少年，他的羞涩和暗恋如来去的风，带走了花瓣，要知道，他的不善表达不敢追求，让他错过的不仅仅是春天。也许他本身没有意识到，更也许，是那时的环境使然。在那个晦涩纯情狂热的年代，爱情怎么能在风雨里萌芽。

落英缤纷，脸红的少女经过了夏天，走入了秋日呓语。她在森林里拣来一些美好的花朵、蘑菇和苦艾草，却丢了她最宝贵的心。如果，她的王子拣到了她的心，也不可能吻她醒来了。

这就是那种永恒的爱情吧，不曾拥有，永远也不会失去，留下的只有春天的记忆。

年少的人儿，在懵懂的春天，你要勇敢地唱出你的歌，让你爱的人听见。也许，你的一生因此而不同。也许，多年之后，你们终究要分道扬镳，那也没什么，能勇敢地和另一个自己告别，总胜过遇到另一个自己又错过了而平添终生遗憾。

年少的人儿，尽管尽情地相恋吧，要知道和另一个自己的爱情才是纯粹的。别怕时间摧毁飞翔的梦想，别担心日常琐事诋毁漂浮的感情。爱过了，就不后悔，此生足矣。

像爱你自己一样地爱他吧，给彼此自由的天空，那是对自己对这个世界的宽容。纵使有一天分手，也要感激他，因为他给了你最美丽的回忆。

年少的人儿，站到你钦慕的女孩子窗下唱歌吧。别把你的深情压在箱底，要知道，你错过的不仅仅是春天。

青春单行线之歌

大学时出报纸，自己画刊头，登自己写的诗。

如今和我一起办报纸的人，读报纸的人，在天涯海角都很出色。

北师大的青春岁月，青春发酵，阳光陈酿。

高山静，白云绕，公路十八弯。塔楼下，树荫下，种子等待风。爱之深，情之切，叶落芳菲尽。层峦叠嶂秋幔落，一步一徘徊。

初中二年级的时候，有个男孩子走下楼梯，回头看我，我瞪眼睛骂了他一句："你别臭不要脸！"那时放学路上，我和另两个女同学在人行道上走，他和另一个戴黑框眼镜的男生，推着自行车说说笑笑地走在旁边，互相也不说什么，直到我到家，他们才骑车走了。其实他是个可爱的天使。我今生注定欠了他的。

春夏秋冬，各有美丽和希望。欲望萌生的时节，尽情地生长尽情地欢愉，尽力地追寻奔跑，向着梦的地方。知足的时候，安静地享受云淡风轻的风景和宁静惬意的心情。不管是充满欲望还是满足知足，只要有光和水，怎么会郁闷？时光留给你的美好和爱，也有眼泪和伤。

一叶知秋

一叶知秋，我不如那一片叶子，因为我并不知道你，不知道你在哪里，正在做什么，不知道你要去向哪里，更不知道你是从哪里来的。

天上的云说，你的心就是蓝天，我往上看，看到了一行大雁正飞向远方。地上的草木说，你的笑在泉水流过的地方，我就跟着泉水走，走了好久。其实没关系的，年年岁岁你还会来，不是吗？

没有重生的理由

我原来的单位，当老板的是两个退伍军人，外加几个知青，还有我们几个大学生，俨然一群单纯可爱的人，没有城府没有公文，有的只是快乐的日子，连斗嘴也是快乐的。我常常在上海和北京之间飞来飞去，那时候，我喜欢上了一个音乐网站，进而走近了音乐里的人们。毫无城府的会面谈笑吃喝，时间不知不觉走远。

不久我去英国学习，回来后很快离开了原来的单位，在告别会上我说了几句话就说不下去了，我当着那么多人的面流泪了。我最后说，和你们共事，是缘分。

我是个容易被周围环境影响的人，更是个“麻烦”的人，动不动喜欢动感情，这点很不好。而我现在的工作截然不同，完全处于严肃认真的氛围里，工作压力随时能令自己发狂，幸运的是我还可以做点自己喜欢做的事情。

在英国修过有关能力方面的理论，他们主张五年换个工作，对个人的发展是最有利的，每个人最好经过两三次更换工作找到自己喜欢的工作。我说不上多喜欢现在的工作，却收获了一份责任感，职责所在。

我想，可能对每个人来说，没有得到的永远是最好的，就像当初我放弃了当大学老师的机会，后来我一直非常向往当老师，羡慕那些当老师的同学。我总是以为，老师的环境更为单纯快乐，更适合我。

老爸笑我说，学校也很复杂。我知道他们大学有老师因未评上教授而走上绝路，还有的老教师为了争取出差向他哭诉。很多不愉快的事情发生，都是因为人总是喜欢找外部原因和社会原因，从而憎恨别人怀疑现实，而忽略重要的客观条件。其实人如果一旦在一个环境里待久了，心思会逐渐枯萎，眼光会慢慢变短。如果每天像机器人一样一成不变做同样的事情，可想而知，人不迟钝狭隘偏激才怪。

向过去告别吧！尽管过去很快乐。上天很公平，在你快乐之后，又给了你更深的痛苦。好在，这种痛苦因人而异，但是走出来的时间越短越好。我从痛苦中走出来，用了三年多的光阴，我让我的灵魂去流浪。我认识了很多朋友，然后我离开他们，我离开原来的生活和工作。可以说，是文字，是朋友，陪我走出了沼泽地带。

这里还是人来人往，老友新朋，美丽的诗歌，激情的小说，每一秒钟的感触，镜头的回放，被生命一再记录下来。无论爱恨悲喜，冷热苦甜，我们一起走过这个夏天。

我不再愤怒，因为除了艮的离去再没有什么值得愤怒的。我不要敏感，我活在自己的精神世界里，我爱你们，爱那些爱我的人和恨我的人。

师兄的摄影作品融入了更多的沧桑感、荒谬感和怡然淡薄，我因为他的"费加罗的婚礼"而更加欣赏他。

"诗人们"的面孔依然没变，依然天真诚挚。我想都没想到，面具后面最美丽的那张脸是那个红鼻子小丑。

我越来越分不清博爱和小爱。

艮永远是二十六岁，永远的青春浪漫。他说，十年后的样子会更不同。

没有重生的理由，也要找寻生存的快乐，那就是我平凡的文字。我活着，所以我写。我写，所以我仍活着。

开车轶事

刚学会开车那阵，兴趣盎然，手痒痒，一有机会就想着开车。那时还没有自己的车，离职前的那个单位有好几辆车，都归一个司机管理。司机大哥是个很可亲的人，有时

候，我要车去办事，他就顺便带带我。

第一次上路，我开的是辆白色福特，他悠闲地坐在我右边。出了停车场，拐了两个弯上了四环路。车后座上还坐了两个男同事，他们很悠哉，我却很紧张，绷紧了脸不说话。前面大路口突然变了红灯，我心想着我是踩的刹车啊，怎么不减速啊？还好，和前面的车距离还远，司机大哥拉了手刹，这时我才松开离合踩了刹车，和前面的车差点撞上。

那一刻大脑一片空白，心里想什么，脚下却不听使唤，还浑然不知。眼睛只关注周围的情况，双手死死把着方向盘。

受了这次惊吓，我再遇到任何情况，第一反应就是去踩刹车，早早地踩。

第一次自己开车赶上下大雨，开到蓝岛附近，同事冬梅也在车上。大雨下得像冒烟一样，我一直纳闷，怎么什么都看不清了，难道隐形眼镜掉了？还好，有个警察在路边向我招手，让我把车停靠路边。他说："你的车灯坏了？""嗯？没有啊。""那你怎么不开灯？""嗯？在哪开灯？"警察乐了，冬梅也明白了，哈哈地笑我。

第一次自己开车遇到红绿灯，不知道踩刹车，第一次下大雨开车，不知道开大灯。再也找不到像我这么糊涂的人了吧！还好，后来我开车开得不错，成了女同事逛街的专职司机了，开着大吉普在北京城里"乱窜"。

我开车虽说是没出过车祸，但大大小小的惊吓还是不断地出现。

一次我开了辆“皇冠”车进了地安门附近的胡同，我差点剐到一个骑车的人，车耳朵擦到了那人的胳膊，“砰”的一声，我吓出了一身冷汗，还好那人没事。此后，我宁可多跑环路多绕些远，也要尽量避开那种拥挤狭窄的路段。

还有一次，在六里桥堵车，旁边的大卡车挤到了我的车前面，妈妈又在我身边“叨咕”，差点剐蹭上大卡车。

还有一次，我将车停在一个部队大院里，蹭上了旁边车的前右侧。

我开车被警察拦过几次，和警察闹的笑话，不止一桩。

先说我开的那辆福特车，在西客站附近，警察叫我靠边停车，说我没系安全带。要知道那辆福特车的安全带是自动的，不套上车不走。我给警察看，他晕了，只好让我走了。

一次在亚运村附近，我开了辆绿色的大块头——“沙漠风暴”。我看见黄灯刚闪，以为可以闯过去的，没想到黄灯时间一闪即过，我赶紧停车，前车轱辘压上了斑马线。一个胖警察走过来，非说我闯红灯了，可是旁边的车，在我停之后，依然开过去了，他却不管。我说我没闯红灯，他说压线就是闯了，没办法，被罚了6分。

还有一次搞笑的经历。我陪一个同事上路，他刚拿到驾照。走到学院路上，车不知怎么熄火了，打了两次火，还是打不着，我看着一个瘦瘦的小警察走了过来，要我们靠边停车。我同事还是打不着火，我换下他，把车开到了路边。警

察过来了，说：“你们阻碍交通。”哇，这罪名可大了，我当时对警察的态度很不好，口气也强硬，这个小警察一定没见过我这样不好好说话的人吧。我强调说：“车熄火了，他刚开车不太会开。”小警察要扣留我同事的驾照，我急了，说话口气更不好了，我说：“你没道理扣驾照，我们也是着急打着火想开走，我不是马上换下他开走了吗？！”我还说了些很不客气的话，一直在说，小警察一句话都没说，认真地看了看我，把驾照交给我。他很年轻，好像和我们一样大，估计是警校刚毕业的。

他真是个可爱的警察，听得进去“讲理”的话，即使我的态度是那么不好。

开车，重要的是安全第一，小心为是，因为危险都发生在一眨眼的工夫，甚至你正常行驶时，也会被别人撞到。

没有说出来的爱

我爱那些陪伴我长大的老师们，虽然我没有对他们说过一次爱。

他们一直是我生命里的光，不灭的温暖，每当回头望去，总能看见他们的身影站在时光的深处，微笑着看着我，他们似乎从未离开过我。

记得上长托幼儿园时的两位老师，一位是生活老师，那时爸妈工作忙，常常周末接不了我，老师就把我接到她家做好吃的给我吃，陪我玩。她个子不高梳着整齐直顺的短发，圆脸大眼睛。还有一位钢琴老师，长卷发，喜欢穿黑连衣裙，长方大脸大眼睛，没多久得病去世了。那时我不懂得“死”的意义，就知道她不来了。幼儿园园长个子高高的，对我很照顾，她的儿子和我一个班，常常在一起睡觉，他睡着了我却睡不着时，我会偷偷拉着他的手，不知不觉就睡着了。

小学时赵老师把教室钥匙交给我，我还记得她让我帮她批改考卷，窗外电闪雷鸣，我是那唯一打满分的学生。我记得她送我去公交车站。现在有时还会梦见她的模样，梦见她站在车站看着我。她有两个女儿，都比我大，这两个小姐姐会领我在大院里疯跑，玩耍。是赵老师引领着我总是要争“第一”，我就那么一路走下来了。

初中时遇到了师大刚毕业的校花，教英语的王老师，她像初中生一样梳着两条小编辫，黑黝黝的眼睛，喜欢爽朗地哈哈笑，一笑露出洁白的牙齿。她周末给我们前三名的学生补课，找我谈心，让我把第一个入团机会让给一个男生。她喜欢玩，常和我们一起玩。那是快乐的初中年代，我能把皮筋跳到手举那么高，一个指头抻的皮筋也能跳开。报考高中时，教导主任找我谈话，不让我考别的学校，我被说哭了，是感动的哭，教导主任想让我放弃报考别的学校，还特地找

来了我的父母做工作，但我的母亲态度很坚决。王老师却没有劝说我，就这样，我上了更好的高中。

高中班主任是师大的校花，她从来不批评我，对我比较溺爱。我梳披肩发，穿肥裤腿的牛仔裤，她也不说我。可是她对别的学生都很严厉。后来同学们告诉我我才知道，她的女儿和我长得很像，12岁时不在了。她是把我当成了她的女儿。她觉得我的性格适合当老师，后来引领我报考了北师大。

回想起来，老师们给我的都是温暖。当然我更幸运，几乎没受到过老师们的批评，而总是得到鼓励和表扬。这和现在的美国教育很像，从而塑造了我简单而快乐的性格，与世无争，崇尚自由。当然，我遇到挫折时绝不会一蹶不振，而是尽快摆脱。我的幸福感超强，哪怕一无所有，一个人住在深山老林里，我想我依然快乐无比。因为老师们给我的爱，常驻在我心底。

辑四　飞鸿集

寂寞的树丛

昔时方知语未休，相望泪空流。情难却，水难收，雁过声声留。徒消岁月几多愁，添愁人更瘦。

佳期难遇偶难求，红颜易白头。唇未启，语已休，黄泉路悠悠。寂寞天涯泛轻舟，载不去，心底愁。

隔世一别泪空流，人憔悴，心伤透。

那一刻，阳光从叶的缝隙中透过来，地面和枯叶的潮湿开始升腾。我在深深冥想，想那个滴雨的夜，你在地板上涂抹着你的那些心思，然后给我看，看着看着下起了雨，到现在从未停止过。

你的样子总让我心动，还让我心疼。

你知道我想的是什么，我的心摆在你的面前，你看得明明白白，但你就是不信我，变着法儿地气我，让我的心在火里烧焦烧灭。其实我也知道你的心比我更难受，你是一个很坚强的女人，我很脆弱，但你的心却更容易受伤，是我不懂得安慰。我们有时候很像，你说过的。

那雨真的好大。

生命不同，可以存在也可以不存在。想，是无边无沿的，只是对你。

想得久了，就有些苦闷。于是，觉得了寂寞。

寂寞和孤独并不相关。孤独有时候并不寂寞，寂寞的时候也不总觉得孤独。

当我浑身处于寂寞的时候，那种阴沉潮湿的空气总是和我一起悲伤，像是膨胀出一条通向心的河，流出千年的痴迷。

没有太多的要求，只想知道你的消息。我曾为此等待了很久。

我知道什么时候阳光会从树叶的缝隙里透过来，我也知道落叶会受潮发霉腐烂，但我却看不见你的身影躲在哪片云里，那是一种痛心失神的平静。

平静如长眠于苦闷。

梦儿，你是天，看不见我。

梦儿，你是竹，看不见关外的迷失。

梦儿，你是笑，是从海边吹来的风告诉我的。

所有的人都不沉默，除了我。

遗忘的梦

我以为我的爱早已随生命消逝，从此再没有遗憾。风景处处有，同样的风景在不同的眼睛里有不同的感觉，好像一直是这样子的，就这么随波逐流，让心情流落到任何一个可以寄予的地方。伤心的时候化成喧闹的瀑布飞溅直下，自己跟自己说话：累了的时候离开生活的藩篱，躲到山的那边集一湾沉静的海子，悄悄地写有关你的日记；想你的时候结成透明的冰凌，记住你青春年少的面容，静静地等待风起的日

子，带去我的思念和祈祷。

昨夜你又到我的梦里来了，幸福清清楚楚了，那是你的草场，你的家园，经火洗劫过，经路人践踏过，可是那些红的根真的还在，灵魂还在。我看见了那种醉人的碧蓝，在冬季里未曾睡去，鸟儿在水里飞，鱼儿在天上游，牛羊徜徉在有点儿荒凉的山坡上。

黑夜更漫长了，我怎么也想不到是那样的结局。你还告诉我，那冰面是从上往下一层层结出来的，冰是那么透明，结得越来越厚就看不见底儿了，就像我现在看你。

也许我的余生就是那几天灿烂的旅程，你一直走在我的身边或者坐在我的身边，你的倒影和蓝天雪山碧水彩林一起深深印在我的记忆里了，是梵高的画也无法比拟的生动。

山坡上白色的花未散去，雪的种子开始落了，是在等待风的誓言吗？轻轻地轻轻地漂浮起所有关于你的回忆，树上结满了小小的好看的红豆，你吃了一颗，我也吃了你摘的一颗，酸酸的。

后来，夕阳藏到山脚下去了，星辰在野外离我那么近，连流水都忘记了赶路。冰雪不再消融，彩林永不褪色，夕阳再不离开。

窗外雪花依然飘舞着，是你回来了吧。

面对那些照片，那是我唯一能留住的真实，我真的无法表达对你的感激，原谅了你的执拗，原谅了你的离去。

因为那爱还在，生命就还在。

我在遥远的星座上，一点一滴想着你，最后化成你最爱的那道冰川，等待我们来世的相遇，我知道灵魂是不需要生存的理由的。

在冰川期来临之前，我可以什么都不管，坐在那碧蓝的五花海上，蘸着湖水，画山林，画夕阳，画海子，画我的思念，任凭时光荏苒，直到海水枯竭。我要让你看见，水底浪漫的尘埃，我要让你知道，没有我生活依然美好，美好如那片静海，安宁又祥和。

修路的人们，为什么不移走倒下的枯木呢？

远去的流水，为什么不扫去山野的尘埃呢？

留下的是永远的遗憾吗？遗憾也是那么美丽吗？

留下的，已不是眼里童年的风景，十年后，又是什么样子呢？

你高高举起的手臂伸向了蓝天，我却挪不动想奔向你的脚步。

昨夜终于又梦见了你，你远远地回过头，认真地望着我，什么也没说。

你的身后是很大很大的椭圆形冰场，我坐在高高的地方，穿着那双白色的冰鞋，和什么人在说话。

从你悲哀的眼神中，我看清了自己。

遥远的山那边，最后一封来信

亲爱的，当你接到这封信的时候，我已不在这个城市了，或者是到了童年生长的地方，或者是坐在西行的火车上。认识你以来，我一直活在那爱的酒里，百般滋味伴着我成长。

想一个人，真好。

本想和你说说话的，但电话那边一直没有人接，不要紧，以后的时间很长，总觉得有许多许多话要对你讲，但每次都没有说，在电话里也总是，说着说着就变了样，每次都惹你不高兴，甚至落泪，自己也搞不懂为什么，就像现在，一个人坐在屋子里，却说不出话来。你说，我是两个人，你总看不清我，我想，也许是你想得太多的缘故吧！其实，我们本该互相信任，都生活得好好的。

现实的生活里，我活得很累。但想起你，我就觉得自己是真正的活着的。人不能逃避现实，但面对这个现实，我就会感觉很多痛苦。想起你我，不能守在一个狭小的空间里，就有许多悲哀，甚至夜不能眠。总问自己要不要重新选择，要不要重新来过，但总是没有答案，悬着的心，总放不下。

未来的路还很长，我不知道自己的生命会有多长，不敢想象。看着自己活得一团糟，真的没意思，甚至没有了年少时的勇气，总怕失去你，让自己的精神成为沙漠和废墟。

亲爱的，你刚回来，我就要走了。半个月的时间，我不知道自己怎么度过，想你已成为我每天的主要事情了。爱，本该是让你高兴和幸福的事，但我们的爱却给你增添了那么多的痛苦和烦恼，出乎我的本意。如果丢下我你会好过一些，那么，就在这段时间试着忘记吧！

我说我爱你到永久，我就会守着这个诺言，直到生命的终结。我说话都是算数的，那是成长的信念。我不会怪你的，就因为我爱你。谢谢你陪了我这么久。我会一生去守候，你能陪我吗？

神秘园

那是一种好看的光芒，以后已不会再有。

假如那是一个虚设，即使是由沉积岩叠成，经过几度风雨，也终将会被蚕食殆尽，何况岁月的更改。

早就想拾起永恒，却抖不掉忧伤，有人说我又像以前一样了。

有很多“为什么”都不用问了，有很多“解释”都不用再听了，就连再见也不想听了，说“真的”就成了假的。这里一直都在下雨，我一直在霞飞路上乱跑。

睡得久了，就愿做梦，那个梦很真实。

坐在七重天的云彩上，聆听神秘园的轻奏，看晚霞的醉态，看暮色和孤独一起被短笛拉直，形成一条曲线，在山和山

的连接处变得模糊了，于是，便再也理不出那遥远的悲伤来。

月亮在我的头上，凉凉的光。

往事如烟。

又有一串记忆飘飞了起来，填写着无边无岸又不等于遗忘的猜想。你们的欢声笑语和那一缕真诚，都会从这梦里灿烂的理出思绪来。

然而，雨季过后，那梦已经是风里的旗帜了。

闭上眼睛，听一听心跳，时间就走远了。

歌如船，载着我飘了好远好远。

四周寂然无声。

我有梦，梦回故里，那里有一片蓝天。是故乡给我的那一片天，我用我的梦去流浪，我在那片天空里，播种着自己的希望。我的灵魂在苦苦寻觅着乡土的气息，久久不能离去，是不想离去。那里还有依稀可辨的童年的脚印。

春天走到了尽头，我走近你们的时候才看清楚了。那是你们精心安排的吧，你和她一唱一和的，语言是疯狂的子弹，你专注地把枪口对准了林子里的青鸟。我浑然不知所措，想扔石头把鸟儿吓走，可是已经来不及了。他们一起扣动了扳机。

是两片叶子，隔着一条树干遥遥相望。我不知道自己是怎样穿过了那条树干，我看到了他，一切就都清楚了，那是一条被世人宠爱的斑斓的蛇，也是由于我的走近，他霸道地傲然盘踞了我的情谷。我在他风凉的毒汁里渐渐地消融。

那树就扭曲了，好像缠住了什么，好像是藤蔓。

我在梦一样的境界里重回了故我。

我是个孩子，依恋乡音的孩子。太阳围着我的影子转，转着转着，季节一个个渐次熟透了，梦也熟透了，我毫不犹豫地把我的生命放进了它冷冷的手心，让跌落的青鸟重回树梢，在我眺望你的梦里摇碰成悦心的风铃。我宁可不要秋天里的果子，我只要我梦里翅膀的翱翔，我只让风儿把记忆里的这个夏天一层层地涂抹成纯真的浑圆和浓绿。

那是记忆吗？无风无语。那间教室将它因为夜色里悠悠的灯影。小船已经划过了多少个平静的夜色水天，涉入它幽蓝色的梦，而又被它黑色的火焰撵走。

我爱这梦，和这梦的爱情。

一边晒太阳，一边沉浸在注满潮水、洒满红酒和月光的梦里，看陡起的波浪翩翩起舞，听月光哼起那若有若无的歌谣。

用情感燃烧渴望，震颤而动荡。

在魂与梦之间，敲一路鼓声悠扬，回荡着天堂里的笑声，我想那笑声不会泯灭吧，依然会有人来人往，依然会有寂寞的灵魂在游荡。我想我还是个陌生人，连鬼都不会认识一个。

那山还在，无路无桥。

梦还在。

魂还在。

虚伪着虚伪的虚伪，那又是一种什么姿态？

你冷吗？我的朋友。

期待的重温

熄灭的灯再度燃烧的时候，风儿已经很疲倦了，雨也停了。

你从记忆的最底层向我走来，带着一身的疑惑，是那样的憔悴和幽怨，脚步有些零乱。

你说那些传说很美，美得令人感动而不能忘怀，你说你不喜欢怀旧，但那些事却总能想起，不需要时间和地点，每当你想起，你就看到了那抹送走星月的曙光，美得让人心碎。

你说你有世上最好的妈妈。

你说你有世上最好的爸爸。

大地都感动了。

那时候的你很小很小，你出门的时候，一缕慈爱的目光落在你身后的影子上，而你注视的却是溪水冲走了你折叠的纸船，那小小的纸船像一抹浮萍，跟着激流鼓动的漩涡，漩向遥远的地方。你的目光还在那小小的船上，而你却不知道你已把生命汇入了溪流，是那暗涌的流沙埋住了你的足迹，在你回首的瞬间，你已身在通向远方的梦的列车上，那时你长大了，你舒展着渐丰的羽翼，幻想着一颗追求的心，填满了机遇的广阔天空，我仿佛看见了你伸出车窗外向来送你远行的父母挥舞的手臂，我依稀看见了你满不在乎的笑容，我也看见了，当列车徐徐开动的时候，一股没遮没拦的热泪，终于奔涌出来，你说那是你第一次离开家，就离得好远好远。

我们都是孩子，永远也长不大。

那时候的你很小很小，还不知道漂亮是什么意思，就有许多人说你漂亮了。那些日子很长，每个周末你都坐在老房子前面的石阶上，苦苦地盼望着，直到你熟悉的身影在模糊中逐渐清晰，你的幸福跟着清清楚楚了。你不晓得这份喜悦有多久，每次都是那个港湾像船一样在你手扶着的栏杆的外面慢慢模糊的时候，你的泪又浮起了你的身影，浮着浮着，你长高了，但你还是不明白那个窗子里面为什么要放个小小的镜子，你还记得你刚把那个好奇打破不久，妈妈又换了一个放在你拿不到的地方了，却没有告诉你是为了什么。

你说你很淘气，总是跟在男孩子的后面乱跑，当你也学着男孩子弹玻璃球的时候，那个玻璃球总是跑到草丛里，你找啊找啊，就开始上学了，那么小的你知道要“面子”，你不让别人说你，所以你能在一天里搭起十个不同的梦，而你却不知道自己的美丽曾使一个远方的旅人停下了跋涉的脚步，现在你也会无端地忆起那隔了一段遥远岁月的时光，你走过记忆的时候，那双小小的手伸向了蓝蓝的天空，那里只有来来去去的自由的风，盈满了一堆堆灿烂的回想。

你说那不是偶然的事．每次放学回家，爸爸都在那条马路的对面看着你低着小小的头过马路，每次都重复着那句你听惯了的话，而每次你又都是倔强地不承认你当时的不小心，现在你多么想再听一次那句话，当你再小心的注视那个街头时，看到的只有模糊了的记忆中的身影，你长大了，真的长大了，听不到唠叨了。

一些最纯真的爱被沉默缤纷的色彩遮挡住了，你说那是感动，你很想家。那天你的心情很坏，因为天不停地下着稀稀落落的细雨，你静静地站在教室的窗前，看着外面你曾走过多次的小路和路旁的那些在细雨里悄悄开放着的花朵，所有的情绪一起地涌上了心头，你找不到思想边界的时候，你就想家，你不顾一切地跑进了雨里，你还记得随手摘下了一片风雨里摇曳的叶子，那叶子和你的记忆一样湿润，你的手抖动了一下，抖落了忧伤，但你的目光还是走不出那叶脉的交错繁杂的网络。你不知道情感到底是什么，也不知道你是否已经真的长大了，你更不知道你的身后已是晚霞盈满江畔了。

相思的泪不断，你很想家。

世纪如过客，爱，有时就如潮水。

生命的每一次离合都敲打着心情的门槛，你的梦中总有稀奇古怪的事。

想家的夜晚，记忆的风捎来了那朵载满慈爱目光的云。你说你的妈妈是世上最好的妈妈，你的爸爸是世上最好的爸爸。

你的梦好多好多，梦的原野上长满了你和你的奶奶都爱吃的酸酸的杏儿。

那时，通向记忆的路会变得不很遥远。

你说那目光好暖好暖，每当佳节到来，你就会看到遥远的梦的那端，你熟悉的身影的手总是搭起凉棚，在日光下久久的等候着你的归帆。

目光沉默的时候，谁又想起了那张压在玻璃板下发黄的贺年卡?

你是否又唱起了童年的歌谣?

思绪肥了又瘦，风干了还会溢满。

年龄黄了又绿，不变的只是撕下的那些片断。

你长大了。你不想长大，因为你知道，如果你永远不长大，他们就永远不会老。

倒流

（一）

面对生命，我翘首以望。

对面的路上，洒满了温馨和欢愉。有些丝丝缕缕的事情围绕着困倦，羁绊着穿了鞋子的脚，扭来扭去。

夏日的热望和着心跳，挂在了脸上，那脸有些红红的，

挤出了汗水，顺着脸颊往下淌。其实身上也有些汗流着，流着流着就汇成了河流。到处都是梦儿的眼睛，瞅着我。

我正在想着我的梦儿。我躲在了屋子里，等记忆烧烫的夕阳。

那天，世界很美丽，你也很美丽。我们一起去探寻细雨濡湿的梦境。乘缆车上山，看世界在脚下向后慢慢迁移，心中荡满了一种怯生生的情怀，你说你不怕就真的什么也不怕了。我们牵着手下山，走着少有人走的路，蹚起了一路尘土。你说那是“燕京八景”之一。你说着笑着，感染了整个春天，汗流过了你的脸颊。是我自己不小心，把阳光走没了，天黑了，你最后终于说你怕了。于是，我们沿着无怨无悔的心绪，走出了我们的探寻。

梦儿，离开了你，我的心好像在河上漂浮着，河流把那些记忆的目光越扯越长，扯得久了，心有些放不下来，记忆就有些咸涩微苦了，是那种对你很强很强的思念总牵扯着我的心，让我一遍又一遍地咀嚼着你放逐的纯情，我的灵魂随着你留下的记忆摇了又摇，直摇到了夏天的到来，摇来了骄阳似火，摇来了思绪游牧的四野。

你的眼睛，无处不在。

我的小屋又变成了阳光斜织的世界了。我记得那天的雨也是斜织着，你那天很兴奋，把伞拿在手里，跑进雨里去了，我跟在后面，雨打在了脸上，我的心里开始以温热滋润和溶解着孤独。上车后，那雨还在下着，你说我走到哪里，哪里就下雨，我有些默然，心中升落着一种情绪。你坐在前座，外面很黑，街灯还没有亮起来，我看不到你的表情，那时很想握住你的手，像是抓住自己的生命一样，用我心里沁出的汗水的温热，去润湿你的孤寂，去温暖你柔柔的生命。记得你那时的手在拨选电台节目，和他们谈论着球赛，你的语调很平和，偶尔就有一丝紧张的颤动，但你还是游潜在喜悦的氛围里，我也是。只是当时你还不知道，你那绵软的心灵之光，已穿透了时空浩宇，紧绕着我的灵魂。那条路好长好长，像我现在看你的目光。

想起你，轻轻的风拥起了我的思念，飘进了那个干枯的湖里，现在已是碧波荡漾的深潭了，湖面上落满了雪白的柳絮，随风涌动着，看着看着，你就从那可怖的湖底浮了上来，顶开了透明如布的水帘，水纹便如浪似的涌到了岸边，拍响了堤岸，惊醒了鸟鸣，你的身影在我的目光中，踏着粼粼波光，划向了记忆的岸边，当我走近你时，那些随风舞动的柳条正在专心地梳理你又长又翘的睫毛。

没有人会惊走你的。但我转身的一瞬间，却找不到你了，你去了哪里？是否又回到了你的校园？回到了那一生思念的课堂？或者别的什么地方？你是否已将我久久地遗忘？

风很随意地飘着，飘落了我的一根白发。柳絮一层层跟着飘落着。

（二）

本来是约好了一同看月的。

烟尘弥漫了古都的上空，月亮的脸看起来有些苍白，你说像掉了碴的碗。月亮不是十分圆，我看了许久，想找出你的身影，或者寻到你的眼里滚动着的天空。因为我知道你正在看着那个悬着的月亮，我看着看着，有些明白了，再看那月亮就在一瞬间圆满了起来，而且是很圆很圆。我只记得，小时候才看过这么圆的月亮，也许是许多年来都没有这么专心地看过月亮的缘故吧，有谁知道呢？小时候学过李白的”举头望明月，低头思故乡”后，有过一次静静的望月，那时候的我虽未背井离乡，却有莫名的愁绪低落着。那时候只觉得天上的月亮像一颗心，有水的地方同时找到两个或更多的月亮。走夜路的时候最盼望有月亮，也许是怕黑的原因吧，每当阴云挡住了月亮，心就有些沉重的感觉，或者有了月亮的山野小镇才不会让人感觉孤独吧。小时候的月亮很美，或者那时望月的年龄是美的吧，那时只懂得“月上柳梢头，人约黄昏后”是一句诗，并不懂得其中还有别的意思。

看着看着，有些明白了，就看见了你。

你也看见了我，我们是约好了的。

（三）

梦儿，你看见我了吗？我在想你。水的曲线刻写着记忆里最爱你的深痕。时间的册页被你的目光温柔地折叠着，触摸着我的肌肤，雕塑着我的灵感。只有那夜里航行的船，载着你和我的爱情涌出的浪花，歌咏着路途的漫长和遥远。我的思绪沿着记忆努力地回流。

走向遥远，我想起了我的人生。你那时也和我一样小，把梦放在了书包里。你离我很遥远，遥远的我不知道你的姓和名，但我知道你也和我一样来到了这个人间。

我那天就一个人坐在江边，望着透明的江水，想着海的模样。天蓝得像书里的海洋，那飘忽着像棉絮一样洁白的云朵，更像船帆。我不知道你躲藏在哪面帆的背后，想着你自己也找不到谜底的理想，我想你一定在设想着怎样把那面帆剪裁成漂亮的衣裳，裹着你和你的梦一起如白衣天使一样来到人间，挽救那些和我一样将要枯萎的灵魂。你洒下了一路温馨和欢笑，织出鲜花烂漫的锦绣季节，那时你一定看见了江边的我，我那时还是个小孩子，总有一个地方让你放心不下的，你就让风儿告诉我说你喜爱小孩子，你要一大堆小孩子，你说得那么好，我知道是好的，就什么都好了。

那一年的秋天很美。江边潮润的风吹走了白云，天全是湛蓝的。我知道那天你躲在屋里写那十篇作文，我一个人离开了人群，跑到深山里摘树叶，山路很难走，没有了白云的漫步，阳光把发亮的梦影映进不朽的山林。我感觉出汗在脸上慢慢地滑过，留下了永远的痕迹。后来那痕迹还诞生了一篇长满青苔的童话，飘进了残破的课堂。

那枫叶确实很美，美得无可挑剔，美得令人难忘，现在想起来，那枫叶上面一定有你滴落的记忆。记得我曾经躺在

那棵很高的树下，地上积攒了好几个世纪的落叶，厚得能铸成浪涛中的长篙，把梦划进苍山的深辙。你的眼睛落在了那些树叶上，是隔着树叶落下的，布满了我的梦境，你一定看见了我手里擎着的那枚殷红如血的枫叶，因为那上面刻满了你的目光。有了那枚枫叶，我有了生命的灵性，更有了放飞的梦。

（四）

你的声音收起了我想你的梦境，但我还是想你，因为满世界都是你的眼睛。

阳光斜织着。

猛然间让思绪停下来，我挣扎着站起来，才感到夏天的炎热，你说你喜欢夏天，我其实也是喜欢的，只是怕热，但夏天是你喜欢的，我就爱了，我就不怕热了。

第一封情书的故事

女孩子长得漂亮，会给自己带来许多麻烦。情书，就是其一。至于怎样处理情书，怎样和写情书的男生照常相处下去，是费尽心思的一件事儿。

我第一次收到情书，是在初中二年级的冬天，外面下着大雪。我在上衣兜里揣着那封信，用冰凉的小手使劲攥着，偷偷跑到院子里去看。我很害怕，躲开所有人，我怕父母看见，怕别人知道。那时候年龄太小，心更小，觉得收到情书是严重的大逆不道。

其实，我那时暗恋我们班戴眼镜的学习委员，他考第一的次数总比我多。我们俩总是“较劲”，不是他第一，就是我第一。

我看完了信，想都没想就把它撕了，扔到院子里的垃圾桶里，我们家的垃圾桶是淹泡菜的瓷坛子。在以后的漫长岁月里，我忘记了情书上写过什么，却还清晰地记得那个棕色的老瓷坛子，上面绘有一条张牙舞爪的龙。龙仰着头，毫不留情地吞吃着碎纸片，吞吃着雪花。

给我写第一封情书的是坐在我后排的男生，他瘦高瘦高的，很淘气。

他喜欢上课和我同桌说话。

放学路上，我们几个女孩子一起走，他在旁边推着自行车走。他是太爱说话的一个人，而我总喜欢沉默不语。

我喜欢跳皮筋儿，他喜欢在楼上看。

我们能把皮筋从脚脖子那么高跳到举起双手那么高，从双膝那么宽跳到小手指那么窄。我们还能三个人拉着皮筋，用胳膊肘拉着，另一个人像跳高运动员那样，横跨过去。

我写了封回信，很可笑的回信。我写的是一首小诗，意思是说，我不能接受，因为那样会给团徽抹黑的，我可是共青团员。

很庆幸，我没有把这封情书交给老师，交给父母。其实

那时候，小小的心尚不懂得考虑别人，只是想不让任何人知道。后来听说过，把情书公开出去，会伤害写情书人的自尊心，有的男孩子还会想不开，甚至还有为此自杀的。

给我写情书的男生也算幸运的了。我保密保得很好，而且还能和他们友好的相处下去，当作什么事儿也没有发生一样。

那个男生照样每天放学，跟着我们走路，我到家了，他再骑车走。

我们学校旁有所大庙，是当年日本鬼子留下的。大庙气宇轩昂，像一只展翅欲飞的大鹏，里面有个大锅炉，全校的师生在那里热饭。那个男生总抢着给我拿饭盒，我挺感动的。

后来，我们上了不同的高中，没再见面。

我上大学的第一年，意外地收到了他寄来的生日贺卡，上面抄的是舒婷的一首小诗，还贴了一根紫色的毛毛狗。他考上了北方的一座工业大学。

暑假他来了我家一次，我们一起看过去的全班合影。

在以后的日子里，我又收到过许多情书，却再也没为任何情书写过回信。

忧心时刻

日月星辰带着你走，走了好远，才看见你回头。时间匆匆忙忙游走，一年就这么过去了，我们又站在了原来的地方，好像是久别，又都不曾遗忘。

终于又听到了你的声音，为此我曾从天黑想到了天亮，就算我爱过了一回，我知道那是千真万确的事，你又何必让我心伤？为什么痛苦不可以分享？你在哪里，是否还是原来的模样？

听了你的话语，我很忧伤，我恨我不在你的身旁，不能分担你的痛苦和忧愁，爱你的心在流浪。

窗，还是原来的窗，看不见光芒。

串起那些画面，仔细来回地想。

你在哪里？是否还在忧伤？那些长夜，你怎么度过，那些忘不掉的事，你怎么才会忘记？为什么不告诉我你的心思，让我和你一起思想。为什么躲开了我，让我一个人想。

逝去了的事，我很迷惘，你是否还是我心里的你，是否一切都已不一样？朝思暮想，只有记忆还那么漫长，都是些摇碎了的时光，让我静静地盼望。

什么时候才有你的消息，让徘徊在心里的阴云，悄悄散去，我害怕等待。

我等你向我走来，还是那样微笑着走来。

我期待。

伤怀

从来不需要人懂，懂也未必真懂，懂一时也未必能懂一世。恼就恼在一句话都没留下，一个人走了，什么都空了。

路，要有人来走。

没有人能料想得到，是意外。

你说他自私，自私到连一句话都不曾留下，你说他原来什么都不在乎，现在他在乎了，可是已没有了机会，你也没有了机会。好端端活生生的一个人，转眼回眸之间消失了，你说这太快，快得让人无法接受，快得让人不能承受。

世上的事就是这样的，有些快得叫人来不及细想，有些慢得要人用一生一世的时间去思索。有时想说些心里的话，却不知道该说什么，但心里确实有些东西要说，只是不知道为什么没有说。事情过后又总是后悔，连自己都不明白，别人又怎么能晓得，想破了脑袋也想不出。

浪滔滔，人渺渺，爱恨的百般滋味，随风飘。

伤口，我怎么能去刺破它。

爱要怎么说？爱你的心要怎么飞才不飘摇？

春去春回奈何天

记不得的事，也许别人还记得。

那些美丽的日子，谁都不会忘记，不单单是一个人的时候会想起，有时不由自主地进入了迷宫，不需要任何理由和借口，而那一刻，我总是一遍又一遍地想你，让你的声音从心的血脉里淌出来，像夏日里的河。

喜欢一个人躺在泛着光的冰层上望着深邃的天空，想起雁群的故事，想着他们遥远的路途，想着他们脚下的山脉和河床，想着你童年的小书包，那里面有新买的铅笔盒，想起你的第一篇日记，虽然很短，却埋藏了你的喜悦。

春天的事，冬天里怎会料到。风来回地走，有谁能知道风向，只是岁月不饶人，江山易改易老，但还是要用时间来陪。没有你的日子，我怎么度过？说说笑笑，都是很简单的事，想起来又很复杂，没有你，我会烦会恼。想说的话，未必都能说出口，所以有人沉默；但说出来就好，落得轻松自在，不说会难过。心思人人都有，烦恼也是如此，天阴的时候，心情会沉重，天上地下，高处不胜寒，这寒来暑往，谁能躲得开？

我们是朋友，举起酒，喝一杯。

不问天，不问地，我们要问就问问自己，不要哭，也不要悲，我们真正爱过一回。不管为什么，也不必管累不累，人生能几回？不愿你伤，不愿你忧，人生有春才有梦，梦一场，爱一

回，难得几回醉？

经过的事，会远去。

有你的梦，我会守候到日落。

指间情人

走在尘土飞扬的路上，在茫然的面孔间，越过冷漠的眼神森林，我看见了你，在青春如栀子花般枯萎的冬天，不期然地遇到了你。

长久的寂静被打破了。无数个思念的夜晚，无数个熟悉的身影，依附在你身上。你于我，是那个破碎的梦吗？心慌，不知所措。

我知道一切未曾发生，可是我已经开始对自己说，我必定失去你们，我必定失去你们。我不是诗人们说的，彻底的理想主义者，其实我悲观到了极点。

失火的天堂，是你把这个冰冷的世界变得如此深情，我怎么能再拒绝你的爱情。

你说你最想抱着我，把我的头深深埋在你的胸间，任什么也伤害不到我，我的眼睛湿了。压抑自己，掩饰自己，不要他们看见我眼底的秘密和过往的记忆。

亲爱的，我不知道我是你游荡的灵魂暂时的落脚点。你说我是魔鬼，那我就不是天使了，你让我肆意挥霍，那我就张开了翅膀，准备飞向你。

可是，我仍然在原地游荡，我不敢，不舍得，再与你见面。

是我，把你当成了艮的影子，是我，说不出来我到底爱你哪一点。你让我感觉，是你在陪我吃饭，你让我知道你想我想得不能支持多久，以为精神得不到片刻空闲。你要我告诉你，这是不是传说中的爱情毒药。

我的无助，我的心慌，我从昨日开始的忐忑不安。我很伤心，因为我怎么都不可能回到最初与你见面的时候了。不见，我们是笔友，你我见面会是什么？我的梦早已埋葬，我只要你平安。

可是，心情为什么都变了呢？菩提树啊，让我静静坐下来吧，让我可以念你想你爱你，让我弥补我上辈子欠你的情债吧。

我说我要出家，你说我是逼你去变个灯芯陪我。我说我把你当陌生人，你说这个死丫头片子一定是生气了，可怎么哄啊？罚一天不吃饭吧。

你为什么要这么宠我呢？我已经被宠坏了。

我想给你写信。心慌得没有了季节，没有了人群，没有了一切，只剩下这颗菩提树了。叶子在阳光下晃疼了我的心，你能让我伤心又能让我心疼，我怎么能不去爱？

害怕面对你，要知道，我变得再不是以前你喜欢的那个女孩子了。你有魔力，让我忘记了一切，至少此刻，我想你拥抱我，不带任何杂念。

情愿

他走的那天，你不能平静。他走了之后，你平静下来，没有一丝波痕，一切都空洞了，你什么都想不起来了，或许是不愿。

这么大的空间，我一个人守候着，守着日出，守着日落。我不知道现在的花儿为谁开，不知道雨为谁落，不知道身后的烟尘里会裹着谁的故事，不知道心里的话儿要向谁说。静，很静。

想起了我们第一次重逢。除了心跳，我已经忘了自己，你随着人群走出来，很远很远的，我看见了你，也许你早看见了我，故意躲闪着，我从你的后面追上去，笨拙地抓住了你的手，把你拥入怀里。

你说我们走回去，那是星期六的早晨，晴朗的天空飘着淡淡的云，风缠绕着你的秀发，你的美丽映照着我急剧的心跳，说不清的情绪像决堤的洪水，涌出了寂寞的河床，心里的天空一下子灿烂得不能平静，潮水荡起了浪花，把我卷入了五百年前的那次泛滥里了。我说路很长，坐上了过往的车。

路是我们自己走的。一起走过的日子，风雨和花香飘满了大地，回忆里的事，像一个巨网，网着你网着我。太多理由连起了太多借口，太多沉默牵扯着太多忧伤。

你说那是五百年前的事，我只知道那次重逢我已等了很久很久，那是一生的际遇，就在那个时候，我找到了自己的灵魂，自己的另一部分，那不是一扇空门。

昨夜，有一场雨飘落了。

轻轻地来，又轻轻地去了。

我曾想起许多故事，在这个季节。

遇见

（一）

有多少真切的感受，在我们的梦里，久久远远的梦里，有多少疲惫不堪，还有多少无可奈何。

寻找那方净土，没有梦魇的地方，只有流水的呢喃。

你走了以后，风铃每天都会响起，月亮听见了，说很美，很动人。

我说过什么，你不必在意，是我一直在与另一个自己对话。说得太阳睡了，说得月亮都知道感激，影子长大了，而我的心我的魂，仍在原地徘徊。

时光一去不返，路，也许很漫长，也许一瞬即到尽头，总会有一片天还在吧。

（二）

就此打个地铺，让我睡去吧，亲爱的，我还能陪你走多远。

那种坚持，在尘世中荡涤无存时，我会默默地躺在艮的身旁。

把自尊一层层地拨去，而伤悲又铺天盖地地倾泻下来。

阳台上的衣衫挂了很久了，要收收了。

我会想你到永远。

我会生活得很好，不必惦念我。

（三）

每一天都忙忙碌碌。时刻想着你，似乎成了我的习惯，真的很美好，同时又是那么的遗憾。

只有你知道，我怎么像个小孩子一样高兴，过年，看烟花。

再没有瀑布的喧哗。

你走得太匆忙，记得你低下的头，你高高瘦瘦的样子。

我们那时真不知道命运会是什么样子。

我会带着你的爱和回忆走到生命的尽头。

（四）

我是你永远的情人。

我们的手不分开，心也不分开。

在我们年轻的时候，我们曾经在一起。

在梦里，只有在梦里，再次遇见你。

我知道你喜欢寂静的世界，内心却在喧闹着。

在高高的雪山之巅，在迷乱的渔人码头，我失去了你。

那干涸的水塘，林子里的烟尘，和彻夜未眠的灯光，影子，心跳。

（五）

总有做不完的事，说不完的话，劳碌一辈子，却忘记了品味生活的滋味。

亲爱的，我很欣慰，因为上苍让我们相遇相知并深深地相爱。

这就是缘分吧。

爱你，爱到不用说，不用听，不用看，不用在一起。

爱就是完美的了。

夕阳在窗外要落了，映红了天，像那天见到你时看见的一样。

有只大喜鹊飞过眼前。

我想起了你的模样，是那样的眼睛，那样的鼻子和嘴。

逃离你，只是害怕爱上你

秋天去了又去，情人来了又来，这也是一种轮回。

我从不相信生命有轮回，因为我再不能在秋雨绵绵的季节和你走在校园的小路上，在夕阳下聆听梧桐的呢喃，抵挡我们身体深处的欲望，坚持一种非比寻常的友情。

像海滩一样环绕的友情，我们特别怕它在某时某刻被飓风冲垮，为了呵护它，我们远离了彼此，倔强又傲慢，掺杂了赌气和嫉妒。在青春的彼岸，沙漏转动不停，我们各自燃烧挥霍的青春和隐秘的渴望。

你说，十年后会有很大的变化。我相信了你，相信你的

乐观，相信你会一直对我微笑，相信你说的梦帏竹风。

谁知还远远不到十年，飓风就来了。

是我不小心，又走进了你的视线；是我懵懵懂懂，还不知道那是真爱。

你的拥抱似闪电，你的吻犹如游走的魂灵，你的泪滴将我融化。而我还在坚持，坚持握住那一把泥沙。

终于，我想通了，我不想再抗拒时间，抗拒你。拨通了你的电话，我却再也找不到你了。

心空了，很彻底。

我只能对海浪说，我从来没有停止过爱你。逃离你，只是害怕爱上你。

我只能对海浪说，我会永远记得你，因为记得你，你就还活着，与我漫步在散满落叶的小路上。

雨刚刚下过，映得出你的脸，青春年少，眼神灼热。

千年魔咒

（一）小心眼和坏脾气

你对我生气就对了，亲爱的，以后有脾气只对我发好吗？否则影响你的形象。

你不仅在我心里，更应捧在我的手上。只有爱褪色了才有脾气可发，哪一天我对你发脾气了，就是告诉你我不爱你了。

喜欢一个人不需要太多的理由，一个就够了。我在看照片，想你只能这样了。

我比你更想见面，甚至想长相厮守。我已经有一段时间把你忘了，非常不容易做到的，我怕见了你，我要再次受煎熬。

（二）彩色面具

我想你想得有点儿心疼。

我已经戴着面具做人了，要戴再戴个彩色的吧。

我说说对你的评价吧！你出身书香门第，自幼衣食无忧，父母所给你的这一切，要求你做事中规中矩，你恰好是个本质孝顺的好孩子、乖孩子。你是个外柔内刚的女人，恬静的外表下一颗驿动的心，你需要找回所有失去的一切，你需要到山村找回童真，你需要到雪域燃烧你的激情，你需要到草原驰骋，放松你被禁锢的心灵。我能体会到那是对旷日持久爱情的一种渴望，你渴望的是有人带你去堆雪人、坐过山车，体会青春所带给你的一切激情与美好。

昨天我没给你及时回信，是我的自私，我想多一时的独享被关怀的温馨，好像一回信这种心情会被冲淡。事实也证明了，从昨天到现在，我一直在体会心疼的滋味。前天正逢感恩节，第N次看电影《泰坦尼克》到凌晨，当改了名的露丝84年后祭沉海洋之心时，我体会到了什么叫真爱，什么叫刻骨铭心，借用杰克的一句话，“珍惜每一天，彼此都保重”。

（三）沙漠

我很贪心，不会仅满足于千里相思，更奢望同生共死，

我要你的后半生，也许这对你很难，我尊重你的选择，哪怕是个错误的选择，但这是我的想法，我想让你知道。

难道只把我当个情人吗？没想到感情发展到不可收拾吗？

亲爱的，我们都要好好地活着，我能等。

如果你要是担心我看见你老的样子，我宁可弄瞎双眼。

我还想要你不离我视线左右，哪怕你忙你的我忙我的。

你不开心，我又谈何幸福。

电视片上说喝喜马拉雅水一滴可忘记一天的事，我要想忘了你，那还不得先做个淹死鬼啊。

这里很美，但没有家的感觉，我宁可活在沙漠，只要能闻到你的气息。

除了你，我还没想过人想得像被电击一样。

我承受着一切，你尽管来吧。

永恒之光

你说那平台很小，只能放下两只脚。

你说你很怕，跑进了屋子里。

那时候，我想起了你的样子，就一直想了下去，风从背后吹来，背上有一丝清凉。

梦儿，我真的很想你念你。

每当坐在窗前，看日暮渐渐来临，我就想摘完世界上所有的枫叶，做一大群火烧的云彩，每天傍晚都能换来天边的晚霞，去和残阳做伴，那样你的梦醒就不会再有雨滴垂直下落，每天都会有阳光伴着你游走。

我想，我要用我的心岸，延长你那小小的平台，让你在云端漫步的时候不再有伤害。

总会想起什么，真的不能忘记。

我想了那冬日里盛开着的莲花，有多少次寒风敲着冷冷的额头，你说我们为何不快乐，我就会想起人生的苦短，也许会更短。

真想有那么一条路是属于自己的，没有人走过。

记忆也有疼痛的感觉。那时候，我看见自己生出了翅膀，和许许多多长了翅膀的蚂蚁一起围着灯转，转得久了，头有些昏沉，撞在灯上的那一瞬间，翅膀便烤成了焦炭，于是掉落下来，摔掉了头，又让人给踏了一脚，书上常说生命很脆弱。

生命很脆弱，特别是在伤痕累累的时候，想伸出手去抓一缕经过的风，手才刚刚抬起，牵扯了神经那端的伤口，又一阵痛楚侵蚀着生命。

秋风踏上了这块土地。

那些雷声好像碾过了一个世纪。

梦儿，听说有一条冰河，河上经年漂浮着的冰块儿有一种奇异的美。数万年极地缺氧的空气使得它们或蓝或紫或红，而且神态各异，那里才算是人间仙境，但那里也从未生

长过神仙。据说那里每个冰块儿的年龄都比人类生长的历史还长。

我很想送给你一个那么老的冰块。

从窗子里看出去，大大小小的房子挤在一起，而外面还有红尘滚动的声音，略微有些嘶哑。

早想有那么一天，你在我梦的垣墙上悠闲自得地漫步，让开满鲜花的清晨堆满你梦里的平台，让风携走你的烦恼，让海边柔柔的气息，宽慰你沉闷的胸怀。你的快乐就是我的幸福。

谁都抓不住即将逝去的东西，像抓不住一缕风那样艰难，那一刻，我抓住了你的手，你还是走了。

秋天的早和晚都很凉，这里是北方。

快要降雪了。或许春风随后也跟着来了呢!

什么都不管了，你说我们都不用不快乐，我就明白了一些。

下辈子让我再遇见你

我想，我是喜欢上了这里。看窗外灯火阑珊，听海上汽笛声声。

电话铃响了，是你的电话。你居然又找到了我!

一切清楚明白了，大海捞针也找得到的，也许这就是割舍不掉的爱吧。

是你，一直在某个我看不见的地方，牵着我的手，不让我把手伸进魔鬼的嘴里。

早上，领导陪我吃馄饨，看着碗里的馄饨，就想起了你那可爱的吃相，我就是喜欢你吃饭时狼吞虎咽的那副样子。你是要多吃些，我不愿意看见你瘦削的样子。

上海人变得热情和直爽，他们特意安排我出去玩。上海变化可真大，曾经“讨厌”的地方，有一天也会令我流连忘返。南京路变漂亮了，像香港，灯光漂亮，人也漂亮。我想，我有点爱上上海了。

忘记一个人，最好的办法，是换一个新鲜的环境。我就再陪你一程，最后一程。

你是个非常细心的人，重感情，不像我，忘这忘那的。你脾气太好，心也好，我一直惹你不高兴，你却从来不怨我说我，总耐心地听我唠叨个没完没了。

多想此时此刻把头枕在你宽广的肩膀上，贴着你好看的脸，静静地听你讲故事。

我特意去南岳大庙烧香，还求了签。在小小的黄纸片上写上祈求的人名和事情，一包爆竹，扎条红纸带，我又拿了两根红烛和三根香，一起投进火里，拜了又拜，转身后听见了“劈劈啪啪”的爆竹声。我为父母求的是上签，你的也是，我的是中签。他们说，都是好签。

你说过，没有下辈子，我还是祈求佛祖，下辈子让我再

遇见你，让我还是个小女孩时早早地遇见你。

决定分开了，才觉得从前从来没有好好爱过你。你一直宠我念我疼我，这我都知道，我如今只好把它放在生命之外的那片清明世界里。

一个人的是梦，两个人的才是爱。我们走到了尽头。

我惊奇地发现，飞机翅膀上的月亮，竟是如此惨白和清晰。

真的，幸福的日子都在后面，让我们彼此祝福吧。

我会试图写出一些美好的东西，给孩子们一个纯净幸福的童年，不要让他们的梦也破碎了。

每次听见你的声音，接到你的问候，我都忍不住流泪。那不是一种浪漫，而是真切的深深的遗憾。

容颜易老，但求雨山知音，但求真情不去。

辑五　清风集

流萤

“云是雾气的山，山是石头的云，时间之梦里的一个幻想。”

今天上午，偶然翻开了泰戈尔诗集的“流萤”篇，当我读到这句话时，怔住了。

多少年过去了，我今天才知道这句诗原来是泰戈尔写的，他来中国的时候写在扇子上的。

那个北京的夜，那个美丽的校园，我跟着他去画室玩，他拿来好多他写的墨迹让我挑，其中的一幅就是这样写云和山和幻想，当我第一眼看到它时就喜欢上了它，也多少因此喜欢上了他，但是我当时到现在一直以为是他写给我的。

当时光走到了今天，当青春的幻想逐渐消失在琐碎的工作和生活中，我为自己那天的感动和心跳释然，感觉好像透明的翅膀沾上了露珠，飞得有些沉重，有更深的感动涌了起来，以至于那种萌动的感动一直延续到现在的这一刻。

真没想到，那些青春年少的美丽记忆，竟然和白发苍苍的泰戈尔有瓜葛。

小熊

路过小山村见一对儿金黄色的狗爸妈生了窝小狗，六只小狗还在蹒跚着。为了给小熊（是纯种吉娃娃)找个玩伴，我鼓起勇气跟那个老大爷要只小狗。老大爷抓起一只翻过来，公的！再抓起一只，还是公的！抓了5只，全是公的！一边抓还一边说有一只母的来着哪儿去了？找半天才发现那个母的躲在自行车下了。

转眼小熊六周岁了。

做饭趣事

记得我第一次做菜，是在初二的暑假，我瞒着爸爸妈妈，点煤气火，往锅里倒了很多油，等到油冒烟了，赶紧倒进去南瓜块，谁知火苗蹿起来，几乎窜到天棚上，我们家那时住的是个日本小楼，地板天棚很容易着火的，我吓懵了，开了水龙头，抓起锅，扔进水池。火被水一击，火苗蹿得更高了，我吓坏了，一下子把锅扔到了地上，锅自己反扣过去，火灭了。

那个大火“烧灭”了我做饭的欲望。直到十八岁离开家，我没做过饭，后来住集体宿舍，总是蹭饭吃，周围宿舍的男生很会做饭。我经常跑到外边饭馆吃饭，几乎吃遍了北

京城，这么多年过去了，还是最喜欢妈妈做的蘑菇炖小鸡，牛肉炖萝卜。

想起爸爸吃着我焖糊了的饭，他还说，好吃好吃，只要是我闺女做的都好吃。

想起我穿新裙子在爸爸面前旋转让他看，爸爸说，我闺女穿什么都好看。

想起把自己关在厨房里，自己包饺子，妈妈要教我，我不开门，非要自己包，结果没焯芹菜，每个饺子都支棱着，芹菜要钻出来的样子。饺子皮很软，煮破了好多，成了面片汤。我还固执地说，用温水和面，最可笑的是，我还加了发面用的“酵母粉”，振振有词地对妈妈说，我看到奶奶就是这么做的。要知道，奶奶蒸馒头才加酵母粉的。

听朗朗现场演奏

他沉醉，如行云流水，露珠滴落。一个音符的梦境，温馨甜蜜，轻松惬意。

他激情，如瀑布飞泻，万马奔腾。一次春天的呐喊，鲜花烂漫，种子出土。

有时，他左手下意识地指挥，握住了万缕柔情。

有时，他指间的力量，牵引了潮涨潮落。

有时，他低头收肩，双手似一对生死恋的情人，不离不弃。

又有时，他扬头闭目，摇摆成黑色的音符。

他的澎湃热情，让古典音乐，穿上诱人的内衣，站在人们面前。他让钢琴隐身。

他的年轻活力，犹如小鸡从蛋壳里钻出，那种对生命的渴望，织出五彩的璎珞。

所有的音符，都是先跳入树洞，跌落梦境，然后它们一起消失了，只剩下星星在琴键上闪烁，仿佛是宇宙的语言，它在述说，述说着古老的传说。

他的演奏让你忘记了任何的技巧指法，忘记了乐队指挥，忘记了音乐本身。他让你远离人群。

这是我看到听到的朗朗。他的演奏，最好闭了眼睛去听，否则，你或许会喜欢上他的一举手一投足，或许会讨厌那种强烈的表现欲。

若雨书吧

本以为，除了去西藏，我不会再梦想别的了，像拿到硕士学位后我不想再读书了。

时间，加上环境，用神奇的混酒器调一下，会出现新的味道。它不是西藏的味道，更不是小说的味道。它是蜂巢的味道。

书吧，免费书吧。

去西藏的愿望暂时退后，开个书吧，突然成了我的第一梦想。

我要开个书吧，当然要在某个繁华小区的一层，窗外绿草茵茵，最好有个葡萄架蜿蜒婀娜。盛夏季节，把桌椅摆到葡萄架下，再种两三棵槐树，开白色香喷喷花。

书吧最好开在学校附近，学生和老师是这里的常客。

白天，书吧免费供人们读书。书籍范围广泛，成年人的书籍按学科分类，深色开放的木书架，中间是浅色沙发和各种老式藤椅，以及玻璃茶几。青少年的书籍按年龄段分类，还要专门开辟个少儿区，一律用颜色鲜艳、卡通图案的木桌，各种动物形状的椅子，再做个小地台，可以席地而坐。

挂上浅玫瑰色的纱帘，在书架后面，立个小吧台，以蓝色调为主，简单的食品和饮料可供选择，面包汉堡，微波炉热一下就好，各种冷热饮，包括红酒和咖啡，免费提供茶水。

晚9点一过，18岁以下未成年人禁入，开始播放乡谣，点上蜡烛。

书架以外的墙壁上，红砖灰砖的图案，挂满摄影作品和画作。单独留一面墙，来过的人们可以留名。4岁的小女孩，希望她18岁，30岁，50岁的时候，还能回来看看，在童年的记忆里，有一抹欢快的颜色。

正在成长的孩子们可以在这里泛舟赏花，观青山妩媚；成年人可以在这里阅历星月，望翩翩落叶。冬梅夏荷，春鸟秋瓜，四季变换，每一个生命在这里忘记悲伤，忘记孤独，不再感到寂寞和恐惧；每一个生命，都能在他自己的签名中，找回老时光。

我希望，20岁的情侣，到了50岁，甚至离世前，还能在这里相遇，了无遗憾。

生活，在书之外，浩瀚如海。

这里，就叫“若雨书吧”，静悄悄地，为心撑开一把伞。

天使不夜城

昨天7点，我和几个朋友到了保利剧院，一进大门看见了一面巨幅舞台剧照，感觉一股热浪扑面而来。剧照和海报都是火红的颜色，蔡琴穿着红艳艳的裙子，头戴大红花，描着重重的蓝色眼影，翘着卷曲的棕红色短发，弥漫在周围。

很多人是来看蔡琴的，也许揣着怀旧的一份希冀，也许还有对音乐剧的一种期待，也许还有对台湾音乐剧的一份好奇，我也不例外，我更想知道鲍比达和陈乐融要向我们演绎一个什么样的动人故事，更想领略蔡琴那被誉为“丝绒金嗓子”的独特风情。

大厅的书摊上在出售蔡琴的歌曲全集，5张碟，精美的包装，一共10元，我在赛特楼顶看见过这个集子，那里要花480元才能买到2张碟。我转念一想，在这里不会卖的是盗版吧？卖集子的是个中年妇女，还在跟旁边的经理说总有人打电话

来要买这集子，总是缺货。又是一股蔡琴风啊，我不禁愕然而笑，想到要是搞音乐的他来了肯定会毫不犹豫买下的，流行歌曲中他只听蔡琴的，20岁弹钢琴搞行为艺术的大男生如此这般是我没想到的，我原以为这些都是像我这样的女子才喜欢的。

我的位置离乐池很近，第一眼就看见了鲍比达的背影，长长的黑头发，黑灰色的风衣，比较魁梧，他在隔板那边背对着观众站着，和戴着滑稽线帽子的贝斯手说着什么，吉他手是个黑眼睛的老外，长得像马拉多纳，第二键盘手很年轻，戴着眼镜，一副书生模样。

演出铃响了，乐队开始鼓掌，鲍比达跳起来，上身露出舞池的隔板，我就正对着他，他的脸有些苍白，留着一撇小胡子，黑框的眼镜下，四分之一西班牙血统的眼睛，冰霜般的严肃。

大幕拉开了，小桥流水和假山，男生问露露（蔡琴饰）："你会游泳吗？"露露伸出胳膊说："我不会！"只听"扑通"一声，露露被推下河去，男生仓皇拿着钱包逃跑。

我实在没想到是这样的开始，蔡琴浑厚的哭声还未散去，台上已经换了布景。故事回到了不夜城BAR，一群青年男女身着鲜艳的服饰跳起了欢快的舞蹈，露露是个31岁的风尘女子，就是酒吧里的"三陪"女郎，总是抱着希望找到自己的真爱，尽管她一次次遭遇欺骗，可是她依然抱着自己的幻想。

蔡琴前后换的裙子都是很鲜艳的无袖齐膝纱裙，鲜红的、明黄的、玫瑰红的，动作和演员们配合得很默契，唱腔颇为自然滑润，总能盖过第二男主唱和其他女歌手的声音，第一男主唱王柏森很年轻，有八分ALAN年轻时候的风度，也是那样的脸型迷人的嗓子，在整个剧中只有他的嗓子可以与蔡琴媲美。

整个音乐主调是拉丁风格，原始、热情、奔放，构成了全剧的灵魂。大多数场景都是在夜总会里，窗外星光闪烁，远处城堡影子依稀，霓虹灯高高悬挂，酒吧里烟雾缭绕，台上魔术、歌舞上演，台下人群穿梭。

演出阵容很小，就是那么六七对演员，可是在音响效果和乐器效果的渲染之下，群舞合唱在上半场结束和下半场中段达到了高潮。

期间女生三重唱一场，男女生四重唱一场（求婚），我觉得颇为突出，特别是那首《奇迹在后一秒》反复出现了四五次，给人留下了较深的印象。

中间那场在教堂里的许愿，是全剧的一个闪光点，蓝白黄的窗户，透过教堂的钟声，白衣人群围着圈走动，每个人到白衣皇冠的牧师前面许愿，每个人的独唱都像个石子投到枯井里去，有回响儿却没有结果，那么相信主的人们，许下的愿都没有实现，最后面包店的瘸老头在牧师面前扔掉拐杖倒了下去。这一幕总算是离开了纷扰和嘈杂，是布鲁斯风格的最好体现。

因为受剧情的局限，拉丁风格的音乐曲调没有那种逍遥浪漫的东西，总的感觉直白，有两场还比较搞笑。原著费里尼，导演梁志民，没有给我们描绘一个动人的爱情故事，只是描写了一群风尘女子和一个酒吧主持还有一个男歌星的简单的爱情故事，整体剧情有一些颓废和无奈，也许这就是鲍比达想用音符向人们述说的一个荒诞的年代和荒诞的爱情吧。知名的男歌星（第二男主唱）和另一个风尘女子（第二女主唱）的爱情故事，令人想起了齐秦。

最后露露和未婚夫（第一男主唱)吵架，未婚夫拿钱财走掉，露露在水边哭泣，蔡琴呜咽的唱腔有很长一段，我想起了安娜·卡列尼娜，还以为露露会跳河，可是很快换了布景，群起合唱合舞，把露露举到空中，音乐剧突然就结束了。

蔡琴举手投足之间表演得很开放和大胆，现场效果比CD里经过处理的声音洪亮和有力，一改我过去对她的歌曲觉得伤感的印象。这种音乐剧颇像百老汇的闹剧，我想要是录制下来类似几十年前百老汇的说唱电影。但是这也许是中国音乐剧比较好的开始，这个剧是蔡琴圆的一个梦，最后谢幕的时候她表达了和大家合作搞好音乐剧的希望，希望让音乐剧从蔡琴开始。观众给了热烈的掌声，保利的工作人员把鲜花送给了鲍比达。

走出剧场，那四尊兵马俑站在玻璃窗里，映衬着舞台上的天使不夜城，旧的东西有些会消失有些却会永远存在，而新的东西则不断涌现。我想起了《青鸟》，制作综合效果要比这个《天使不夜城》好得多，但好像内地的音乐剧到《青鸟》就戛然而止了，《青鸟》后来成了儿童音乐剧的标志了，可是我们真正的音乐剧从哪里开始呢？

瑜伽体悟

今天中午跟教练练了几节瑜伽，第一感觉是，瑜伽充满了神奇的想象力，它可以让身体伸展、弯曲、变形，变成世界上其他的动物、植物和建筑。

学了一节桥式，一节鱼式，一节犁式。还有一个属于瑜伽的皇后级动作，肩倒立式，五脏六腑脱离万有引力，不知爱因斯坦看了有何感想。不过这个动作每次只能做一次，要量力而为。

伴着流水声、鸟鸣声，我们很快变成鱼了，多么神奇。

最后在教练像咒语又像催眠曲的声音中，身体一个部位一个部位放松，到达瑜伽的境界——平和宁静，充满喜悦，身体与大自然融为一体。

瑜伽充满了东方唯美色彩、宗教色彩和自然主义色彩。

佐罗和小白

那些年我到北京念大学，弟弟到日本闯天下，一下子两个从来没离开过家的孩子离开家，妈妈一时懵了，后来她对我说，那时候她整天不知道干什么，脑袋迷迷糊糊的一片空白，走在路上都身不由己。我想，是妈妈太想念我们的缘故。

爸爸心疼妈妈，为了她开心，从亲戚家要来只小狗，白色长毛的京巴。大家都叫它佐罗，佐罗取自阿兰·德龙演的那个除暴安良的英雄。

佐罗是个懂感情的小家伙，每次我妈出差不在家，它都不肯回窝睡，每天守在大门口，趴在门边，直到多少天后，我妈妈回来，它热情地扑上去。它的表达直接，它对主人的执着更是不同凡响。

第一个假期回家，早上我还在做美梦，突然黏糊糊的舌头把我舔了，我吓了一大跳。睁开眼睛，看见小佐罗一闪，从门缝钻出去了。后来，它每天都这样，几乎是在同一时间以这种无法拒绝的方式叫我起床。

佐罗不但是条浪漫的小狗，还是个讲卫生的“绅士”，它知道到固定的地点上厕所。

它对食物非常挑剔，喜欢我妈给它做的牛肉炖胡萝卜。我妈不知从哪里搞来很多牛肉罐头，小佐罗总是吃得很香。

它更是个爱运动的小伙子，跑跑跳跳不知疲倦。

它还是个好色的家伙，每次我的那些小妹妹来了，它都粘上去没完没了地献殷勤。我的那些小妹妹们非常喜欢它，因为它总是顶着个朝天辫，扎着鲜艳的猴皮筋。那是我的杰作，我心情好的时候，最多给它扎过7个小辫子。

一次给它洗澡，看着它原本肥头大耳长毛飘飘的潇洒模样，下了水，像变成了一只小兔子，还是只很瘦的兔子，从此我对它更怜爱了。

它记性好，感情也专一，每次我离开家半年后再回来，离家门远远的，它就会急忙冲出来，往我怀里跳。而别的陌生人经过，它就站在那里抬头，叫唤示威。

佐罗什么都好，就是胆子小，大概因为领它出去玩的机会比较少。一次我领它去奶奶家，一路上要过许多马路，每次过马路，它都是战战兢兢的不肯走，身体颤抖得像风中的稻草。走不多远，只好抱着它走了。在家里要是把它抱到高点的地方，它也会颤抖不停。唉，真是个没见过世面的“童子哥”。

后来，舅妈又给我妈送来一只更小的狗，永远那么小，小兔子那么大，毛很短，也很白，我们索性叫它小白。小白的到来，是小佐罗此生最幸福的艳遇。

小白比佐罗小四五岁，总是低着头东找西闻，佐罗跟在小白屁股后跑来跑去。它俩在一起的样子可真是快乐，你蹭蹭我，我舔舔你，玩耍嬉闹，不亦乐乎。

一次妈妈跟爸爸回老家给爷爷上坟，把小白带回去了。老家的人喜欢小白，离开的时候非要留下小白，妈妈答应

了。可是小白习惯了城市里的养尊处优，在老家只待了一个多月居然走了。妈妈跟我提起时，伤心地掉泪了。后来，我们谁也不敢在她面前提这事了。妈妈说，小白肯定是不太适应老家的水泥地，凉着了，又说老家人只给小白吃土豆，营养不良。

后来弟弟回国了，还带回了漂亮的媳妇。弟媳妇怀孕了，家里不能再养狗了，妈妈只好把佐罗送走了。从此我们再也没见过佐罗，但愿新主人疼爱它。

现在我住在北京，看到很多的小狗活跃在社区里，和老人孩子在一起玩耍。有时候，我会想起佐罗和小白，它们一样是生命，有自己快乐和生存的过程。

有一次我出差去贵州，晚上当地人请大家品尝花江狗肉，当地人用狗肉涮锅子。我，还有两个女孩，一起逃开了。我们不吃。

还有一次，一个朋友在我对面吃狗肉，结果那顿饭我什么也没吃下去。

狗是人类的朋友，据美国科学家最新研究表明，养猫养狗的人，比不养猫养狗的人，疾病发生率大大降低。我想，那是因为小动物给人们带来了快乐，让人们心情愉悦，从而节省了医疗费用。但是，养狗一定要按时打狂犬疫苗，狗的主人一定要牵住狗不让它伤害他人，这样才能让狗与人类和谐共处。

佐罗，愿你快乐地走完自己的一生。

小白，愿你安息。

你们曾带给了妈妈许多的快乐，驱赶了妈妈的寂寞，谢谢你们。

伤心总是难免的

今天我没赶上班车，自己坐地铁去上班。

这是个少有的阳光灿烂的日子，天蓝蓝，草地上房顶上残留着白雪的痕迹，小鸟叽叽喳喳飞来飞去，空气清新。

然而，这种愉快的心情转瞬消失得无影无踪。

走过地下通道，见通道一头堆放了如山的垃圾，一个黑乎乎的裹在棉大衣里的人低头坐在垃圾堆中间，一动不动，好似在睡觉。

分不清是男是女，他是以这儿为家了。

天地为家，不过如此。

这拾垃圾的流浪人，在我眼里，比那些小偷强，更比那些靠坑蒙拐骗发大财的名人强。他是靠自己的劳动，挣扎着生存。

而那些没有信誉的人，才是生活在垃圾堆里。

他只不过是个流浪的会呼吸的生命而已。我等虽然在星巴克喝咖啡吃蛋糕，又何尝不是流浪的会呼吸的生命而已。

为什么看见他，我会伤心？

为什么在英伦，我见过各式各样流浪的人，却一点儿也不伤心？

在伦敦的唐人街，见到一个由三个中国人组成的乐队，地上放着打开的小提琴琴盒。听他们用笛子和小提琴演奏《梁祝》，往琴盒扔下两英镑，一个中年男人给我一盘录制好的CD，上面的曲目都是经典的中国民乐。他们是流浪的专业音乐家，为了生存在卖艺，同时也把中国民乐传播了出去。

在查法伽广场，一个长头发的中国画家要给我画像，他居然把我当成了日本人，我跟他说汉语，他很开心。后来，在爱丁堡的艺术节上，又遇到了他，我才知道他是美院毕业的。他是个流浪的画家，他的画笔有其他人所缺少的内心的激情和沧桑。

在伦敦的地铁口，在城铁的桥下，常会看到无所事事的流浪汉坐在地上。我不可怜他们，流浪只是他们喜欢的一种生活方式罢了。

甚至在牛津的街上，见到拥着毛毯席地而坐，抱着吉他弹唱的满脸胡子的白人，我也很开心。学生们经过，有的蹲下来跟他搭话。他的身后，白色的婚纱站在落地玻璃窗里。

为什么，在国内看到这些流浪的人，我会伤心？

我不想见到过街桥上，老人匍匐在地，举着一只颤抖的手要钱，不想见到小孩子追着拽着人的衣襟反复地说“买朵玫瑰花吧”，更不想见到女人抱个孩子，逢人便问：“要不要发票？”

希望有一天，天下所有的老人、儿童和残疾人都有一个温暖的家。

天下所有靠自己的劳动生存的人，包括拾垃圾的人，也都有一个美好的家。

流浪城市

在这个细雨绵绵的城市，我结识了一位英俊高大的男人。很偶然，中午走过温泉池边，看见他披着白色浴衣，趴在圆桌上睡着了。

他的眼线长长地垂着，像个天真的大孩子。

我忍不住举起了相机，恰在这时，他在我的镜头里抬起头来。闪光灯闪过，他冲我笑了，大方地打招呼。

他叫阿吉，擅长工笔画，原来他是来成都参加国际卡通节的。他仅用简单的线条，就能表达他想说的任何话。

当夜灯全部亮起来以后，我开始叫他鱼凫[1]。

最初，他给我的印象既年轻又活跃，当走近了他，才发觉与他年龄不相称的厚重，若即若离弥漫在周围。当柔和的橘色光影笼罩了米色沙发和墨绿色绣花图案的大靠垫，我感觉到了他的高贵与淳朴的融合，这种感觉突如其来，令我分外惊讶。

1 注：鱼凫是成都酒店名。

他睡圆形的大双人床，床前立着通透明亮的玻璃柱，里面有个白色浴缸。吧台上只有茶和咖啡，没有酒，树根雕成的茶几，精致的青花瓷盘上，堆满了水果。

很奇怪的是，他与外界沟通的方式还停留在过去。网络改变了世界，却未曾侵入他的领地。

他是个大男人，说他冷艳并不合适，我感觉到了他的眼神，是我见过的男人里，除了我父亲之外，最柔情蜜意的一个，也是最冷酷的一个。

周围白茫茫一片，我深深陷了进去。记忆里，家乡的大雪，十二岁的那个冬天，我迎着南雨的目光，一趟趟地，把蓝色铁盆里的雪倒到墙根下。

当我醒来时，他坐在床边，握着我的手，他的手好大好热，他的唇角很迷人，他的吻像一簇淡紫色的丁香摇曳在细雨中。

我以为我到了天堂。

荒芜的操场，哥特式的屋顶，雪白的墙壁，那些从十二岁开始下的雪，一下子全部融化了，淹没了我和他，也淹没了所有的光亮。

无边无际的黑暗，未尝不是另一种幸福。

我是他的一条鱼，他是我的鱼凫，只会用吉利刀片刮胡子的鱼凫。

我们彼此取暖，不再感到一丝恐惧。

（此人物纯属虚构）

老时光

这是中午，外面阳光明媚，而在俏江南的大厅里，红墙绿屏风之间，昏暗温暖的灯光下，我和三个女同事抬头看见了无数灰尘，闪亮着扑向我们的脸，我们的长发。

回头看去，一个娇小的服务小姐正在抖落白色的桌布。

我阻止了她，我多想让刺耳的丝竹音乐停下来，换成柔软的乡谣。

四个女人，一大盆水煮鱼。

我想，这世上的每个女人都是一本厚重的书，充满悲喜和愿望，洋溢着说不尽的小情趣。

而我早已不在这个世上，和她们坐在一起的只是我的躯壳。虽然我坐在她们中间，和她们一样妩媚，说笑些琐事，间或讲讲正要吃掉的芦荟，再聊聊脸上小疙瘩的缘由，再以茶代酒，互相祝贺最近的好事。

我没听进去她们说什么，我在想他的事。今天早上他来信说："如果现在我说我去北京工作，你怎么看？"

瞬间，我看见了漫天尘埃变成了烟花。他要来了吗？!他要放弃他的公司来北京了吗？!他要来北京创业了吗？

我回信给他说："常听老人们说，树挪死，人挪活。如果我是你，我会留住南方的家，什么时候想回去都可以，特别是到想退休的时候，到大海边养老最好，现在还算年轻，出来闯闯没坏处，不然不是白活了。"

我又写："我觉得你只是隐居在南方，我一直觉得有一天你会出来追寻些新的东西，所以我听你说来北京工作，我不惊讶，我很开心。"

我最后写："我总觉得只有生命最重要，要保存好，什么时候干都来得及，什么时候爱更来得及。"

可是，现在，我坐在这里，又收到了他的一封信，这次着实让我大吃一惊。他说到底是老同学老朋友，跟他想的一样，他说他已经在北京了，下个星期就能安顿好，还给我留了新电话。

烟花的美丽已落去，我知道，只有他，才能带走我的前生，也只有他可以和我一起穿过老时光。

那些美丽的老时光，带不走青春年少时的情怀，尽管我们把它埋葬得很深，却在这一刻像火山一样喷发而出。

剪发记

冬日暖阳。这是西藏拉萨的太阳，也是伦敦诺丁山区的太阳。

我有三个多月没朝思暮想了，任由长发齐腰了。

新的一年要来了，我想去剪头发。

小区的保安站在岗台前冲我打招呼，我疑惑地看着他，还是没搞清楚他说了句什么话。也许是问好吧，也许他认错人了。

大玻璃门大窗户上，挂着庆祝圣诞的彩字和图画，最高处的一个小图画吸引了我，圣诞老人驾着雪橇往上飞，毛茸茸的大雪花在太阳下闪着温暖的光芒。

服务小姐为我开门，热情欢迎。我说我只是简单地剪个发。上两次在这里，因抵挡不住他们的游说，烫了一次头发，挑染了一次头发，我都觉得效果不好，头发烫后更干了，焗油后也没什么改善，感觉头发干得像草，可是一天不洗又难受，只好每天洗头，头发越发干燥。所以，我一进门，很坚决地主动说只剪发，心里对自己说，不管谁劝，我都不改主意了。我要求理发师也不要给我吹风，因为吹风也是很伤头发的，我的头发和别人不一样，发质太细太柔软，不适合折腾。

我带了自己的洗发水和梳子，在这里买过韩国的洗发水护发素，服务小姐大肆吹嘘的结果，说是市场上的护发产品都是碱性的，只有她们这里的韩国进口产品是酸性的，不伤头发。信以为真，买回来后洗了两次就扔到一边废弃了，因为用的时候头发掉得更多了。

我让服务小姐免了给我按摩。她直接找来了阿平，最好的理发师。人家剪一个头38元，他要168元。我本来只想剪剪后面的长发，随便找个理发师就行了，没想到，这服务小姐非找来了阿平。我也没说什么，好吧，“那你就给我彻底剪剪吧”，“你以前给我剪的那个样子就行，刘海短点别过眉

毛，后面齐肩能扎起马尾”。

阿平剪发很细致，他开始动剪子了，可是用不了我带的木梳，只好用他的塑料梳子了。

阿平人很瘦，30多岁的样子，在这里算是最老的理发师了。他半长的头发全部树立着向四面八方飞舞，穿了鲜艳的长袖T恤，水绿色和灰色相间，深蓝的牛仔裤，

镜子里的我，和上回来时相比似乎变化很大，瘦多了。阿平说：“瞧你瘦的，还减什么肥啊。”

回来后，我琢磨着找出红毛衣来穿，新的一年来了嘛！平日里上班都是灰色黑色白色蓝色的，只有一个水粉色的围巾偶然能心情愉快一下。这几天放纵一下，我还要找出唐式花棉袄，红底蓝花的，配我的韩式肥裤子和台湾版的墨绿色休闲鞋，妖饶一把。是不是很有京城风味？

一直到阿平说“好了”，我还在心里念叨着Forbidden Garden[1]这个词，我一直觉得这个词神秘而有趣。对有些单词，我总会有种奇怪的感觉，会默念一阵，好像嚼一颗大白兔奶糖。

而对汉字，我会这么念：“紫禁城紫禁城禁城禁城城城城……”

到前台签字结账，那老板说送我一套免费体验，一个月来做几次美容都可以。这个礼物很突然，我笑着谢了他。

第二天上班，一进办公室，同事们就喊，“你剪头发

1 Forbidden Garden，紫禁城。

了”“很好看，显小了十岁”。

大家叽叽喳喳的，我本想悄声不响的，不惹人注意，看来做不到了。

坐下来，翻出新买的头花，索性将头发扎了起来。

那头花真好看，白色的流苏，宝石绿的小珠子，透明的浅绿纱质地。

AYAYA，AYAYA，AYAYA，我现在又开始念叨起来了。

新年快乐，让我们一起漂亮起来吧，亲爱的女同胞们。

旅美感悟

记忆里看到最美的月亮是敦煌的，因为屋子停电了，才趴到窗口，于是看见皓月当空。而看到最美的星空是在九寨沟，也是因为屋子停电了。是不是像我这样身在异国他乡，断了许多的牵绊，也失去了曾经的梦想，才得以看得见真切的思念和幸福。

最快乐的时光和最痛苦的时光都在北师大，因此我爱上北师大，爱那里的一草一木一砖一瓦，一桌一椅一本书。爱我们的相遇相爱相知，爱我们的分别分手分离，爱那段共享的苦乐时光。相信我们不会因行走的方向不同或者因时间的流逝而彼此分开。

昨天在海里游泳，大概中午时分。离我脚边半米远的

水下，看见一条灰色的长尾巴摇摆着离去，很突然，不敢看它长什么样子。转过身一直游上岸，对坐在高台上的救生员说："一条大鱼，这么大。"我张开两个胳膊比画着比人大的鱼，灰色的像鲨鱼。那救生员根本不在意，笑笑罢了。但这次真把我吓坏了，头一次见那么大的鱼，说不定就是鲨鱼。

幸福一直在路上，它从混沌的梦里来，落在今日的裙中。它播撒爱的种子，让每一丝光走进每个人的心里。当那束光打下来，爱因斯坦坐到我身旁，跟我说了一句话："我哪儿也不去，只是想休息。"那正是我想对他说的话。

盛夏，城市变成了个大烤箱。走路不再是一件舒服的事，当然有树的地方仍有绿荫庇护，有天台的南方仍有夜晚纳凉。

这人世间一定有很多人真爱过或者被真爱过却浑然不知，比如潮来潮往，比如缘起缘灭，再比如得到和失去，追寻和放弃，都是再自然不过的过程，犹如季节更迭，生活变幻，无论记忆保存还是消失，那生命的脉络和流逝，依然告诉我们，爱的本相，那就是爱恨交织后的释然，烟花般美丽。

记忆之于人脑，记录之于影音载体，有异曲同工之处，不同之处在于记忆具有个体性，而记录具有公众性，记忆有时效性会随个体生命消失，而记录具有延续性在群体生命中流传下去。可见记忆通过影音得以重现，记忆回到从前，仅此而已，和时光倒流和死而复生无关。

一粒珍珠

总有段时期，你纯洁又天真，你看得见的只是外面世界的斑驳陆离、纸醉金迷。你恣意花枝招展，那么多风花雪月的欢欣，隐秘压抑的渴望，把那些遭遇和痛楚当作成长的一笔财富，甚至牺牲了自己的身心去记录那些文字里的闪电。

你是个孩子，依然具有叛逆心理。你想感受未曾感受的一切，对一切充满好奇，但你并不知道，你体会爱的同时，也会体会到未曾预料到的伤害。

美好的时光，可能是一次自我伤害与被伤害的旅程，非常偶然，那是因为你不过喜欢冒险而已。你相信一切人，以为这个世界充满了爱，但，你还是错了，当你走到阳光下，你看到了飞扬的尘埃。

那么多的尘埃包围了你，然后，你会感觉到，你不过是其中的一粒罢了，但你不甘心，你不想像你的奶奶那样，一辈子没有看见山的另一面就安详快乐地离开，你也不想像你的妈妈那样，一生驻守着一个男人，驻守那些古老的传统。

幸运的是，你有叛逆的性格，也有飞扬的灵气，你坚信你的心，你还不知道你可能化成一粒珍珠，坠入无边黑暗的海底，那里也许会让你如愿以偿。

但在化成珍珠以前，存在各种可能性，可能鲸鲨一口吃掉你，可能海豚拿你当玩具嬉戏，可能有大片的珊瑚无动于

衷观望你。你要知道，你要有平常的心，你要保持那个坚硬的壳，你要不在乎那些海水的追逐。

因为你的世界在岸上。那里会有多少人翻阅你，守望你，惊诧你的光芒圆润，感叹你的纯洁美好。

所以，在海底游荡的日子，不必在乎身边的温度冷热，光线明暗，喧嚣沉寂，更不必在乎鱼虾螃蟹乌龟的造访，那都将成为过去的过去，你要知道，在你长成之前，一切不过是青春的蒙昧，生命的体验。

记得，你是一粒珍珠，你的未来不在海里。

小雨的故事

小雨出生时六斤二两，51公分，大小正好的健康婴儿，给妈妈接生的是德国留学回国的女博士，坚持让我自己生，但是妈妈到最后决定的一刻，还是恐惧了，要求剖腹。是妈妈自己签字的手术同意书，满满几大篇各种意外，然后妈妈躺在床上被推进了手术室，望见你的外婆向我挥手，还有你爸爸目送我们。那一刻，妈妈的心是视死如归的，以为自己可能会下不了手术台，会离你而去，但是只要你生下来，妈妈义无反顾。很顺利，医生拎起你给我看，告诉我是个女儿，你“哇哇”大哭，稚嫩的声音，我笑了。从此，你带给了妈妈多少的欢笑啊，辛苦里的欢笑，宝贝，妈妈感谢你，因为有了你，我才体会到做母亲的快乐。有了你，世界从此变得温暖而甜蜜。

护士给你洗第一次澡，惊呆了，你趴在小床上，两条小腿交替蹬着被单，向前使劲儿爬，护士从未见过刚生下的宝宝会爬，你天生有一双大长腿，像妈妈，运动能力像爸爸，他是万米冠军。十五天后妈妈才能下地，从那时起，你执意在我的怀里，很乖，你哭的时候妈妈晃着你，唱“大海啊，故乡”，“蜗牛的歌”，“月亮代表我的心”，一会儿你就睡着了。40天的时候你闹肚子，这可急坏了我们，吃了好久的药也不好，幸好妈妈的同学的孩子以前也闹肚子，吃“妈咪爱”好的，你吃了一次也好了。半岁时起了幼儿急疹，发烧40度你还欢蹦乱跳地玩，妈妈没带你去医院，猜到了你是幼儿急疹，第三天出了疹子就好了。

你小时候常感冒发烧，吃多了也会发烧，没少跑儿童医院，几乎一月一次。两岁三个月时，不得以送你上幼儿园，因为妈妈要上班，送你去了音乐学院幼儿园。在那里，你天天听着美好的音乐，渐渐地长到了四岁。后来转去国管局幼儿园，那里教国学，你那么小，端正地坐在那，真是难为你了。直到你上小学，你很开心上课有事做，不像在幼儿园那样傻坐着。你喜欢上了学习，喜欢上了上学，每次开学前一天你都会兴奋得睡不好，两三点就起床要上学。

你很聪明，两岁三个月能背23首唐诗，四岁开始学会了轮滑，又学了钢琴和小提琴。妈妈只要你学会就可以了，从

不让你考级，不给你压力。就这样，你成为了一个快乐的孩子，天真而快乐。

心愿

宝贝，我们一起看过这样的夕阳，草嫩绿嫩绿的，钻进柔软的心底，野花一簇簇拥挤的美，托着蓝天上的彩云，总是有树影挡住了远方，那些自由的云朵似乎漫步着走近我们。每当这个时候，你快乐的身影跑来跑去，嘴里不停地自言自语，用你那稚嫩的童音讲着你想象的童话：“狐狸的家住在那树林里，嘘，小声点，别惊动它们！”“嗨，我要用自己的镜头自己的方式拍摄。”你的镜头开始旋转，你的想象力极为丰富，总是能到达那比远方更远的梦里。

宝贝，我们一起去过很多地方，云雾弥漫的大提顿，狂放的西部原野，浩渺的大西洋，一起登上过灯塔，一起徜徉过夕阳下的沙滩，一起看那成群结队的飞鸟飞回湖边。你张开双臂，追赶着白色的海鸥，你总是欢笑着，幻想着，津津有味地述说着，又总是时时刻刻粘着爸爸妈妈，不肯一个人睡。你是爸爸妈妈最爱的宝贝，是繁重工作后的快乐，是这一生幸福的源头。宝贝，妈妈爱你，愿你今后每一天都快乐。

宝贝，我会一直陪在你身边

宝贝，你很喜欢想那些我们一起出游的时光，妈妈答应你带你去很多很多地方，我们去过大上海和三亚，没去过的日本韩国，你说你更喜欢三亚，而上海文艺气息浓一些，是妈妈喜欢的。你喜欢三亚的温暖、悠闲、安静，我也喜欢，我没告诉过你，妈妈最喜欢大海，而且最希望在海边一直生活到老。你和妈妈很多地方很像，爱幻想，简单天真善良，喜欢与人相处，但有一点不同，你不大喜欢自己玩，不大喜欢独处，你把妈妈扔到一个荒岛上，妈妈可以在那待很久都没问题，过原始人的生活也可以。你喜欢读书，喜欢画画，最喜欢《猫武士》，从在美国小学三年级起，你开始喜欢读《猫武士》，读了五年，出一本你找一本，读遍了所有，猫武士的代表精神是勇敢坚强，不畏困苦艰难，你也一样坚强勇敢，能战胜任何难关，妈妈相信你，你更相信自己。在这个世界上，没有做不成的事，只要我们不放弃，都能坚持到阳光灿烂、鸟语花香的时候。我们一起遥望着远方，那里有我们一起走过的地方、唱过的歌、画过的画和写过的小说，有我们一起吃过的披萨、意大利面和寿司，更有我们无忧无虑的欢笑。宝贝，我们可以把那远方搬进心底，闭上眼睛冥想，海风轻轻地吹起裙角，鹿妈妈站在路中央等着小鹿，我们看着她们安全地走过去。我们去看阿拉斯加犬，和那个狗

妈妈说话，哄她开心，记得吗？她那忧伤冷漠的眼神，拒人于千里之外，我们跟她聊天好久，她终于变得友好起来。动物都这样，何况我们人类，所以无论多么难过，也要快乐地面对，因为每一寸时光都会充满温馨，我们要一起手拉手，走过田野，让鲜花在我们的心底生长。

无言

那些音乐从童年的天真到青春的肆意，从梦想的生长到生活的火花，从孤独中走进人群，又从人潮里走出自己，飘在夜空上，星光一样闪耀。那些生命的感悟简单而美好，那是滤去嘈杂的尘世，忘记失落的城池，甚至忘记故地故人的影子之后，宛若坐在一棵枝繁叶茂的大树下，聆听生命的秘密，你知道那个秘密吗？它是一朵野花摇曳在夜色下，它是一片云在你耳边絮语，它是一阵清风温柔拂过你的脸庞，那秘密不在盘山的路上，不在山顶的风景里，更不在拾起的落叶上，它在你我的心底珍藏，不说也知道。

修行

飞到东又飞到西，你总要飞回家里，只要一个温暖的窝，一颗平和的心。我好像一路都在努力向外飞，向外寻，用了十年光阴走遍了中国的大江南北，又用了十年光阴穿越欧美大陆，忙于学习、工作和生活。当那个放飞过的自己飞回家，变得愈加充盈和自在，丰富而自足，或许这就是飞出去的意义。这样你才会在寂静的夜晚，柔和的灯光下，感恩生活中一切的温暖和宁静。

灵魂的故乡

雨后的原野开满了幸福、和平和爱，记得那是一个难忘的夏天，有些事件发生了，有些人来了又走了，鸟儿鸣叫着在低空飞翔，雨滴“噼噼啪啪”地敲打着树叶，疼痛和甜蜜混合的力量拽着我走进原野深处。在蓝天白云下的幽静里，清澈的思念一缕缕地漂泊在翠湖上，我看见了那灵魂的故乡，朦胧的、默默的，一点点浮现。花开过了，果子还没有结出来，草地上散发着泥土的芳香。我看见了那灵魂的故乡，绕过翠湖边的树林，在一棵枫树旁伫立着一座静美的书吧，你站在窗前，微笑着，轻声对我说：“你回来了，我一直在等你。”你的眼睛里装满了爱怜，瞬间融化了我。你早

扔掉了这个俗世的束缚，是你让我看见，生命不过是一些影子的浮游，而生活是鲜艳的一朵花，不断在裂变。赤足走过去，穿过光与影，一切静美如初。

内外之间

向外，我们发现世界的美好与不美好，宽以待之，顺其自然；向内，我们发现人群的欢乐与孤独，来去自由，留下本真。内外之间，日月交替，四季轮回，唯爱永恒。我愿世间返璞归真，我愿人心化繁为简，我愿孩子们在宽容的爱中长大，像小草一样，欣欣然，顽强地成长。对的，就是要像小草一样的平凡而坚强，这才是最美好的生命。

辑六　流星雨

嗨!附近的幸福

（一）

嗨！附近的幸福。

为了摆脱你的爱情，我让你看着我从大大的黑包里掏出一件件法宝，好让它们代替我以后陪你过每一个情人节。

一大瓶威士忌，足可以把你灌醉，让你说出真心话，你会说，世界上每个女人都是一朵花，我要吻每一朵花。

还有一大盒雀巢咖啡，配你的白瓷黄花的杯子，让你的嘴唇吻过无数的女子后，最后沉迷于黑色的暗香。

还有一大堆胃药，让你每次胃疼时，记得吃下。

现在，咖啡和嘴唇的爱情，胃药和心痛的爱情早已过期了，只有酒和时间可以爱到老了。

（二）

你的蓝袜子露出了一个脚指头，我看了半天，你知道，我只是看，我不是她，可以给你补上。

你发现我盯着那个小洞，你把脚丫藏起来，你死死地盯住那个花园的栅栏。有女孩告诉我说，看见你，在她的后花园里，拉着她的手。我装作不知道，你现在知道了，我当时有多大度。我们只是互相喜欢互相欣赏，没什么错，有什么可怕的，有什么可嫉妒的。

“你爱上她了吧？”我问得多愚蠢。

“你不要瞎想。”你的话语比女孩子还温柔。

“你爱上他了吧？”你问得更愚蠢。

“怎么可能，他有老婆。你不知道，他老婆警告过他，他谁都可以碰，就是不能碰我。”

（三）

嗨！附近的幸福，你到我的后花园来了。我不知道每天有谁在这里散步，脚印密密麻麻的，他们已经习惯了沉默。

那是个万籁俱寂的早上，在激情泛滥淹没了你的时候，你化装成红鼻子小丑走了进来，煞有介事的，边散步边吟诗，这让我感到意外和欣喜。我听见了德沃夏克的《自新大陆》的序曲部分，你听到了吗？

那时候，我正从老书架上翻出大二的音乐课本，抚过被黄色灰色的条条块块分割的封面，大16开手刻油印的《中外音乐欣赏》。你知道，现在，再也找不到这样的课本了。当年，音乐老师用这种简朴的语言打开了我们青涩隐秘的青春，每个星期二的晚上，我都像赴一场千年的约会一样跑向阶梯教室。当然，那时候，你不喜欢这些，你跑去了隔壁的阶梯教室，看巨大的幻灯片上映出的一张张出土文物。如今，你的诗歌变得和古董一样，被收集到国家图书馆里。

最后一次见你，你的瓦罐被打翻了，你的灵感都洒出来了吗？

（四）

那天早上，你给了我第一次的快乐，是我们认识以来

的第一次快乐。你说："找不到诗人了，他们隐居于孤独的壳。除非出现了一条不会说话的美人鱼，也许会出来看一下，然后再回到壳里去睡觉。"

我想象，这是你再次遇到我说的第一句话，肯定是瓦罐洒出来的水，洒了三年，那瓦罐一定变成了泉眼，我真为你庆幸。想想这三年来，有多少个女子从你身边经过，还有牵着你手的那个有孩子的女人，只有我不是佯装快乐佯装悲伤的吧。

（五）

你知道，你的世界里有太多的不会说话的美人鱼，你知道我不是他们其中的一个。我像看五线谱一样地看你，我说只有你能听懂的话，我要你记住我，我是千万个路过你的女人中唯一的那个，所以，我一次次悄悄逃离你，像儿时乐此不疲的捉迷藏游戏。

第一次逃离你，是趁你熟睡的时刻，我说，我要去买早餐，你先睡吧，我心里已打定主意走掉不回来。你愤怒咆哮，在电话里像一头狮子，你说我不尊重你。几天后，我离开了让我魂牵梦绕的古都，你不相信，你以为我还在你的周围漫步。

在约克郡，我和马丽、吉米、阿哲租了辆车，踏遍了湖区的城堡、草场和森林。经过一座废弃的铁桥，张牙舞爪的铁锈红，像几个张开的弓连在一起，我觉得好似又遇到了你。桥头蓝色的圆牌上，画了红圈红杠，人和车禁止通行，否则桥可能顷刻坍塌粉碎。

我远远地看你。我打开浴室的门，你站在水龙头下，温柔地看我，缠绵地低语。那一刻我只想知道，你还在那里，在“哗哗”的水声里，我不让你逃出我的视野。你的床头反射着海子的童眸，你的床边伏卧着沙米尔的仇恨。

你知道，海子没有死，沙米尔也没有疯，是我的梦死了，是我的梦疯了，我才让你牵了我的手。可是，我不能一个人在你的屋子里和他们一起窥视你的隐秘。

（六）

现在你又说话了，我真开心。

你说：“飘飘然的醉客，总是飘飘然，梦中的蝴蝶飘飘然地喝酒。第三个梦杀死第一个梦。从第二个梦出走的水母决定在日落之前哀伤地穿过这个虚无的城市，如同黑色的雨滴。”

我想，你前世肯定是个哀怨的女人，所以，你的心才极度敏感、脆弱，你把那些纠缠的情结附在了我身上，我才那么想要生个自己的孩子。你说，生孩子很容易，你说这话时用手轻轻撩拨我耳边的发梢，我的脸感觉得到你指尖的冰凉。你拉着我的手走出昔日校园，路边的报摊有老人正在搬报纸，公共汽车打着大灯摇晃过去。

天已经亮了，我们不得不站在马路边告别。

我们终于拥抱在一起。

夏日的蝉鸣，里尔克的玫瑰，伊丽莎白女皇的最后一场

爱情，话剧舞台，割断了我们的联系。

你知道，沉默，是恐惧的一种表达方式。

我们有什么可恐惧的？我们为什么要恐惧？

嗨！附近的幸福，我知道你现在正看着我，在微笑，我用右手食指略过你的唇角，像三年前一样。

（七）

梦醒时分，已是子夜。

我披上肥大的棉布衬衫，踱着步子，站在那里瞄着书架，那一排精装的世界名著落了灰尘。你知道，莎翁的四大悲剧，最准确的那本翻译版，躺在我的床边好多天了，扣过去的那页还是装疯的哈姆雷特迎接戏班那一幕。

最近，我看了电影《天下无贼》、《一个陌生女人的来信》，居然都是看到结尾处哭了。我总是被这种爱所感动，现在，又是被你三年前的爱所感动。

我重新读完了《呼啸山庄》，看艾米莉用一生寄托的超然的爱情，竟然心静如水。想起小学时偷着读爸爸的《漂亮朋友》，看到少妇把发丝缠在那个男人的衬衫扣子上，看得心惊肉跳。初中时读《收获》，读山那边的两个农村女人互换丈夫，读到脸红。

我早离开了那条大河，充满童年欢乐和少年恐惧的大河。你知道，那条大河转身之间变成了一个漂亮的现代公园，它先后带走了我的奶奶、爷爷、大伯，带走了表弟，也带走了民。当然，有一天，它也会带走我，再带走你。

想起离开大河后，我们楼道里的几个小孩子，整日画小人书，整日扮家家，在自己构筑的游戏里，慢慢长大。

我不是廊桥遗梦里的白鸽子，你也不是我的摄影师。

我没有什么手法，我只是乱弹琴。我会回头看自己刚刚写了什么，因为，我常常不知道写下了什么。上面的这些话，也是一样，我只好给他们安上应有的序号。

我们都是孩子，在后花园里嬉戏，没有人能拿走我们心底的那一缕激情。

遇见海子

（一）宿舍联谊

我和丫丫端着饭盆往宿舍走，只见院门口围着一大堆人。女生们交头接耳，神秘兮兮，我们挤过去一看，大黄纸黑毛笔字，上书“欲寻友好宿舍，暑假结伴去三峡一游”，落款是物理系研究生299宿舍。丫丫大喊：“去三峡，好啊，你去不去？”我瞪了她一眼，哪有这么露骨的，去也要回去商量一下，不知道那帮人可不可靠，可不可爱。

我早想去三峡，听说明年要放水，现在的好多地方都要葬身水下，再也看不见了。

我们给那个宿舍打了电话，一个男中音接的，瓮声瓮气。他们晚上来了三个人，看着都是学究人士：一个叫东

子，工作了几年回校再读，老成沉默；一个叫阿哲，山东来的大个子，瘦瘦的，不够威武，但是个子高也是优势，可以当保镖。看着最机灵的是小林，他自我介绍说：“丫丫，贝贝，我是四川来的，那边我熟悉，语言、地域、风俗都熟悉，我可以当半个导游。”我和丫丫一听开心了，再看看他们诚恳的样子，有考古的学究，有敦厚的保镖，还有聪明的导游，当然可以放心了，恨不得马上一起走。

接下来我们都忙着考试，但也没忘了与友好宿舍的来往，周末应他们之邀去学四舞会。这三个物理系的科学家跳舞，就像瓦特、马力、卡路里，动力、热力加活力，丫丫和我虽然练过一学期体操，软功硬被他们带走了样，跳出了探戈的味道，没少踩他们的大脚丫，我们都觉得滑稽。没办法，我们只好脱下牛仔裙，换上碎花长裙，佯扮淑女奉陪他们。

跳舞不但锻炼了心脏，还锻炼了耳朵和眼睛。我们谈的最多的是三峡，那些舞步和言语好像在水上跳舞，周围树叶飞舞纷纷，管弦奏鸣曲之后是钢琴协奏曲，马上换上波尔卡。我们的心早飞到了三峡。

为了去三峡无忧无虑地玩，我和丫丫破天荒跑去阶梯教室熬了三个晚上备考。艺术系的男生跑去主楼前的广场上摘海棠果给我们吃，酸酸涩涩的，我们吃了好多，才不至于趴在书上睡过去。紧张的考试过后，我们都瘦了一圈。

就这样，三个物理科学家和两个美女上路了。

（二）海鸥号

我们上的游轮叫海鸥号，我们坐的二等舱跟大学宿舍似的，八个铺位，上下铺，只不过这次是男女混住，还有陌生人。一位中年男人，总是沉默不语，脸上永远没有笑容；一对儿年轻男女，牵个小男孩，小男孩五六岁的样子，摸摸这儿，动动那儿，跑过来抓我双肩包上的小挂链。

他爸爸妈妈叫他百岁儿，百岁儿喜欢围着我们转。我们上船不久开始打牌，百岁儿趁我们不注意，抢走一张牌就跑。这样来来回回，我们真有点急了。百岁爸百岁妈一直在那边小声说话，看两人的脸色，好像在吵架。

那个中年男人用便携机在写什么，吵闹声淹没了键盘的声音。他的双手苍白纤细，宛如女人的手，有时候有点抖动，一定是写到激动处了。我想，也许我们遇到了个海明威，正在写他的大作。

东子和阿哲搬了一箱矿泉水到船上。我们以水当酒，对着混沌的江水和葱郁的山坡，唱唱歌说说俏皮话。

那个作家偶尔抬起头来，看看门外的船舷，看看我们，看看孩子，那眼光却仿佛什么也没看见，又低头打他的东西了。

我走过去，递给他一瓶娃哈哈。他毫不客气，拧开盖子扔掉，仰头“咕咚咚”喝起来，几乎一秒钟喝完了，好像好久没喝水的骆驼。

他的眼睛是红肿的。我大声说：“我给大家讲个骆驼的笑话吧。”

小百岁儿凑过来，仰着天真的小脸，好像一朵蒲公英张开了翅膀。

我自己先笑了，没有讲下去那个关于执着的笑话。小孩子在得换个话题。

“你看，这个叔叔像不像骆驼，还是个会用电脑的骆驼？”骆驼笑了，露出了白白的牙齿，好像爱斯基摩人的笑，吓了丫丫和我一跳。

小百岁儿凑过去，说：“骆驼叔叔，我爸爸也用这个，你玩啥呢？”

“我不是玩，我在写东西。”骆驼简单地答道。我扫了一眼液晶屏，好像是什么哲学类的文章，因为有“人论”“形而上”等字眼。

骆驼居然还是个哲学家。

（三）游戏

午饭时间到了，我们五个人早已饥肠辘辘。跑到旁边的船舱一看，有个大餐厅，里面人山人海，闹哄哄的。真没想到这儿有这么多人。

吃了盒饭，我们回到船舱打牌。小林提议，这次谁输了，必须去船上卖矿泉水。我和丫丫面面相觑，可是碍于男女平等的根深蒂固的想法，还是答应了。

先是阿哲输了，他很快卖了瓶矿泉水回来，收到一元钱。

后来丫丫输了，她难为情地出去，难为情地回来，手里晃着两元钱。我太了解她了。果然，她咬耳朵对我说，我把水给了个老奶奶。

这次轮到我了。还没卖过东西，听妈妈讲，她小时候和我二姨一起去街上卖报纸，二姨手里的一摞报纸全卖光了，她手里的报纸一张还没卖出去，恨得我二姨一把抢过她手里的报纸，一会儿就卖完了。妈妈小时候只知道读书，不会干活，卖报也不会喊，傻站在那里。

我争强好胜，这次来真格的，想试试。

我拿着一瓶水，往另一侧走，不知怎么走到了上等舱。走廊尽头，一扇小门开着，走进去，迎面是半圆的弓形悬窗，窗外船头排开水波，江水好像随时会涌进来，屋内高处挂着电视，中央小吧台上挂满通透的酒杯，周围摆着好多小圆桌和高转椅。只有稀稀拉拉几个人坐在那里，只有哗啦啦的水声和马达声在喧闹。

“小姐，要喝什么？”吧台后一个胸前挂牌的穿蓝马甲白衬衫的小姐冲我打招呼。

我摇了一下矿泉水瓶，走到离水最近的窗边坐下。我看见右旋窗有个人，几乎贴着玻璃坐着，好像坐在江水和山坡的交界处。他一动不动，黑发披肩，眯着眼睛。我以为他在打盹，可是他看到了我，他的眼睛居然会笑。我躲开他的目光，看窗外的水。我又瞥见他还在看我，我讪讪地站起，走了过去，把矿泉水瓶立在他桌上，说“一瓶一元”，他还没明白怎么回事，愣在那里。我又重复了一次，这次他明白了，从陈旧的黑皮衣兜里翻出一张新票子塞到我手里，说“

不用找了”。我拿起钱扭头就走，我知道他在看我的背影，眼神或许是惊奇或许是怜悯，他一定在想，这样的女孩子怎么在船上卖矿泉水。然而我的心里却很得意，船舱里的那帮人正等着看我的笑话呢。

我走进船舱摊开手，给他们看手中的百元大钞，他们欢呼起来。“一起去喝扎啤吧！”小林提议，大家蜂拥而出，我领他们又回到了酒吧。

（四）他

那个人仍坐在原位，喝那瓶水，眼神迷离。

我们吵吵嚷嚷，嘻嘻哈哈，吧台小姐热情招呼，大厅里一下子热闹起来。他往这边看，我一直在笑，把百元大钞扔到吧台上，故意大声说：“那边的先生请客喝啤酒。”我扭过头冲他笑。我看着他站起来，一步步走过来，长发飘着，会笑的那双眼睛蓝幽幽的，好像亚龙湾的海水。

他加入我们，给我们讲刚才的事儿，爽朗地笑着，露出白白的牙齿。我觉得他的笑容怎么那么熟悉，好像在哪里见过，又怎么也想不起来了。

他说起话来可真好听，像《图兰朵》的台词，我一下子喜欢上了他。

他对我说：“故乡的小木屋、筷子、一缸清水，和以后许许多多日子，许许多多告别，被你照耀。”[1]我说：“你是不是喝醉了？”他又说：“今天，我什么也不说，让别人去

1 引用海子的诗句。

说吧，让遥远的江上船夫去说，有一盏灯，是河流幽幽的眼睛，闪亮着，这盏灯今天睡在我的屋子里。”[1]

我们喝酒，讲故事，不知不觉夜色来了，两岸依稀有灯光闪烁，水上还有航标浮动。橘红色的光，映着我们微红的脸。

酒吧里的人渐渐多起来了。有个小伙子故意走过来撞了丫丫，他周围还有五六个人，一看就是小混混。阿哲让他道歉，他居然蛮不讲理，挥起拳头。阿哲头上挨了一拳，他俩扭打在一起，那些混混一拥而上。我拉过惊慌失措的丫丫，看小林和东子傻站在那里。我冲过去踩他们的脚：“怎么不帮忙啊！”他们吓白了脸。“别打了！别打了！”我和丫丫大声喊着。

只见那个男人抄起两个绿色的酒瓶子，朝那帮人砸下去。听见“哎哟哎哟”的叫声，那帮人散开了，阿哲还在挥舞拳头。只见那个男人又抄起一个瓶子，冲着那个先惹事的小子扔过去，那个小子抱着头逃出门去，那帮混混也跟老鼠一样跑了。

我和丫丫跑过去看阿哲的伤，还好，只是脸上青了一块。我和丫丫气愤极了，用鄙视的眼光看着小林和东子。

那个男人又坐下来继续喝他的啤酒。阿哲，他，我和丫丫，开心地聊到好晚。那个男人不但是个英雄，还是个充满童真的人，他的话语可真好听，好像我以往梦中听到的一样。

1 引用海子的诗句。

这时候，广播响了，反复说着“请大家明天早上四点钟到船头看神女峰”。

我们一起走过走廊，我们跟他说晚安，说谢谢，看着他推开117房间的门，看着他的长发消失。

我多想进去看看他说的那盏灯，是不是像他说的那样，那是河流幽幽的眼睛，今夜睡在他的屋子里。

（五）笔迹

第二天凌晨，丫丫第一个爬起来，叫醒所有人。我们跑到船头，黑压压一片人已经立在那里，神女峰矗立在右岸，正一点点靠近船舷，好近啊，伸手就能摸到似的。山峰在雾水里越发显得神秘和青翠。

我一直在找他的身影。

看着神女峰离我们越来越远，人群渐渐散去，我没有找到他，却捡到了一张纸，上面写着“单翅鸟为什么要飞呢？为什么，头朝着天地，躺着许多束朴素的光线”。[1]

我跑进走廊，打算去敲他的门。可是，转来转去，怎么也找不到117的门牌。问走过来的船员，船员说，没有这个房间号，船上只有99个房间，从1号到99号。

我拿着那张纸回到船舱，很不开心。怎么可能没有117房间呢？我喜欢的那个他就这么消失了？

一个中年男人看到了我手中的纸，一脸的惊讶，“你怎么有这个？”“这是海子的笔迹，我和他是同学，我认得他

1 引用海子的诗句。

的字体”。

我悄声不响地把那片纸放进衣兜。我想起来了他的样子，我见过他，在他的诗集扉页上见过，他灿烂地笑着，长长的头发飘着。

那个中年男人接着给我背诵后面的两段：“单翅鸟为什么要飞呢？肥胖的花朵喷出水，我眯着眼睛，离开居住了很久的心和世界，你们都不醒来，我为什么，为什么要飞呢？”[1]

（六）复活

在接下来的两天里，我们去了张飞庙、鬼城，走过了奈何桥，其间认识的那个中年男人给我讲了好多海子的故事。他说海子戴大大的黑框眼镜，留小胡子。

我心想，我见到的一定是年轻时的海子，大学时的海子，他没有胡子。

我每天都跑去找117房间，结果可想而知，根本没有117房间。

我坐在他坐过的地方，一遍遍地想他说过的话，一遍遍地想他的笑容。

中年男人中途下船奔神农架，我们五个人坐到岳阳下了船。我亲了小百岁，和他告别，望着他天真的眼睛，和海子的眼睛那么相似，我想，他会很快长大的。

我们一行人在岳阳游完洞庭湖之后，坐火车回京。我一

1 引用海子的诗句。

点游玩的心思也没有了，手插在兜里，攥着那张纸。

丫丫爱上了阿哲，形影不离。我懒得理东子和小林，我把他们的情书扔到了洞庭湖里。

我知道，我爱上了海子，那个他，坐在窗户旁的他，向我走来的他，摔酒瓶子的他。

我爱上了他的翅膀。

再见到海子，那是1997年的夏天，距离海子离开我们已经多年以后。

“过完了这个月，我们打开门，一些花开在高高的树上，一些果结在深深的地下。”[1]

绝色

（一）

我顾盼的时候，才知道，野渡无人舟自横。影子映在水里，水面揉着心，一下一下地跳。沉默只能刺痛记忆，撞碎为一片遐想。

我知道，烙在记忆里的人影不会淡漠。

有许多不同的故事发生在这个世界的每一个暗淡的角落，没有人能感知命运。

也许，许多年以后，晓雅的儿子长大成人，他会去找他

1 注：引用海子的诗句。

的亲生父亲涛，把母亲的日记交给他，也许，晓雅和涛可以活得足够老，老到可以不在乎彼此的容颜，可以再见面。

晓雅两个月前刚从营业部调到国际部，和她共事三年的银行小姐妹们都非常嫉妒她，那可是行里最好的部门。晓雅早听说女孩子在这个部门干不长，因为很难融入男人的天下，所以她处处留心学习，渐渐做上手了，而且业绩还不错，这次会议张总指派她一起参加。

可是，她怎么也想不到，夜里张总邀她散步，他刚刚还抚弄她的头发。

她想回去了，他拉住了她的手，一把拉她到怀里。她想挣脱，可是挣脱不开，他拥得是那么紧，她闻到一股熟悉的浓浓的烟草味道，那是和他男朋友涛身上一样的味道，使她一瞬间有些恍惚。

不，这不是他，他还在南京大学读研究生，他年轻，个子高，他抱她的时候，她总是感觉自己被拎起来，总是踮起脚尖，感觉他的舌头像小鱼游动，潮湿又温暖。

现在，她的两只手被困住了，她只能后退，再后退。她突然感到一阵冰冷，她想她是触到坚硬的礁石了。他吻她的脖颈，吻她的耳朵，她又恍惚了，她的耳朵是敏感的禁区啊。他用嘴盖住了她的嘴，她有点窒息。一个更坚硬的东西顶在她平坦的小腹上，他的手游走上来，像闪电一样划过她的肌肤。那个硬东西蹭下去，一下子侵入了她的身体，痛触、寒冷和恐惧让她瑟瑟发抖。

海浪不断喘息着，涌来又退下，她浑身燥热，像有一束急速的电流穿过她的身体，击中她的腹地，抵达她的大脑中枢。

她的涛不是这样的，涛是那么温柔，她从来没想到，男人可以这样决绝，这样狂暴。她感觉自己马上要崩溃了，她重重倒了下去，他再一次压上来。沙子钻进她的高跟鞋，舔着她的脚指头，她慢慢缓了过来。

他弄湿了她的裙摆。

他开始抚摸她，怜惜地抚去她眼角的泪水。

他抱起她，白裙子在海风中飞舞着。

她觉得自己空荡荡的，好像飘了起来，和海浪融为一体。

第二天早晨，涛打来电话，涛说："傻丫头，我想你了。"

涛又说："我想做毕业论文期间回去看你。"

晓雅说："好啊，你可以一边做论文一边找工作。"

涛哪里知道，她的生活自此插入了另一个男人，这个男人成功又富有，这个男人还有个漂亮的医生老婆和一个上初中的儿子。

后来，张总那个比晓雅漂亮几倍的老婆知道了他们的事，但她老婆装作视而不见。

（二）

在夜色中，

我有三次受难，

流浪爱情生存，

我有三种幸福，

诗歌王位太阳。

——海子《夜色》

三个月后，涛回来了。

当涛推着破旧的自行车出现在晓雅眼前的时候，晓雅和几个小姐妹吃完午饭正往办公楼走。

涛火辣辣的眼神，远远地盯着她看，好像这个世界没有别人了。那群浓妆艳抹，穿藏蓝色制服的小姐妹哄笑着走开了。

晓雅微红了脸，心底有一百只小兔子在蹦跶。

这就是她的涛，山盟海誓的涛，而他和她总是相隔遥远，现在又可以在一起了。

他们初中念一个班，后来一起升入同一个高中，她学文，他学理，然后他们一起考上了大学，一个在北，一个在南。

初三的晓雅，个子在班里女孩子中间算高的，比较早熟，瘦长的鹅蛋脸，身体比较丰满。

晓雅是英语课代表，有段时间早自习，晓雅经常站在教室前面，领着大家念英语，有些调皮捣蛋的男生喜欢欺负她，故意捣乱气她，有一次她被气哭了，站在全班同学面前用手抹眼泪。涛是班长，学习成绩总排第一，他狠狠地教训了那些男生，涛成了她的保护神。

高中的最后一个暑假，他们一起参加了夏令营，班主任

组织同学们一起去游泳，虽然晓雅穿了件极为保守的黑色泳衣，却还是鹤立鸡群一样，招来男生的一阵子口哨声。她知道自己很美，像跳水冠军伏明霞。那时候涛也很美，健硕的肌肉，浓黑的大眼睛。那个刚从师大毕业的英文老师总是喜欢叫上涛陪她游泳。

游累了，晓雅常常坐在泳池边晒太阳，她喜欢安静独处。有一次，涛把英语老师的太阳镜扔给她，她没接住，只听“哗啦”一声，镜片碎了。涛赶快跳上岸，一边跑向她，一边大声喊：“小心啊，别扎着脚！”

晓雅看见涛的小腿上还有胸脯上长着很长的汗毛，她羞得低下了头。

他对她总是那么细心和温柔。

涛和晓雅在高中毕业前夕偷尝了禁果。

（三）

星子在无意中闪，

细雨点洒在花前。

——林徽因

高考发榜了，在知了声中，所有应届毕业班一起举办了告别会，晓雅和几个女孩子画黑板，画上璀璨的花，涂上飞舞的字。涛和另一个女生主持，涛唱了一首老歌：“你知道现在已经散场，在黑漆漆的夜晚，现在已经散场，在陌生的地方……”涛瘦削的脸上，掩饰不住忧伤，那种骨子里的沮丧和与生俱来的忧伤，穿透了晓雅心底最脆弱的防线。

最后班主任提议，大家一起唱《友谊地久天长》，开始先用英语唱了一遍，再唱汉语歌词的时候，好多同学呜呜咽咽，唱不下去了。是啊，他们就要天各一方了。

那晚涛骑自行车送晓雅回家。晓雅坐在前面横梁上，她的长辫子甩到涛的脸上。到家了，晓雅要上楼了，涛跑过来从背后抱住她。在路灯下，涛吻了她，吻了有一个世纪。他们什么也不管了，好像生离死别的一对蝴蝶。

第二天，涛到晓雅家找她，晓雅在报社做记者的爸和在电台做主持人的妈都上班去了。晓雅的房间是粉红色的，起初他们一起听许巍的磁带，反复听那首《在别处》，许巍唱“爱情像鲜花它总不开放，欲望像野草疯狂地生长”“我的身体在这里，可心它躲在哪里？每天幻想的自己，总在另一个地方”。

他们觉得要彼此永远分离了。后来他们死死地拥抱，拼命挤进对方的身体里。

那是个金色的秋天，在晓雅的记忆中，永远是粉红色的秋天，晓雅和涛搭上火车，各自去不同的城市念大学去了。

（四）

她再一次俯瞰河水，心中悲伤如割，她知道自己看到的是一次告别。

——米兰·昆德拉《生命中不能承受之轻》

当涛的手再一次像往常一样，温柔地环住晓雅的肩，晓雅觉得自己像无助的泡沫，没有了身体，也没有了思维。涛

还是她的王子，而她已经不是那条人见人爱的美人鱼了。

已经七年了，分分合合。他俩不在一起时，总是互相猜疑，也许是因爱引发的嫉妒。在一起了，他们又当什么事儿也没有，和好了。

有一次，有个小师妹喜欢上了涛，缠着涛，涛故意领晓雅到那个女孩宿舍，当着那女生的面，紧紧拉着晓雅的手，那个女孩再也不理涛了。

晓雅知道，涛是个有雄心壮志的人，他先是在那所“惟楚有才”的大学里成了诗人。实际上，涛在爱的思念里酿造了他的青春。他接着考研，在南京大学改学商业管理。

晓雅参加了有些名气的北国剧社，演莎翁的悲剧，以她的美貌和朗诵天赋，她自然被选来演哈姆雷特的奥菲利亚，演罗密欧的朱丽叶。数不清有多少男生给晓雅写过情书了，晓雅总是婉转拒绝他们，晓雅说，我有男朋友了。

晓雅一直活在涛的诗歌里，她觉得读涛的信是最幸福的事。

涛会写：

“梦里的戈壁上，长满了岁月。那些写着生命和爱情的岁月，就像是沾满温情的冰雪，随着岁月的迁移，有节奏地变化着。就是春蚕一遍又一遍地啃食，也永远别想能啃完。爱不会老去，纵使我会老。”

大学毕业那年，他们两个一度出现了感情危机。晓雅回老家工作了，而涛选择了到南京继续读研，他们还是不能在一起。晓雅觉得涛不爱自己，他怎么舍得离她越来越远啊。

看着涛远走，一个漫长的绳索绕住了晓雅的身体，无声无息的河流淹没了她。

那是整整一段很难着色的画廊，风在忘情中飞舞，树叶在痴狂中吐绿，雨在冷漠中抛洒。

如今好了，涛就要毕业了，可晓雅的心里滋生出一种愧疚感，这种感觉越积越深，一点点吞噬着她。她的纯情的涛啊，还蒙在鼓里，而她早已不是他的那个纯情天真的女孩子了。

涛拉着晓雅的手，走进路对面的一个叫“绝色”的小咖啡厅，这里曾留下多少美丽的时光啊。他们坐下来，坐在一幅巨大的黑白照片下面，一个小提琴手站在飞驰而过的虚化了的地铁列车旁，飞扬着他的手指和头发。

涛说，我找到了三个工作，一个在这里教书，一个在北京坐机关，一个是去深圳的大外贸公司做业务员。涛觉得最后一个最可能实现他的梦想，他想成为一个成功的商人，诗歌不能救国，从商可以。

那就意味着又一次长久的分离。晓雅的心底响起琴弦断了的声音。

当然，这次，他们仍如初恋的情人，一起看电影一起逛街。但是，这次，晓雅没有送涛走。

电话里，涛热烈地说：“来深圳吧，晓雅，你不知道这里多么有活力，只要你有能力，你就能成功。”

晓雅说："我不想离开这里，我在这里长大，我的父母舍不得我走。"

"晓雅，来吧，这里的海，这里的空气，都是干净的。"

"涛，你会遇到更好的女孩子，我们分手吧。"

（五）

他进入了一个迷宫，生活本身所固有的危险一下子增大了千百倍，其中有一个不小的危险，即：谁也没有看到他是在哪里迷路的，也不知道他是怎样迷路的。他的良知变成了一个既不像人也不像牛的怪物，把他撕成了一块块。

——尼采《善与恶的彼岸》

三年后，那个张总因买卖外汇期间，利用职务之便侵吞汇率差价，为自己牟取巨款，锒铛入狱，被判十七年。他再出来的时候，会是个老头子了。

晓雅又回到了营业部。

晓雅听同学说，涛在深圳已有了自己的家，有了漂亮贤惠的妻子。在晓雅28岁生日那天，意外收到了涛的电子贺卡，涛说，我终于注册了自己的公司。

晓雅真为他高兴。

有一天，一个从深圳来的大客户到柜台前开立外汇账户。他叫王威，他长得真像涛啊，高高的个子，浓眉大眼，只是已不年轻了，有四十来岁了。晓雅好像看到了二十年后的涛。

他请晓雅吃饭，晓雅没有拒绝。他们聊深圳，聊他转业后的淘金生涯，聊他的前妻和孩子。想必涛也是这样奔走忙碌吧，晓雅想，也许涛做爸爸了。

晓雅觉得自己的心老了，飞不动了。

“嫁给我吧。”在那个“绝色”酒吧，在那辆飞驰的列车旁，王威从桌上的花瓶里抽出一朵玫瑰花，单腿跪在晓雅面前。晓雅像被施了魔法，一时僵直在那里。她的涛也这样做过，在她20岁的那一天。

王威和晓雅的婚礼办得空前盛大，王威特意跟老战友联系，在婚礼开始前，鸣了一百一十一响礼炮，那可是小城从来没有过的新鲜事。

晓雅觉得时光好似过去了二十年，觉得自己是在和她的涛互换结婚戒指。

不久，晓雅辞职了，跟着王威移居深圳。银行的小姐妹们都为她惋惜。

晓雅守口如瓶，对王威绝口不谈她的过去。

思念像风儿一样，时不时刮上一阵，好在这个男人对她极其爱护，她渐渐走出了以往的灰色，逃脱了记忆的禁锢。

在大海边的别墅里，晓雅开始写作，对着涛的信件回忆。这么多年来，她一直带着涛的信件，回忆泛滥的时候，她把这些陈旧的信带到大海边，读了一遍又一遍。

她一直没有联系涛。

可是有一天，涛远远地向她走来，他身边走着一个面容姣好的女孩。

她手里的信纸飘落到了海水里。

（六）

大树的年轮上刻写着永恒的爱，大树的年轮上还结满了诗。没有尽头，只有不知疲倦的梦。

晓雅听到了自己呼出和吸入气流的声音，心跳的声音愈来愈大，从地的底层一阵阵传来。

涛看见了那张信纸，一瞬间，那种少有的悲哀将他层层裹了起来。

面对和躲避已然没有了价值，脚步很牵强。

第二天天刚亮，涛来了。他想晓雅，想了一夜，企盼从苔藓密布的谷底悄声地爬上来，惊起了鸟鸣。

真实也许能算作清晰的梦吧，晓雅的生命清楚了，从昨天开始就清楚了，她是为了爱而活着。

晓雅觉得自己跟钟摆一样，摆动的时候，就看见了涛。

他们都看到了一团火，燃在沙滩上。

她和涛又是一个人了，本来就是一个人。汗流过了晓雅的每一个毛孔，她觉得自己从黑暗的海底浮了起来，顶开了透明如布的水帘，在涛的狂喜和悸动中，她的肉体和灵魂划过粼粼的水波，飞了起来。

晚上，涛不得不走，晓雅润湿了他干裂的唇。

涛恨自己的灵魂，他只知道冲着他笑。

（七）

欢乐是短暂的，而痛苦总是漫长又漫长的，或许，这就是爱吧。爱情没有边界，也没有河床。

有一天晚上，涛匆匆跑来，在银色的月光下，像第一次那样紧紧拥住晓雅，晓雅抬头看见涛的眼睛红红的。

涛说："傻丫头，你知道吗？你把我害得好惨，这几年我交过十多个女朋友，可是我总是忘不了你。现在我和她分居了，不久就要离婚了，晓雅，我们一起走吧。"

"走吧，走吧"，晓雅的心底有个声音一直这样对自己喊。

从再一次见到涛的那天起，晓雅一直恍恍惚惚的，她知道自己终于逃不过爱情。尼采死了，弗洛伊德死了，沙米尔也死了，爱情还活着，而且活得那么精致。

涛不在的时候，她拼命写作。她忘了烧了水，天然气泄漏了也不知道。等她想起来的时候，跑到厨房，碰巧冰箱启动了，一股热浪把她甩了出去，从大大的落地窗甩到了后院的草地上，她的脸和手严重烧伤了。

晓雅失踪了。涛再也找不到晓雅了。

原来晓雅出院就搬了家，搬到珠海去了，她离开了王威。

转年，晓雅生了个儿子，儿子活泼又可爱。

晓雅先后出了几部小说，轰动一时。她把涛的诗歌和自己的日记集成册子，想等到自己离开人世后再出版。

涛的公司已经遍布大江南北，他成为了成功的实业家，打入了国际市场。

涛至今孤身一人。

回归

(一)电视台无美女

绍平，一个刚刚三十出头的大男人，却已经是某大电视台的大制片人。所谓大制片人，就是他手下要管好多小制片人。在京生活十几年，他依然操一口标准的江浙口音，要人竖起耳朵听才听得明白。他的身体瘦高瘦高的，根本不像那些大腹便便的制片人，倒像极了诗人。

“电视台无美女”，他常把这句话挂在嘴边。

(二)前妻小艾

绍平的前妻小艾是个标准美女，柳叶眉，核桃眼，高鼻梁，大瓜子脸。面容白皙，笑容可掬，属于翁美玲那一类型的，充满灵气，怎么看怎么是纯情淑女。

他追小艾的时候，遭来大学同学们的白眼。

(三)初恋春晓

绍平那时凸显才气，跟着辅导员一起拍片，参加大学生电影节。

春晓是班里最不起眼的女生。绍平经常跟着春晓宿舍的几个女孩子去上自习，休息的时候，一帮人在走廊里说说笑笑，好几个女孩子围着他。红花配绿叶，他觉得自己是贾宝玉。

大家都以为他要追的是漂亮的丽萍，谁知道，他反过来追上了丑小鸭春晓。

其实一点也不奇怪，他学习很吃力，就喜欢上了班上的春晓，春晓是学习最好的女同学。春晓帮了他大忙，他才通过了各门考试，否则，有三门功课不及格就不给学位，他恐怕不能毕业。

绍平跟春晓出出进进。两年时间，他们尝遍了青春的秘密，在花前月下信誓旦旦。

（四）变心

可是，春晓并不漂亮，绍平那蠢蠢欲动的荷尔蒙开始作怪了。他开始注意到一个教育系的女孩，被她的花容月貌所迷醉。她就是小艾。

他茶不思饭不想，梦里眼里都是小艾。他眼里哪还有春晓，他越发觉得怀里的春晓，分明是硬邦邦的一块木头。

可是，怎么跟春晓提出分手？

终于有一天，春晓哭着跑回宿舍，春晓喝了酒，哭得更凶了。酒后吐真言，原来，绍平找了个可笑的理由，他说春晓不给他洗衣服，不知道疼他，还是分手吧。可怜的春晓蒙在鼓里，还冲他嚷嚷着：“我怎么没给你洗衣服啊？！”

当春晓在校园小路上再一次遇到绍平，她什么都明白了。绍平拉着小艾的手，一脸甜蜜的笑容。

绍平看到春晓，一瞬间僵在那里。春晓当作不认识他，走过去了。

（五）不娶漂亮女人

毕业后，绍平被分配到一所重点中学当老师，一待就是五年。那所重点中学有一个专业的大演播室，他在那里锤炼

了他的拍片和播音技术。他和小艾在那里吃，在那里住。那段青春的日子，散发着胴体的迷香。

然而，爱情，怎经得住物欲世界的诱惑？

小艾开始早出晚归，经常有奔驰车、宝马车送她回来。

绍平这一次算是明白了，女人的美丽是靠不住的。他发誓再也不娶漂亮的女人。

（六）美女都嫁给了奔驰车

绍平辞掉了学校的工作，为此交了一大笔违约金。他回去找原来的辅导员，跟着他重新开始拍片。他很聪明，也肯干，不久，应聘到电视台。正赶上电视台刚刚成立，他独立管理一个演播室的经验成就了他。不久后，他非常顺利地当上了制片人。

他到处拉赞助，搞大型音乐晚会。

他一直犯愁，电视台无才女。他开始招聘主持人。

他坐在考官席上，看着那些报考的年轻女子在他面前走来走去，浓妆艳抹，花枝招展。

难道这个世界没有美女吗？这是最后一天了，他有些失望。当他在一个名字下又划了个叉，再抬头时，先是看见一双尖头的无跟黑凉鞋，再往上看，是青色的花裙子，飘逸着仿佛流水绵绵，再往上是紧身的米黄色无袖针织衫，勾勒出丰满的星辰。

他终于看到了一张脸，美丽动人的脸。他呆呆地怔住了。

那张脸只是略施粉黛，大大的眼睛在微笑。她仿佛是当年的小艾，他的前妻的影子。

就是她了。他在那个安琪的名字下画了个大大的红勾。

当安琪一次次给他放电的眼神，当安琪用滚热的唇抚过他的眼睑，他找不到东西南北了。

安琪的目的是当大主持人，她如愿以偿。自然，经常有奔驰车把她接走。

绍平望着安琪的背影，自是苦笑，这世界无美女，美女都嫁给了奔驰车。

（七）回归

绍平算是幸运的，一次失败的婚姻，拯救了他的生活。

绍平回去找春晓，他的那个丑小鸭春晓。春晓博士毕业后，留在大学里教书。

他们结婚了，得到了所有亲朋好友的热烈祝福。

转眼，他们有了个儿子，活泼又可爱。

（注：本故事纯属虚构）

迷失的火鸟

大学一年级，很多同学是在想家的日子中度过的。中秋节那天，在联欢晚会上，兰慧自编了好多谜语，让大家猜老师的名字和同学的名字，好让师生之间尽快熟悉起来。像王淼，就说第一大的河，像吕舟，就说两层的船，像丽萍就说

漂亮的荷花，诸如此类。

兰慧从北方的春城——一个叫长春的地方来，第一眼见到她的人都以为她是江苏人，小公主的样子，鹅蛋脸白皙又漂亮，一双迷人的大眼睛。她多少有些忧郁，有些内向，大多数时候文静得似一湖秋水，有时候又有些神经质。她喜欢写诗画画，于是办起了系报，那可是信息管理系有史以来的第一份系报。丽萍和笑梅是她最要好的朋友，她们同住一个宿舍，经常一起打饭，一起听讲座，一起跑步。你能在校园小路上经常看见这样的情景：几个灿烂的女孩子并肩走着笑着，于是阳光碎了一地，于是每一片树叶慢慢睁开了眼睛。

办系报的发起人是京原，一个湖南来的爱唱歌的男生。他通过竞选当上了系学生会主席，据说他的竞选搞得沸沸扬扬，他到每个宿舍去游说、拉选票，最后，他以非凡的煽动力战胜了内蒙来的一个大才子，以领先七票的优势当选。实际上，兰慧和丽萍都知道，他之所以当选并不是因为他的才气和口才，而是因为他长得比那个男生帅，她们宿舍另外两个女孩子就是因为他长得帅气才转投了他的票。

佟云飞参加了书画学社，闲暇时跑到数学楼地下室挥墨泼彩。海峰和京原、佟云飞是一个宿舍的，海峰有些自傲清高，对什么都不屑一顾，又好像对什么都非常了解，一副非常博学的样子。

第一期系报很快问世了，卷首是佟云飞的水墨丹青，隶书的两个油墨大字——“南雨”，好像那大字也是湿漉漉的。兰慧觉得少了点什么，在字底下画了个计算机，以此代表信息系，又画了一个长着翅膀的小天使，这么搭配怎么看都不和谐。丽萍倒是积极，抱着刚印好的一大摞报纸挨个宿舍去送，还跑到阶梯教室去散发。她的脸红扑扑的，眼神越发闪烁着光彩。

实际上，这第一份系报只是个诗歌版，好像发酵的青春，一下子渲染了晦涩的初恋、幼稚的单相思和无奈的乡愁。

京原这样写道：

光，源于没有方位的地方/直射或斜射，流动的时候，思维静静无声/时间和我握手，水中的山峰坐了起来/书一页一页，翻过，自己批改自己/我一天一天，膨胀/你在你深处呼唤/我把耳朵伸给你

兰慧写道：

总是不知道你在哪里，做着什么/也不知道你心里想着谁/记忆中的你，就是这么一副沉默不语的样子/你是老了，你带走了我的翅膀/带走了我的天堂

佟云飞的诗歌像他的画一样，狂草之后总可以理智收笔：

数着那些阳光，透过薄薄的云雾/细雨在心跳吗？记忆的小巷还在吗/鸟儿都喝醉了，贱声贱气地浪笑/时间是生命吗？会和祝福一起弯曲吗？/你走过清晨，就拾起了一生的黄昏/平凡，如山里的一片叶子/那红红的叶子，是云在燃烧吗？

有趣的是丽萍，她天真浪漫，像是自言自语：

风轻轻柔柔，水轻轻柔柔，月也轻轻柔柔/诺言失踪在无

垠的天际/去触痛，一个心跳的梦/有相约，就不会遥远

笑梅总是有种比大家更成熟的心态，谁知道她是不是在悼念海子，她在散文中不断地问：

如果他能够带走每片雪花，就像带走我的每个呼吸，我会毫不犹豫地跑向大雪里，而他依然在大雪里长眠。诗人都躲到哪里去了？要是诗人们还活着，他们会一起坐在车顶上，整个世界只有一把孤独的椅子，在陈旧的椅子上刻些什么留作纪念呢？

海峰接过小报翻了两下，斜眼看了看丽萍，又低头看了看版面，随口大声读道：“鸟儿都喝醉了，在慢声慢气地笑，时间是生命吗？会和祝福一起弯曲吗？”他的语调极其夸张，引得周围的同学哈哈大笑。他却依然板着脸，撇着嘴：“你们谁听过小鸟笑？小鸟是这样笑的吗？这些算什么？还不如读《周易》去。”

那个十八岁的秋天，系里好像一下子冒出了一大批诗人，《南雨》这份小报，后来又加入了计算机顶尖技术消息的报道、一些严肃的社会问题评论，甚至还加入了摄影论坛和音乐论坛。大家嘴里哼唱着齐秦和老狼的歌，在教室在食堂都有歌声飘荡：“曾经以为我的家，是一张张的票根，撕开后展开旅程，投入另外一个陌生，这样孤独多少天，这样孤独多少年，终于又回到起点，到现在才发觉。”

在大一期末的圣诞联欢会上，笑梅和海峰做主持，默契配合，一唱一和，笑梅举着话筒唱了一首《酒干倘卖无》，高音处婉转空灵，深情而感人。京原抱着吉他弹唱：“那时候天总是很蓝，日子总过得太慢……谁娶了多愁善感的你，谁安慰爱哭的你，谁将你的长发盘起，谁为你做的嫁衣……”兰慧和丽萍穿上维吾尔族红裙子，头戴四角帽，一个玫瑰红的一个金色的，伴着王洛宾的曲子，跳了十几分钟的新疆舞蹈。高年级的同学信以为真，以为她们是来自新疆的女孩。

联欢会第二天晚上上实验课，兰慧发现笔记本里夹着一封信，她不知道是谁放进去的，那上面热烈的字眼，分明是一封情书，落款处没有署名，写着让她实验课后操场上见。她慌乱地合上本子。窗外月亮又圆又低，有些发黄的草地，零零散散洒落着几朵暗粉色的泡桐花。她多希望那是佟云飞的笔迹，他们一起愉快地画画组稿，已是最要好的朋友了，兰慧悄悄喜欢上了他，但是那字体是秀气的小字，那不是他的，他的字体大而有力，她一眼就能认得出来。

信写得有些伤感，兰慧看着看着，眼睛潮湿了。谁有这般情怀？老成和忧郁，呵护着她和他的心，《南雨》上的诗歌散文远不及这封情书的只言片语。

我的灵魂沉睡了多年，从远古就一直是睡着的。因为这个星际已布满了尘土，到处飞扬着，醒着就会迷路。各种各样的路，很多很多，让我困惑。

直到你来了，我就醒了。你知道吗？兰慧。你就像轻轻的风，携来清新的空气，又吹不起尘埃的那种风，是我生命里已渴求了多年的那种风。你来了，就能洗涤那些尘埃，我

的世界就是清新的了，生命就能欢快地生长。

我静静地想你看你。我不再守候在高温的熔炉旁，不再看那些青面獠牙的灵魂们熔冶自己的欢乐、忧虑、幸福、灾难、情欲、冷漠和愁苦。我要用十支手指拨弄生命的弦琴，直到琴弦断绝，琴体裂成碎片，也要为你鸣唱出最悠扬的和弦。那声音如光箭，会洞穿一切虚无，那声音如寒风，会剥去我自以为真诚的真诚，会剥去我自以为纯正的纯正，剥去一切伪装了的伪装。

我又经过一片庄严而沉重的沉默。阳光又布满了我们的教室，变成了一个光线斜织的世界，将我裹了起来，我在想你。当我对任何思潮不再盲目追随的时候，我才真正感觉到——我，活在人群里。我的思念不敢怠慢，更不敢停留。翻来覆去想的结果，证明我爱着你。

那些无忧无虑地生长着的树漠然注视着我留在生命里的背影，看着那年年岁岁的花儿们开了又落，落了又开，这就是等待吗？我不知道我一生的黎明能换来几个淡绿的黄昏，我所有的寂寞苦涩能酝酿出多少送给兰慧的微笑和甜蜜。我仿佛看见了我年轻的身影，枯瘦成一缕灰色的弯曲。我看见了当我随着记忆渐渐枯萎时，而日子却依旧。那时的我用昏花的眼睛遥望着天边的那抹光芒，让兰慧别走出我的惦念。

那一朵好看的云，推开了教室的门。生命久久地徘徊于那个燃烧着的梦里了。

兰慧，我看见了一朵捎来你温柔目光的云，你的样子缓缓飘进了教室。云在飘动，你柔和的声音散落开来，浸透了温暖的气息。我为什么在阴惨惨的天气里倍感苍凉，我灵魂的步履为什么不能穿越走廊前的晴晴雨雨。

兰慧，我们不同，我总在一种欲飞的想望里想你。

这是一座寂静的教学楼。我想有一天，你会踏着青春的暗语，张开柔软的双臂，去收集点点碎碎的阳光，送走那些阴云和雾霭。涨潮的时候，我变成一只海马，向你狂奔；起风的时候，我变成一叶白帆，向你驶来。哪怕路很长很长，只要我的生命还在，我的梦就不会老，季节的风雨，路途的波痕，顿时变得不很遥远。我就做你永远的朋友。

你的目光好长好长。我走遍了整个山谷和海洋。我的梦也好长好长，像你的目光。

这所百年的校园，拥有季节的风风雨雨。我看见了斜织的细雨缠在你的长发上，缠在你手里的那本书上。

那时的你，正呵护着你刚拾起的阳光。

爱情是善变的

阿玲是我们班团支书，青岛某中学来的，据说和巩俐一个中学。她以此为自豪。她喜欢照镜子，喜欢描眉画眼，一画要半个多小时。

她找我聊天，劝我别和那些教师子弟来往，说我不适合那些人，说我是淑女。总之，翻来覆去的意思是说，我这样的美女兼才女不应该和那些混混交往。

我哪有她想象的那么复杂，我根本就是把那些人当普通朋友嘛！

本来是说我的事儿，说着说着，她居然爆出惊闻：“你知道吗，江给我写了封信，想和我做男女朋友，我拒绝了。”

“啊？”我傻了。

要知道，江和二班的佳谈恋爱，形影不离的，有三年了，无人不知无人不晓。江现在还是整天跟那个女孩一起出入啊！

我记得江追佳时给佳唱“当春雨飘呀飘的飘在，你滴也滴不完的发梢，带着你的水晶珠帘，请跟我来”。

她又说：“江跟我讲，说佳眼睛不好，没想到她腿也不好。”

“啊？啊？”我几乎要喊出来了。

佳是有点儿“对眼”，她戴眼镜，不仔细看是看不出来的。她腿不好，是小儿麻痹后遗症。

可是，这个江，也太不道德了。是他先追人家女孩子的，现在整日里搂着佳，私底下却给阿玲写情书，荒唐啊荒唐。要知道，佳多么聪慧美丽。

我跟个雕塑一样，愣在那儿了，只会张个嘴“啊啊”了。大脑飞速地旋转，然而我心底有个声音说，完了，完了，这世界上没有爱情可言了。

难道说，爱情是善变的，经不住时间考验的吗？

记得看过一个英文动画片，讲的是大海中一座孤独的岛屿正在沉没。岛上那个人叫爱，他喊：“救命啊！救命啊！”

有船来了，上面载的是欢乐，欢乐太高兴了，转眼就划过去了。

随后又来了一条船，满载着金银财宝，他叫财富，但他划着划着，划不动了，船上的金银财宝太重了，结果船沉了。

后来，又来了个热气球，他是个伤心球，只顾着伤心，飞过去了。

就在岛屿全部陷入海里的一瞬间，一个白发老人划着船，把爱救起，送到了另一个岛上，老人离开了。

被救的爱想起，还没问救命恩人是谁呢。

他问岛上的一本大书，书上写着知识。

知识老人告诉他，救他的人是时间。

难道说，只有时间，才可以拯救我们的爱情吗？

海盗船

很久很久以前，你是个漂泊的艺人。海盗船上了岸，变成了热闹的大舞台。你披着红色袍子，手里晃动着旋转的魔镜，对台下的人讲催眠术。

正义的人，讲出想说又不敢说的话，邪恶的人，不断暴露贪婪的本性。你让人们看清，什么是真，什么是假，什么是公道。

你跳进鲜花掩映的窗子，抱起心爱的姑娘，冲出黑暗的牢笼，一起去流浪。你经过世界的每个角落，留下欢笑和友爱，载走贫困和灾难。

你的故事，到处传唱。

雯雯公主是怎样变成长颈鹿的

长颈鹿是个公主变的。

很久很久以前，在中原北部有一个草原大帝国，它后来几乎统一了大半个世界。

长颈鹿是国王的小公主，她的黑眼睛大大的，睫毛长长的弯弯的，头发是棕色的，一边扎着一个小辫子。

国王和王后只有这么一个孩子，他们给她起名叫雯雯，希望她成为一个有文化的人。他们从世界各地，从古今中外为小公主请来了各种各样的老师，让她学习各种本事。

他们相信胎教，从雯雯在王后肚子里开始，王后就给她听《高山流水》，听《十面埋伏》，给她吟唱《乐府诗集》。

雯雯出生以后，国王每天给她念《三字经》，读唐诗宋词。

王后请来了嫦娥做雯雯的音乐教师。嫦娥教雯雯弹古琴，跳民族舞，雯雯学得很认真，手指弹得越来越修长，小舞鞋磨破了一双又一双。

后来，雯雯的手和腿越练越长。

国王又请来了祖冲之和阿基米德。祖冲之给雯雯讲圆周率，讲勾股定理，阿基米德给雯雯讲浮力。雯雯很聪明，背圆周率能背到小数点后五百位。

雯雯的身上开始长出数字和物理符号，那些数字和符号融成一片，变成了身上的花衣服。

国王还请来了屈原和范仲淹，教雯雯怎样写作，怎样写出像《离骚》那样的伟大作品，怎样写出“先天下之忧而忧，后天下之乐而乐”的哲理文章。

雯雯还小，不懂得政治，不懂得国事，雯雯只是个爱玩耍的小女孩啊。

雯雯实在想不明白怎样写文章，怎样写古诗。

于是，她每天托着腮帮子，对着天空，想啊想啊。

从十个太阳，看到夸父射掉九个太阳，只剩下一个太阳。

从女娲补天，看到月亮出来，看到满天的星星出现。

她每天抬头往天上看啊看啊，她的脖子就变得越来越长了。

所以啊，现在你看到了长颈鹿的样子。

雯雯学跳舞学弹琴，长出了长长的腿。

雯雯学数学和物理，身上长满了数字和符号。

不过，雯雯公主的小辫子还在，你看到了，现在长颈

鹿头顶上的两个小犄角，还是那么漂亮。她的眼睛还是那么大，充满了童真和智慧。

我看见了木偶

童话，泡沫，还有诗，谁的背影？

那天，你笑个不停，我问你为什么，你不告诉我，后来又说，没有原因，就是想笑。

你只是笑，我很生气，推开走廊的门去按电梯。你在门内，隔着玻璃冲我瞪眼睛，板着脸。我已经很生气了，见你那样子吓坏了，小心翼翼地把门推开个缝，劝你回去。你不说，也不动，依然板着脸。我只好妥协了，回到你怀里。

每次的离合都是这样。你有理智，你心太冷，什么都可以忍耐，忍耐相思苦，忍耐离别恨，忍耐我的任性和霸道。

我让你唱《用心良苦》，其实我爱听那一句“我的苦怎么形容，一生爱错放你的手”。你唱了没有两句，唱到了《吻别》，一点不奇怪，结局是早已写好了的。

在黄浦江堤上走，石路上水洼一片片。有个老人向你讨钱，你不给，我说给他吧，你给了他一块钱，他还要，你没给。你说，健康的人不劳动讨饭，不值得可怜。你对你的行为总能找出理由，你喜欢讲道理，而我反感的正是这些东西。

我又开始做梦了，每个梦都像真的，梦里的人活生生的。

梦见大学宿舍，我躺在下铺，上铺是阿珍，她答应着，在白花花的蚊帐后面，急匆匆地收拾包裹，好像要去很远很远的地方，永远不回来了。我什么也说不出来，到处找笤帚，想把地上散落的纸团扫出去。笤帚立在门外边，支着红色把手，可我怎么也拿不动它，然后我看见了那扇明亮的窗，阿珍的身影正一点点地走远，我拼命地喊她，她头也不回。不知道她为什么这样，什么也不对我说就走了，我干着急没办法，急醒了，出了一身冷汗。

后来一想，那梦不偶然。昨天，我的一个同学告诉我，他出差到福州，到一个商店里买东西，意外地遇到了阿珍，她正坐在柜台里打毛衣。这世界有多小，世事有多巧。

阿珍是我们班唯一的一个跟了男同学走了的女孩子。她和他飘落在福州那个远离他们故乡的地方，因为他们有爱情。

意想不到的是，现在他们已经离婚了。

唯一的一份爱情，也经不住时间的摧残。

留恋那些无忧无虑的欢笑岁月。早上睡过了头，飞跑到教室，还好后面的门没锁，我们悄悄溜进去。如果遇到门外的大锁头，只好站到大家面前抱歉地笑笑，赶紧跑到座位上掏出书本，怕出声影响大家。那时最喜欢上古文课和英语课，其实是喜欢那两门课的老师。

古文老师是个急脾气又厉害的老太太，卷卷的短发，戴着一副黑框眼镜，说话又快又利落，很多同学怕她，可我一点也不。别看她挺严厉的，可在她的课上，大家想说什么就

说什么，不用举手更不用站起来。她喜欢叫我翻译，一篇古文太长，等我翻译完了，口渴了，就到下课时间了。

英语老师是个古怪的老教授，没有几根头发，戴着大眼镜。他习惯走下讲台，斜坐在前面一排同学的课桌边上讲课，所以大家一再往后坐，先是空出两排，他又坐过来，后来空出四排五排，他还是坐过来，大家只好由他了。不过他讲课有一套，连讨厌英语的同学也爱学了，他的课多半是他提问我们回答，有时我们问他来答，课讲得很有趣。

那时候你在哪里？

想念你，深深地想念你。你的声音，你的笑容，你抽烟的神态。一切已经太遥远，好像有时在电视上看见你，有时在大街上遇见你，可是你只是在另一个世界，我不想打扰你。

爱是真的，便无悔了。

一年已太长，我还是喜欢夏天。

在离别的前夜，我们在南京路上游荡。

我们坐在高高的石阶上，你变得很奇怪，像那栋往上又续了两层的西洋楼。你说话怪怪的，我听不懂，也不想听懂。只是紧挨着你坐，又生气又笑，又打了你一个大嘴巴，怕你生气，又给你揉了揉。

“从今天开始，我不会再给你添麻烦了。”我说。

我们的朋友乔说：“坚持，坚持，只要坚持。”

“快完结了，快了，会转弯的。”你说。

“你快走吧。”我趴在床上不敢去看。门，“砰”的一声关上了，电梯的铃声响了一下，你上了电梯。

我们隔在了两个世界。

从此以后，你是我不能回头的故事，早注定了的。

我又看见你走出电梯，推开房门，抱起我，吻我，吻得我喘不过气来。

你留下了你的日记，开了个头，让我往下写。

你说，要说在这世上欠谁的话，只有欠了我的。

你又说，要是有亲人的话，就只有我。

我看见了钢丝上行走的艺人，挂在两山之间，没有安全带，也没有防护网，只能走过去，掉下去就会粉身碎骨。

你说你只在乎我，最后又强调说，你只在乎我。

我只想哭，为你的真，为你的假，为你的不公。

你不知道，以后也无从知道。

老艺人手中的木偶在跳舞。你向我走来，那木偶可真鲜艳。我仔细看了看，你一把把我拉走了。

亲爱的，你，输了

（一）另一个世界

想你，在雪天，想你站在路口等我，始终微笑着，我会不知所措，也许会跑开，也许装作不认识你，但是，我想，我会像你一样微笑着，亲切打个招呼，当作一切不曾发生

过，当作这是多少年前的一个雪天，我们依然是要好的朋友。

所有说过的话已忘记，连同你我的名字，但我知道，你也知道，有一棵开满鲜花的树，在心里从未凋谢，那是我听过的最美丽的童话，那是我读过的最动人的诗篇。

想你，唱起那首古老的歌，我在你安详的目光里静静地睡去。

想你，孤独一个人，背着沉重的行囊，消失在时光的河里，我没有一丝力气，睁开眼睛看看你。

从此以后，在另一个世界里，我默默地陪伴你，在那棵开满鲜花的树下，长眠不醒。

梦，落了。

（二）存在

天上有风，一直在说话，天上有你的微笑，总是暖暖的。无论何时何地，我都能看见你，清秀的面庞，你抿着嘴在笑，头发挡住了宽宽的额头。你的周围，一篇篇的诗文，如雪片飞舞，当我读懂了你的时候，你的身影，早已消失在远方。

曾经以为，你会拉着我的手，走过那座小桥，到湖的另一边，一起看日出日落，一起唱那首童谣。

大地一片宁静，心里一片宁静。

（三）尘世

每个人都曾有过一张年少的脸，有过一颗追寻的心。生活敞开了大门，我们常常把自己关在了门外。于是，孤独来造访了，寂寞来侵犯了，许多的欢乐，随着时光荏苒，剥落为一地尘土，偏偏痛楚无情地留在了枝头。你用尽力气将痛楚举在空中，却说不出一句话，站成一棵树的模样，却不会掉一滴眼泪，因为你知道，世上的恩恩怨怨，爱恨情仇，终究归于尘土，无声无息，无影无踪。于是，明年春天，又长出一树新绿。幸福，是一棵开满鲜花的树，在你心里，在我心底，永不凋谢。

我的身体早已化成泥土，在你每天必经的路旁，默默看着你，走近又走远。风吹起一些记忆，又吹落一些思念，渐渐飘远了，落在了湖面上，那是我们真心流过的泪。

千年风尘，一路走来。一切，已不重要。

（四）从前和以后

很久很久以前，我的爱人给了我生存的力量，所以今生今世，我甘愿远远地在生活之外，看着他。爱，一直是这样的，不会改变。爱是干干净净的，任何人没有权力妄加亵渎。

那是个深深的伤口，你何必捅上一刀。那是我自己的伤，情愿留给自己，一生一世。

远离过去的日子，我知道，这是非做不可的。以后的日子，我知道会是什么样子。我不想带走任何人、任何心，甚至任何往事和记忆。

你诅咒没有意义的生活，你怨恨生不如死的纠缠。爱，不仅仅是眼中灰暗的现实，还有更多的风景，你看不见吗？那个美丽的家园，那是心休憩的地方。

没有人，会掠夺你已拥有的一切。往事，早已沉淀为

记忆，翻出来做什么呢？那只会弄伤了自己，弄伤了别人。生，在前面，爱不是你心里框定的牢狱；死，在最后，在我的墓碑上，请为我刻上一句不朽的誓言。

（五）悄悄地离开

也许为了找一个离开的理由，也许像你说的那样，我只是想逃避。但是，后面的原因还有很多很多，我不想说。你说，以前我们没有这么大分歧，其实，分歧早有了，只是彼此隐藏得很深很深。

不要再打电话了，不要再写信了，照片留下吧，往事和记忆无处可存了，就存在那几张照片上吧，其他的东西，我想烧掉吧。

挂断你的电话，别说，你还有多少思念，更别说，那句沉甸甸的话，生命，已承受不起。

誓言如风。我们的每一次争吵，更加剧彼此的伤痛。不如这样吧，离开，悄悄地离开。

过去已不必再提起。美好的一切，在谎言的背后，有多少哀怨和悲伤。

一生寻找的，我想不是梦，而是一份宁静的心情，像佛前的一炷香，静静地燃烧成灰烬。

让一切消失在无人的小路上。那条路，我们曾携手走过。

自然和人类都会永恒。

你说过，雨停了，会有很好的太阳。

亲爱的，你，输了。世俗的，你的笑，在尘埃中，闪烁不定。

狂欢

窗台上，酒杯里，那枝紫罂粟幸福的样子，什么都不去想，只是一味生长，慢慢枯萎。

时间是个黑洞，在不知不觉之间把梦想从鲜活的生命里一点点剥离，在那个无任何征兆的早春，艮选择了离开。

汝宁想，艮可能无法容忍纯真美好的挥霍殆尽吧，他把自己浸在了酒里，而同学们都说是因为他太过聪明。

汝宁眯眼看着镜子里的自己，柔顺的棕黑发过了肩，刘海有点长挡住了左眼。她的大眼睛里一直有艮的影子，有时轻佻不屑，放任自流；有时凝重呆滞，颓废孤独。艮教会了她唯一的一件事，他说："你可以选择，你要知道选择。"这句话化成了晨钟暮鼓，每天都会敲响几遍。

离开艮已经一年了，汝宁却觉得已过去了十年甚至更久。在这一年里，她跟艮说了一辈子的话，心里就空了，空得连一棵小草都让她爱惜。她从未对人那么友好过，微笑、亲吻、拥抱。艮再不能说她傲气不理人了，她会接受同学们的邀请泡酒吧，随他们拉上台唱歌跳舞，让他们载她在单车把手上送她回公寓。他们此刻肯定到了诺丁山的大街上，头上扎上黄方巾，等她来一起跟彩车去游行。

再不会有人像艮那样了解她了，她抹了两下口红，扎上黄头巾。

远远地，汝宁看见同学们在地铁口外的咖啡吧前，每人手里拿着草绿色的啤酒罐，映着头上的黄头巾，煞是好看。

他们仰着头笑着，顺着目光望去，一个女子站在汽车站的篷顶上，正在扭动，穿着长筒直裙，无袖T恤，紧绷绷的，丰满而妖冶。她忘我地扭着，车篷在晃动。旁边一辆彩车上，摆满了红艳的铁皮桶，每个桶前都有一个黑人，一边奋力敲打，一边舞动着，车周围的人群黑压压的也跟着流动着；空气里弥漫着酒和汗的混合气味。

他们看见她了，扔过来一罐嘉士伯，白泡冒了出来，湿了她的手和灰短裙。他们指给她看那站台。街道两边的小楼上，平日紧闭的窗户都打开了，伸出了许多脑袋，还有几个光头。

汝宁游离在狂欢的人群之外，看着他们宣泄狂热。这个城市彻底变成了一座中世纪的城堡，绅士都变成了小丑与野兽，淑女都变成了巫婆与仙女，孩子们欢天喜地。

不一会儿，她的脸红了，酒有些苦涩，一丝清香的味道留在了舌下。

这时，她看见有个人坐在路对面的铁栏杆上使劲招手。是在招呼她吗？啊，原来是那个少年，他身边依偎着一个金发女孩，梳了两条小编辫。

午后的海德公园，暴雨来去匆匆，高大蔽日的核桃树下仍落着雨滴，被雨水打下的青核桃，零散地躺在陈年落叶和树枝之间，宁静灰暗。夏日正漫步离开。

汝宁骑单车穿过树林边的小路，藏蓝色七分裤，白边蓝布球鞋，白夹克，紫红色紧身背心。她像只小鸟轻快地飞到核桃树下，环顾周围，心想，那些经常出没的小松鼠都跑到哪里去了？她拣了一个又一个核桃，装进双肩包，直到背包鼓胀起来。

她上了单车，经过一片湖水，一只鹈鹕悠然自得地缓缓游弋。往日喧闹的公园，如今是一个人的世界，汝宁正这么想的时候，一条细细的黄带子挡住了去路。写着“police”[1]的黄带子，系在两棵大树间，前面是片一人高的灌木丛，似乎刚刚发生了什么，警车正转过前面的路口。

“嗨！这边走吧！”一个少年突然在她耳边说。她扭头看见了一双蓝眼睛，吓了一跳。“嗨”，汝宁反应过来，骑上车准备走，他一把抓住车把，她不得不下来。他盯住她说：“来吧，这边。”汝宁迟疑了一下，他坚持着：“几分钟前，两个女孩被电击了，在灌木丛里，警车拉走了她们，我看着警察用蓝帆布裹了她们拉走的。”

汝宁听说过前两年这个多雨的城市都有人被雷电击中的消息，没想到，这样的事发生在自己眼前，就在前一刻。如果不是拣那些核桃耽搁了时间，她可能也跟她们一起离开了。

她推了车跟了他走，他滑了滑板，说笑着，她却一直沉默着，用微笑回答他。走到了伊丽莎白女王像前，女王手里的宝剑湿漉漉的，她想起花店外面摆放的白牡丹，绿莹莹的

1 意为警察。

挂着水珠。她想起了艮，离别那天艮红红的眼睛，滴在她脸颊上的泪。

不远处的戴安娜宫，还有零星的小花圈依靠在金闪闪的铁门上。她想，戴安娜好幸福，她毕竟爱过，而艮呢，青春才刚刚开始，就像刚离去的那两个女孩，还未走进生活，还在梦想的年纪，却早早地离开了。她本来刚才可以离开的，就可以去见艮了，是那些核桃，青核桃，留下了她。

他送她出了公园门口，都没问彼此姓名。他比艮小得多，却强壮得多，英俊坚定，充满活力。她看他的蓝眼睛，那里没有一丝忧伤，他被看得有些害羞地笑了，拉拉她的头盔。

晚上看新闻，汝宁才知道，那两个女孩只有十七八岁。

她把核桃倒在床上，拿起一个咬开，苦得她吐了出来。

那是不能食用的核桃，她不知道。她到后院，拿给小猫，小猫都不吃。她现在知道了，是青核桃挽留了她。她随手摘了朵紫色的罂粟，插在酒杯里，他听见艮说："傻丫头，知道吗？你很漂亮。"

她仿佛看见艮一笔一画地写下："午后的海边沙滩，暴雨过后，巨大裸露的礁石边上，刚被海水冲上沙滩的水母，零散地躺在各种贝壳和水草中间，宁静灰暗。夏日正漫步离开。"

奇缘

我刚上网的时候，晚上经常跑去一个音乐聊天室玩。那里长期驻扎着一群发烧友，夜以继日，总有快乐的音乐响起入，有时一聊就是通宵。我们聊古典，聊通俗，也聊摇滚。

有一天，我和几个人正在谈论“死亡音乐”，一个叫“顶住朔风”的人一上来马上打出一片骷髅，每个骷髅下都画着小叉叉。

显然，“顶住朔风”和我们这群人格格不入，以后也证明我的猜测是对的，他从来不谈音乐和歌曲，倒是喜欢说一套套的古诗词，什么“关关雎鸠，在河之洲，窈窕淑女，君子好逑”，什么“对酒当歌，人生几何”，什么“青青子衿，悠悠我心”。这些古韵，夹杂在“死亡音乐”中，让我化干戈为玉帛。

和“死亡音乐”相比，我喜欢古诗词多一些。为什么喜欢这些东西？以至于后来，我为什么喜欢这个叫“顶住朔风”的男孩子？我想了又想，大概是我小时候看遍琼瑶爱情小说的后果，成年后又深受金庸武侠小说的影响。

“顶住朔风”则不然，见到他后，我才知道，他才是真正的古文爱好者，同时是位一流的书法家。

经过大约半年的倾心交谈之后，我们成了“忘年交”。他总是以老学者自居，大谈他的古诗词，我还是聊我的音乐，我们意外成了网友。他常常妙语连珠，语出惊人，有他在，

时光变成了《明月几时有》和《独上西楼》。

毫无意外，我发现，我渐渐喜欢上了他。我每天晚上都跑去聊天室看一眼，看他在不在。他在，我就进去卿卿我我一番，他不在，我会莫名地感到怅然若失。

后来，我们加了彼此的QQ。再后来，我们互通手机号。他的声音出人意料的年轻，充满磁性。

“见面吧。”“顶住朔风”先提出来。

“见面？”我从没想过会见网友，我实在想在心里留下他的美好形象。不过，聊天室里有好多见过他的女孩子喜欢他，这我知道，转念一想，见见他也无妨。

后来又通过几次电话，我终于答应了他，心想，就当我去唐代见见李白好了。

“我们去哪儿？”我问。

“不知道，你说吧。”“顶住朔风”说。我心想，他还挺体贴人。

“我每天去滑冰，你来冰场好了。”

“好吧。”

那天下班，我脱下浅藕荷色的纯棉半袖衫，紧身的一步裙，换上水蓝牛仔裤和白色T恤，蹬上那双跟了我七年的花样白冰鞋，在冰场上旋转起来。

有几个放暑假的中学生在我周围穿来穿去，一个淘气的男孩刚学滑冰，跌跌撞撞冲向我，我没防备，一下被撞倒在地。我爬起来，气鼓鼓地冲向护栏，刚站稳，见一双疑惑的大眼睛正盯着我。我瞪了他一眼，回转身去，却听到有个声音说："你是若雨？"

我马上转过身，仔细再看，一个中等身材的大学生模样的小伙子看着我。他长得挺好看的，长方脸，大眼睛，我的目光一秒钟扫过他，宽松的格子半袖衫，宽大的齐膝短裤。我心想，这也太随便了，哪像个学者啊？！而且太年轻了！

我换好衣服，收拾行装出来。他坐在冰场的咖啡屋里等我。

我知道，他一直盯着我看，在研究我。

我笑着走过去，坐在他对面。

他拿出一个长纸卷，说："给你的。"

我接过纸卷展开，上面写着"书香"，两个王羲之体的毛笔字活生生的像一对儿小黑兔跳出来。

"谢谢你。"

"不客气。"

往日的调侃不见了，我们都很拘谨，我一下子明白了一个道理。网络里怎么玩闹开玩笑都可以，见了面就不能了。

显然，我们对彼此的印象不错。他说他研究生刚毕业，正在找工作。

我们跑到麦当劳大吃了一顿，我执意付款，他很不好意思。

"你还没工作，当然我来请你。"

他只好答应了。

他根本不是网络里的那个“自大狂”，实际上，他很内向文雅，眼神里有很深的忧郁。

我们在黑漆漆的立交桥下分手。

后来，他找到了一份不错的工作，然而，见过面后，我们在聊天室再遇到，不会像以前那样无话不说了。

后来，他打电话给我，要我去他家玩。

我因为想了解他这个真实的人，于是欣然答应。

那是个周末，我特意换上牛仔裙，连帽黑色套头衫，这样和他走在一起比较合适，他显然还像个刚毕业的大学生。

这次他请客，他上班挣钱了。

我们有些放开了，不像上次见面那么拘束了。

他骑自行车带我，我坐在后座上，一只手死死把着车座边。我的长发吹在他的衬衫上，我用另一只手轻轻拽了他的衣角。

他多像艮啊，艮永远是他这么大，表面的狂傲，内心同样的忧郁。

我们在他卧室上网，我们去往日那个聊天室互换角色说话。我们一起哈哈大笑，他抚摸我的头发，深情地望着我，说：“你的头发真美丽。”

“你是寸头，羡慕我的长发了？那你留长发吧。”

另一个大屋是他的客厅，一面墙的书架和书，另一面墙上挂着齐白石的虾图，一个矮茶几，除了这些什么都没有了。

我们光了脚席地而卧，他拿出古箫吹了一首乐曲，我躺在他大腿上，跟着哼唱。

那是《雪山飞狐》的插曲“雪中情”，在炎热的夏天，演绎这样的曲子，好似吃了香草冰淇淋。

雪中行，雪中行，雪中我独行。
挥尽多少英雄豪情。
唯有与你同行，与你同行，
才能把梦追寻。

小茶几上堆满了纸墨，屋子里气味并不好，他打开了阳台的窗户和门。

后来，他跑去冲澡，我起先不知道，看他书架里的书，什么《史记》、《资治通鉴》、《孙子兵法》。

我正看书，抬眼看他走进来，摇着他的湿头发，光着上身站在我面前。

他的呼吸急促，眼神迷离。

“我得走了。”我赶紧说。

他不好意思地快速套上上衣，说：“我送你。”

那天阳光灿烂，他好像在说他以后想干什么，我只是听他说，觉得好像和艮走在往日的燕园里，周围还是那些熟悉的红砖小楼。

在路边，我让他招了辆出租车。

车开出去了，我看见他站在路边，向我招手。

他年轻的样子永远定格在我的记忆里。

后来，我们没再见面了，我们都怕再见了面会犯错误。

我们依然是网络里的好朋友。

再后来，他交了一个网络女友，以后他甩了人家，那女孩子好伤心，转眼嫁了个旅美华人。

“顶住朔风”在他们单位认识了个漂亮的女孩，转眼结婚了，生了个可爱的女儿。

我出去留学了，认识了现在的男朋友。

生活都变了，而我们的心没变，不是吗?

那段美好的网络奇缘，成为青春里的一道风景线。

百合

按中国传统，百合是吉祥花，百年好合的意思。

那年我陪一群老人到武夷山旅游，去寻访世上仅存的两棵大红袍茶树，那天下着小雨，走过曲折的石板路，跳过蜿蜒的小溪流，跨过屏风一样的大石壁，我们像走在氧吧里。突然前面的老人们欢呼:“你知道我看见了什么？”在高高的崖壁最上方的缝隙里，几朵白色的百合花，振着晶莹的翅膀，羞涩地开着。如今，那些老人中的一些人已经过世了，有时候我会说起他们想起他们，我相信，百合花给他们带来的快乐和惊奇是不曾被忘记的。

如同我，四个月前路过一个简陋的客栈，在潮湿的木头屋檐下，在粗重的原木桌子旁，遇到了微笑着的百合子。

她是个清纯贤淑的女子，领着个可爱的小女孩，小女孩像花蝴蝶一样开心地跑来跑去。她不大像客栈的老板娘，但是我还是把她当成了老板娘，听她讲一些家常琐事，比如开店的辛苦，比如为厨师操心，再比如她的叔叔整理她阿姨的诗集，她的公公婆婆和女儿给她的温暖。我能从她的脸上看到做一个小女子的幸福，这种幸福，很少在比我年龄大的女人身上看到。

她的笑容充满着善良和慈爱的魅力，多少驱散了茶馆里不和谐的嘈杂之音。我想，只有做母亲的人，才称得上做了一回女人，才会在清贫的日子里，依然与快乐相伴。因为，她的心是柔软的美丽的，像我看到的雨中山崖上的百合，静静地开放，她不羡慕人世间的繁华，但是她的露珠，日复一日，年复一年地滴落，她的爱，让顽固的大山张开了一条小路，让我们看到了珍奇的宝贝。

她的美丽和茶树一起世世代代香飘万里。多少人不远万里赶来，多少人为她的生命力感叹，虽然她只是千万个女子中的一个，千万个母亲中的一个。

当我再见到百合子的时候，她已修炼成了“神仙姐姐”，白色的泡泡裙鼓鼓地拖在地上，黑色短发上顶着银色的小皇冠，很像罗马假日里的赫本。她说她准备五一去海边玩，天女下凡，这可是千年头一回。她会遇到什么样的人和什么样的故事呢？可不能穿这样的衣服去啊！

我记得罗大佑重出道那阵子，我买了一套他的歌曲集带光盘，里面有一首《野百合也有春天》，非常动听。后来看电视转播罗大佑演唱会，他站在光环里唱“就算你留恋开放在水中娇艳的水仙，别忘了寂寞的山谷的角落里野百合也有春天”。

能在人海中相遇，我很珍惜。能遇到一个懂爱的女子，更是难得。

浮萍

男人是地道的花痴，他总以为自己是太阳，女人会像向日葵一样微笑着注视他。

她生日时，他在烈日下捧着冰淇淋飞跑，情人节时他傻傻举着黑玫瑰等她从办公楼出来。他陪她逛街，做饭给她吃。他娇宠她，对她百依百顺。

他以为她是属于他的，他并不知道，女人不是水做的，而是水上的浮萍。

浮萍属于一种自然的飘摇。她身边可能围着几个男人，她今天想嫁给他，很可能明天就反悔了，后天她又想嫁给另一个男人。

那是因为女人总是看不清楚她眼前的男人，搞不清楚为什么要嫁给这个男人。而且她要嫁的不仅仅是这个男人，在她的潜意识里，更可能是嫁给这个男人的未来。而未来是叵测的，他还年轻，必须经过努力和奋斗，他才会有一天表现出辉煌，她盼望着那一天早点到来。

当婚姻对女人来说变成了这样一场赌博，当三年五载过去，她的男人仍在原地徘徊，甚至事业受挫，负债累累，她开始看不起他，甚至在他最要好的朋友圈子里诋毁他。于是，他们开始无休无止地吵架，吵到决定分手。

她也许还爱着他，他也许更爱她。可是，她竟然浑然不知，这个男人的自尊心已然经受到了重创，恰恰他又最看重自己的脸面，他忍受不了女人鄙夷他的眼神。其实，她没明白，男人的自尊比爱情更重要。

他不再和她一起出入彼此的朋友圈子。恰好这时，她也疲惫了厌倦了，对他绝望了，实际上是对他的未来绝望了。于是，他们决定分手，多年的亲密感情毁于一旦。

而那个男人，在我眼里一向英俊潇洒大方的男人，老实本分的清华高才生，当年的花痴，被她描述成了极端自私自利的家伙。

当我拿着律师朋友的邮件给她看，让她考虑自己的未来，她说她想离开北京，去任何地方都可以，因为北京有他，她也许会去杭州，也许会去上海。

她还是那朵浮萍，坐在我面前泪流满面。她依然年轻美丽，却变成了个怨妇。

水飘萍绿，伤心难诉。

男人是花痴，可惜花痴只在乎他自己的伟岸形象。

女人是浮萍，可惜浮萍爱上的是男人的未来，并未爱上现在的他。

喜欢任何东西，都比喜欢人容易得多

他们忘了归期。

他像听雨落的声音一样听她的呼吸，听到了细雨里花开的声音，还有那些不知名的草从土里钻出的声音。

他看见了荔枝的果皮在她的指间剥落。

他的手伸得很长很长，连一点风都摸不着，她就笑了，说他笨。

天初暖。

冷冷的烟雾，如涨潮时的海水弥漫着整个墓地夜晚的上空，世界便是青色的了。偶尔有几束白色的花，随着人潮涌动着，裹着他渐去渐远。

她想起了他的葬礼。

他的亲人很少，朋友也少，有的还没来得及告诉，所以参加他葬礼的人少得可怜，那一天，显得格外的冷清凄凉。

他的几个好友都来了，只是当时她感到有些模糊晕眩，现在有些人她想不起来了，那天好像是情人节后第二天，当她知道噩耗的时候，除了一片空白，什么都不存在了。

她和他毕竟是很好的朋友！

他很坦诚，也很直率，好像对什么事都不热心，给人玩世不恭的样子，其实，他在乎的事真的太多，都在他心里，没有表露出来罢了。她和他很合得来，在一起的时候，几乎无话不说。

他是个幻想丰富颇重感情的人，这几乎成了他生活的全部，使他活得很沉重，他把自己瘦削的身体浸泡在忧郁的酒里，让她心疼。

他是在孤独和谐的喜悦之中，在寂寞的思想夜潮之上，坐在他那生长痛楚的小屋里，结束了他年轻的生命。

他总说，喜欢任何东西都比喜欢人容易得多，而对于人来说，一旦喜欢上了，要想不喜欢反而更不容易。

那个春天，她仍然能感觉出他那颗孤零零的心，依旧在空气中飘飘荡荡。

日子依旧，情萦悠悠，而她再也看不见他了。

日历撕掉的，永远是昨天

她和他是前世修定的缘分，今世没有安排妥当吧，隔了一段长长的旅途，他在旅途的那一边，她在旅途的这一边。偶然相遇，他仰头看她，她低下头看他，想多看一会儿都不行，就匆匆地远去消失了。

要怪只能怪他们都正在搓火的年龄上。

他的记忆将会随着她痛苦的递增而一点一点地消失，那渐渐发亮的已不是美丽的地平线，而是大段大段的空白。

分手时，她看到的是他的背影，她的双眼模糊了。

那些日子阳光很少，都照在那座古坟堆上了。

她那双会说话的眼睛很大很美，蕴藏着水一样的柔情，很可爱。她的唇很薄，嘴角还有淡淡的微笑，在他梦幻的时候开满紫色的花朵。

她的脸贴着他的胸膛。

她的长发垂着，他闻到了她体内的花香，发丝上也有。

时间走得真快。真实了，就什么都没有了。

夜已沉没，无所谓拥有，经过就是生长。

没有什么能伤怀的了。

他在海边站了一会儿，天湛蓝湛蓝的，沙很白很白。

她也在那里了。她怕沙烫脚，穿了鞋在沙上走，还跑到海水里，天真而可爱。

那一刻，他觉得自己像是睡在了冰床上面，微风吹来，他闻到了家乡后山坡上野百合的花香，还有一些雏菊的暗香。他用海水洗脸，洗着洗着月亮满天了，洗着洗着人就老了。

她站在飞机的翅膀下，遥望远方，望了很久，许多人都默然看她，她走开了，上了飞机，她又从飞机上走下来，一边回头一边从机场的侧门走了出去，看不见她了，他就回过头，还用海水洗脸。

她跑到海水里，海水打湿了她的花裙子，他一直不停地按动照相机的快门。

他们夜晚出来游泳，什么都凉了许多。她在涨潮的海浪里跳着笑着，海水打湿了她的长发。她很美很美，一路上许多人没完没了地看她，就连女人也看，看得她很不自然。

尽管世界以千百种姿态摆放在橱窗里，而日历撕掉的永远是昨天。

摄影书画集

幸福的女人自带光芒

陈雨虹／著

中华工商联合出版社

写在前面

你们带起的风，从天上温暖地来，我曾用心扑捉，每一次心灵的歌唱。冬日里灿烂的阳光，犹如你们的眼眸，穿过岁月的藩篱，来到我的窗前。请坐下来吧！静静地，喝一杯清茶。

想起辅仁的花，静静地开，静静地落，想起你们年轻的欢颜，停留在书的扉页上。

这一生漂泊流浪，终于与你们同栖爱的土地，生长出无限生机——那就是春天，已悄悄降临在你的怀中。

目录

辑一　摄影

（一）纽约

曼哈顿

曼哈顿公车站“911”纪念馆广告牌

纽约川普大厦

纽约时代广场的雨夜

曼哈顿上城楼群

曼哈顿中城

夜色阑珊

橱窗展示

橱窗展示

橱窗广告里的杰克逊

橱窗展示

苹果总店

索非比大厦

世界第一台计算机

TROLLED CALCULATOR

圣诞夜

哈德逊河边夕照

云雨中的洛克菲勒中心

自由女神公园

纽约图书馆前的擦皮鞋大叔

中央公园漫步

冬日中央公园

中央公园草坪

中央公园一对老人和狗

中央公园吹萨克斯

街头艺人

路边艺人

曼哈顿上城周末艺人

机场的球迷

曼哈顿的高跟鞋

洛克菲勒冰场表演者

城中情侣

挽手

曼哈顿之冬

曼哈顿之冬

曼哈顿之冬

中央公园冬景

中国驻纽约总领馆联欢会上国旗飘

中国桌最受欢迎

纽约小学国际日活动

纽约小学国际日活动

跆拳道课

跆拳道课

纽约郊外观景台瞭望

路遇黑天鹅

纽约动物园火烈鸟

曼哈顿中城滑冰场

曼哈顿中城滑冰场

老兵节街头音乐会

植物园里的荷花

熊山深处森林

倒影

倒影

森林

冬雪

冬雪

冬雪

冬雪

（二）旅行摄影

美加边界的尼亚加拉大瀑布

周末品尝会一

周末品尝会二

街头艺人

长岛蒙德克灯塔

新英格兰白山山顶

英格兰廊桥一

英格兰廊桥二

英格兰廊桥三

新英格兰之冬

新英格兰之冬

孤独的海

海鸥

波士顿海边

孤独的小船

垂钓

阿拉斯加野花

阿拉斯加驿站

阿拉斯加冰川下

阿拉斯加冰川

威廉斯堡大桥

军舰

60 07 N
149 26 W
CAUGHT AT
SEWARD ALASKA
SEWARD
Halibut Tournament

阿拉斯加经纬度

阿拉斯加雪山冰川

大提顿之雾缭绕

大提顿

大提顿之雾缭绕

大提顿夜幕降临

大提顿公园

大提顿公园的秋色

大西洋上的夕阳

夕归

大西洋城日出

大西洋日出一

大西洋日出二

大西洋城海洋

大西洋城海洋

快艇

麦金利神山

西部之路一

西部之路二

西部之路

西部草场

黄石公园老钟石喷发

黄石公园

黄石公园看火山喷发

黄石公园大峡谷河流

古树

松鼠

黄石公园

黄石公园一

黄石公园二

黄石公园三

黄石公园四

黄石公园一

黄石公园二

美洲牛

西部牛场

西部原野

威武

镜子中的美洲牛

夕阳

天空

沙漠中的人

城市路边的小鹿母子

石头上的枯树

西部一树

西部大峡谷

西部丹霞

西部丹霞

红石公园的影院

红石公园一

红石公园二

巴哈马标致建筑

-Floor.
WELCOME.
WAITERS ARE STANDING
BY TO GRANT
YOUR EVERY WISH.
Every Part of your
needs a workout...
EVEN YOUR LIVER.
IS NOT RESPONSIBLE FOR:
LOST OR STOLEN ITEMS
DANCERS WITH NO RHYTHM
AN EXCESS OF CHEESY GOODNESS
CO GA LINES GONE AWRY

巴哈马码头酒吧

巴哈马海滩

巴哈马海滩

巴哈马海滩

巴哈马小岛

守

晒太阳

父与子

戏耍

BEACH WARNING FLAGS
Water Closed to Public
High Hazard
Medium Hazard
Low Hazard
Dangerous Marine Life

望

格兰特湖

格兰特湖

巴哈马路标

海鸥飞翔

七星湖

七星湖之秋

七星湖

小山村

七星湖之秋

七星湖倒影

七星湖之秋

桑迪霍克灯塔

桑迪霍克炮台

弗吉尼亚桑迪霍克海滩

万圣节活动

万圣节活动

万圣节活动

雨后树影

云海

落英

一树的花

野花

落花

蒲公英

草

城中木兰

蓝色的花

凋谢的花

石边草

莲

莲

飞花

樱花与春鸭

哈佛校园

哈佛校园

BACH SOCIETY ORCHESTRA
Algebra and Calculus Tutor
Room 13
MARXISM CONFERENCE
OPEN ACCESS WEEK
WANTED
LONE GAY MALE
Procrastination Group
The Radcliffe Pitches & Harvard Din & Tonics
Pearls in the Limelight
SEX WEEK IS GOING ALL THE WAY
TAMING of the SHREW
PRINTING SQUARE TEES HARVARD SQUARE

哈佛布告栏

酒桶

西点一景

西点一景

空中俯瞰美国原野

好莱坞星光大道

第五大道店门口

童趣

一树的花开

秋韵

秋韵

大烟山瀑布

大烟山瀑布

苏厄德港海鸥

华盛顿桥

树林倒影

布鲁克林樱花园

云山倒影

湖泊

皮划艇

云水谣

马里兰秋色

回首

马里兰秋色

马里兰秋色

布朗克斯瀑布

人与船

航行

滑翔

美国第一艘核潜艇鹦鹉号

辑二　书画

（一）书法

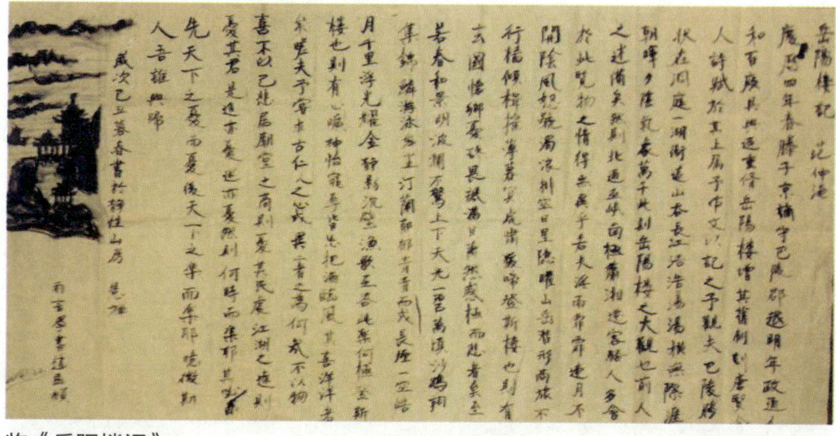

临《岳阳楼记》

临《滕王阁序》

临《兰亭序》

SHINY DAYS

我跑不过风
却带起了风
请你把自己保存好
留给未来的我

我跑不过风

（二）绘画

海滩

红衣女子

西部之路

雪山之巅

石 · 湖 · 雪山

林·湖·落叶

白桦林 · 远山

春夏秋冬组画

栈桥日出

荷语

火树

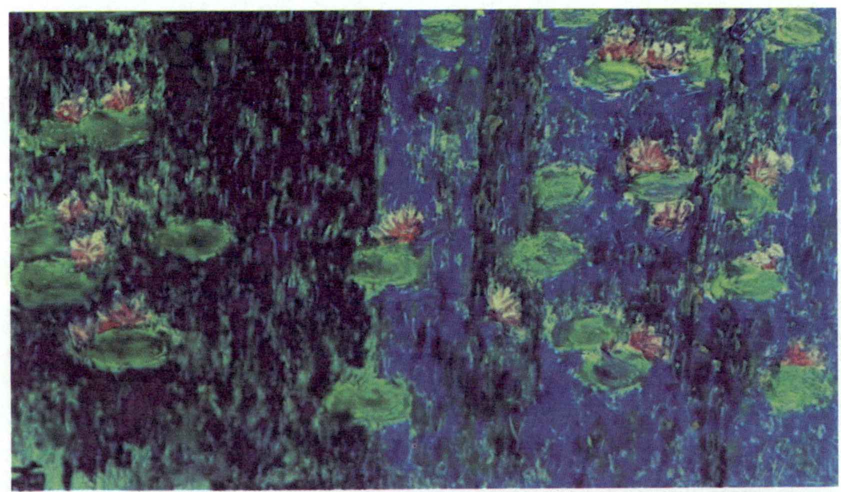

莲

夜色莲

曼哈顿下班时分

百年前的曼哈顿

向日葵

紫禁城印象

西部农场

林湖秋色

神山（注：手指油画）

风雪印象

奔流

瀑布

无题

葡萄园一

葡萄园二

江南莲　　雨言制造

梦里水莲　　雨言制造

湖水印象（注：手指油画）

故乡印象

小木屋

无题

西部海子

七彩湖

桥上风景

西部景色

湖光山色

西部农场

梦境

霸王莲

曼哈顿印象

灯塔

西藏神寺

水乡

海市蜃楼

SHINY DAYS

穿越三月

白天，我忘记了给你回信
三月，抢掠了整个春天
第一束樱花翩翩的涌上河岸
告诉我，睡在诗句里的所有秘密

传说

时光驾驭太阳、月亮，拖曳地球上的生命，走了很久，不知疲倦
时光倾泻在你的眼里，你的身心融入了那道光
生命是转瞬即逝的，而那道光是永恒的
我看见了你，走下了云，时光躲进了记忆深处
我终于放开了你的手，从此成为陌生人
而那道光，熟悉的光，已融入我的血液

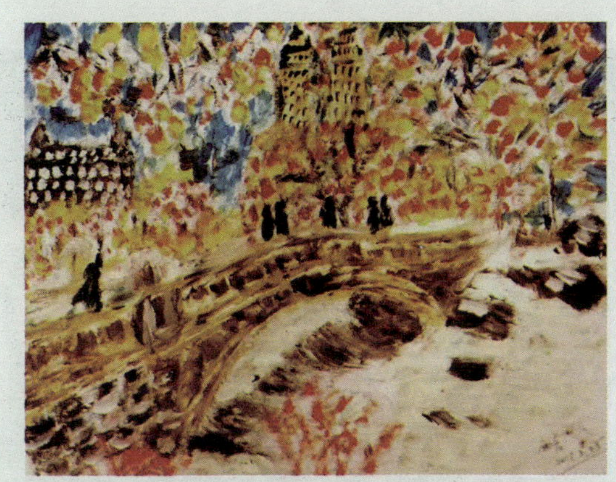

完整的世界

你谈到了本我
我说起了超我
不约而同的我们都看到了无我
手心里攥着破碎后依然完整的世界

永恒

我伸出手，近的都飘远了
你伸出手，我就飘远了
一切正以光速远离
回到我们最初的来处

SHINY
DAYS

the best years of our lives.

他火辣辣的眼神
一直盯着她看
她坐在他对面
和她的平静一起
看着他
从健硕的少年
转瞬间
变成安详的老人

心愿

STYLE

我在世界的尽头，车水马龙的思念里
给遥远而迷人的东方，写一首长长的诗
仿佛就这样，一直写下去
总有一天，你能来到我身旁

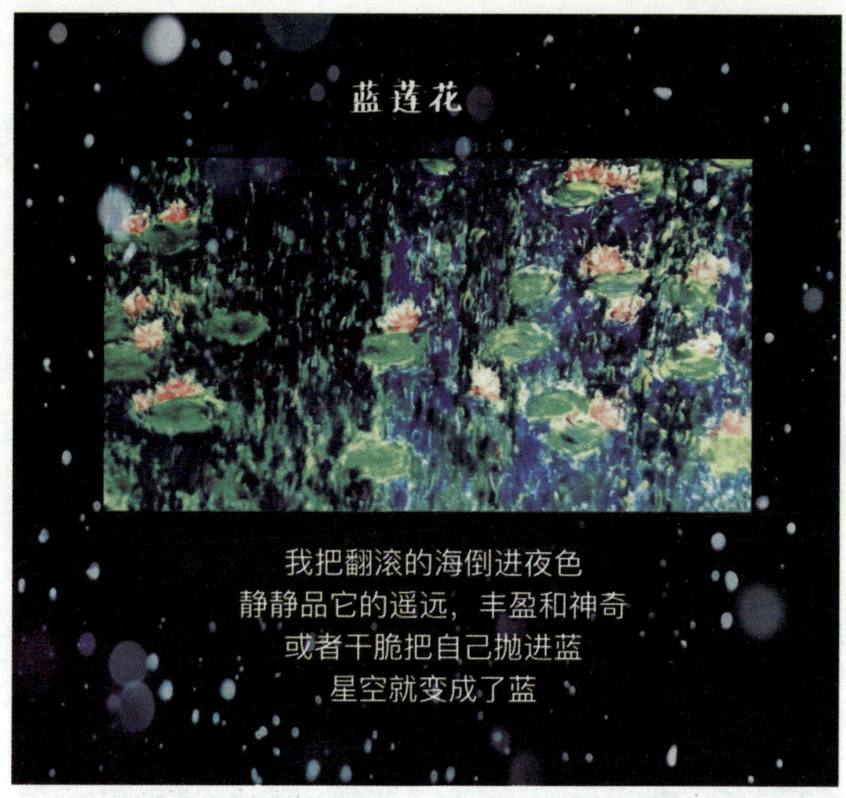
蓝莲花
我把翻滚的海倒进夜色
静静品它的遥远，丰盈和神奇
或者干脆把自己抛进蓝
星空就变成了蓝